KB065607

THE INCENDIARIES

R.O.Kwon

THE INCENDIARIES

인센디어리스

권오경 장편소설

김지현 옮김

문학과지성사

권오경 장편소설

인센디어리스

펴낸날 2023년 1월 9일

지은이 권오경
옮긴이 김지현
펴낸이 이광호
주간 이근혜
편집 김은주 박솔뫼
마케팅 이가은 허황 이지현 맹정현
제작 강병석
펴낸곳 ㈜문학과지성사
등록번호 제1993-000098호
주소 04034 서울 마포구 잔다리로7길 18(서교동 377-20)
전화 02) 338-7224
팩스 02) 323-4180(편집) / 02) 338-7221(영업)
대표메일 moonji@moonji.com
저작권 문의 copyright@moonji.com
홈페이지 www.moonji.com

ⓒ 권오경, 2023. Printed in Seoul, Korea

ISBN 978-89-320-4122-3 03840

이 책을 부모님께 바칩니다

모든 것의 밑에는 할렐루야가 있다.

── 클라리시 리스펙토르, 『살아 있는 물*Água Viva*』

차례

인센디어리스   11

1

월

　그들은 녹스허스트의 한 건물 옥상에 모여서 폭발 장면을
지켜보았을 것이다. 플랫 기숙사의 11층이었으리라. 그는 자
존심이 센 만큼 최대한 높은 곳을 골랐을 테니까. 나는 그들
이 폭발을 기다리면서 어떤 기분이었을지 너무나 자주 상상
했다. 6분이 남은 시각, 비스듬한 황혼빛이 대학의 높고 오래
된 첨탑들과 그 주위 도시에 가지런히 늘어선 박공들을 붉게
물들이던 때. 그들은 커다란 유리잔에 축하의 와인을 따랐다.
손을 떨며 소리 내어 웃었다. 그녀는 흥청거리는 무리에서 떨
어져, 옥상 왼편의 난간에 책상다리를 하고 앉아 있었다. 3분,
2분, 1분.

픕스 빌딩이 무너졌다. 연기가 신의 숨결처럼 솟아올랐다. 정적이 뒤따랐고, 승리감에 찬 무리의 함성이 이어졌다. 와인 잔들이 부딪치며 전쟁의 빛을 번뜩였다. 그가 제자 찬송가를 부르기 시작했다. 다른 이들도 합세했고. 카리용* 종들이 울렸고, 멀리서 새들이 민들레 홀씨처럼, 커다란 소망처럼 하얗게 흩날렸다. 그때에야 존 릴은 그녀 옆으로 왔을 것이다. 맨발로 다가온 그는 그녀의 어깨를 감싸 안았다. 그녀가 움찔하고 그를 올려다보았다. 그가 팔에 단단히 힘을 주고서 그녀에게 말하는 장면이 상상된다. 잘했다고, 하지만 머지않아 다시 행동해야 할 때가 올 거라고, 조금 더 나가야 한다고……

하지만 여기서부터 나는 상상이 잘 안 돼, 피비. 건물들이 무너졌잖아. 사람들이 죽었고. 예전에 너는 내가 이해하려고 노력조차 하지 않는다고 했지. 그래서 지금 난 노력하고 있어, 이렇게.

* 크기와 음정이 각각 다른 종들을 달아놓고 치는 타악기.

2

존 릴

대학 마지막 학기를 반쯤 남겨두고 녹스허스트를 떠난 존 릴은 이곳저곳 떠돌다가 중국 옌지에 이르렀다. 북한과 가까운 이 도시에서 그는 탈북자들을 서울의 보호소로 밀항시키는 활동을 하는 단체와 함께 일했다. 평생의 업을 찾은 것 같다고 생각했다.

그러나 그는 북한 요원들에게 납치당해 국경 너머로 이송되어 평양 외곽의 수용소에 처박혔다. 나중에 그가 모임 사람들에게 한 이야기에 따르면, 강제 노동 수용소의 잔혹한 처우는 힘들긴 했지만 그래도 예상 가능한 부분이었다고 한다. 오히려 경악스러웠던 점은 동료 수감자들이 자신들을 감옥에 집어넣은 정책을 만든 미치광이 폭군에게 보내는 충성심이었다. 그들이 투옥된 까닭은, 오, 신문에 실린 폭군의 사진에 차를 약간 엎질렀다거나, 휘파람으로 남한 가요를 홍얼거리다가 이웃에게 들켰다거나 하는 따위였다. 터무니없는 이유로 벌을 받으면서도 그들은 친애하는 수령을, 그 신적 존재를 감히 탓할 수는 없다고 생각했다. 처음에는 그들이 솔직히 말하기 두려워서 빈말을 하는 것이겠거니 했다. 하지만 돌이켜보면 옌지에서 만났던 탈북자들도 자신들이 도망친 나라의 신을 사랑한다고 이야기하곤 했다. 북한 체제의 문제들을 일으킨 장본인은 딱 한 명인데도 그들은 그 사람을 제외한 온갖 사람들에게 탓을 돌렸다.

존 릴이 수용소에서 지낸 지 한 달째에 죄수들이 자율적으로 참여할 수 있는 도보 경주가 열렸다. 폭군의 성화를 끼운 액자가 포상으로 내걸렸다. 아수라장이 벌어진 가운데 사람들이 넘어졌고 다른 사람들에게 짓밟혔다. 한 아이는 척추가 부러져 죽고 말았다. 아이는 아파서 울부짖으면서도 자기 신을 향한 찬양을 외쳤다. 저 딱한 바보들은 거짓말을 하는 게 아니었던 것이다. 그들은 예수 그리스도를 믿듯 폭군을 믿었다. 누군가의 지도를 필요로 하는 사람들이 있는 법이다. 그들은 수용소 안에서든 밖에서든 신앙을 갈구했다. 하물며 그 독

재자가 자기 제자들이 믿는 만큼 올바른 사람이었다면 어땠을까. 얼마나 큰 것을 성취했을까. 만약 그가 그들을 사랑했다면…… 존 릴의 아이디어는 여기서부터 시작되었다.

3

피비

나는 천재 피아니스트가 되고 싶었어요. 피비는 제자 모임에서 처음 고백하던 때 그렇게 말했다. 그녀는 사람들이 만든 원 안에 앉아 새끼 염소 가죽으로 장정된 일기장을 들고 있었다. 피비를 차에 태워 여기로 데려다준 나는, 먼저 모임에서 나와 집으로 가고 있었다. 실수였다. 그 자리에 머물렀어야 했는데. 그래도 내가 할 수 있는 만큼 묘사해보겠다. 침에 젖어 반질거리는 도톰한 입술. 긴장한 그녀는 입술을 핥았다. 나는 그 장면을 상상하려 애쓰고 있다. 이야기를 하는 피비. 꼭 맞잡은 가늘고 긴 손가락들. 그녀는 시선을 떨구고 숨을 들이쉬었다.

하지만 기다리기만 하지는 않았어요. 그 미래를 위해 노력하리라고 생각했죠. 아니, 그러고 싶었어요. 나는 은행에 현금을 맡기듯 피아노에 시간을 쏟아부었어요. 장래에 내가 열 독주회를, 내가 설 공연장을 그려봤어요. 신문 1면에 실릴 찬사도요. 나는 거실에 쏟아지는 황금빛 스포트라이트를 상상하며 리스트를 연습했어요. 사람의 기억은 반쯤 지어낸 거라지만, 지금 느끼기에 그때 나는 내가 자신하는 대로 대단한 피아니스트가 될 것을 증명하기 위해 어린 시절 전부를 훈련하는 데에 바친 것 같아요.

트로피를 쌓아갔어요. 그래도 충분하지 않았죠. 선생님은 내가 틀린 건반을 누를 때마다 막대기로 손을 때렸지만, 나는 개의치 않았어요. 내 야심이 선생님보다 더 컸으니까요. 손이 부어올라도 좋다고 생각했어요. 그러면 건반을 더 많이 짚을 수 있을 테니까요. 손마디가 빨개진 채 나는 다시 피아노를 쳤어요. 그렇게 몇 달이 흐르고, 몇 년이 흘렀죠. 라이벌들의 목록을 만들었어요. 그들이 세운 업적을 나이순으로 정리한 목록요. 키엘은 다섯 살에 덴마크 왕 앞에서 첫 독주회를 열었다더군요. 오흐리는 열한 살, 류는 열다섯 살에 카네기 홀에서 데뷔했고요. 그러던 어느 날 선생님이 피아노 독주자에게 가장 어려운 곡은 리비흐의 에튀드 5번이라고 말했어요. 최고의 피아니스트들도 그 곡을 소화하지 못했다고요. 나는 부랴부랴 그 곡의 악보를 구했어요. 그리고 몰래 혼자 연습했죠. 리비흐의 높은 트릴을 외웠어요. 격렬한 오스티나토*를 헤쳐 나갔고요.

✠

언젠가 식탁에서 어머니가 내게 왜 혼자 미소 짓고 있느냐고 물었어요. 해진아, 라면서요.

나는 눈을 깜빡이고서 말했어요. 머릿속에서 리비흐가 울려서요. 나는……

어머니가 웃으며 말했어요. 괜찮아. 내가 밥을 먹는 동안 어머니는 흰 복숭아를 깎았어요. 껍질이 한 줄로 돌돌 말린 채 떨어졌어요. 어머니가 그걸 주워 들더니 빛에 비춰보고는 말했어요. 색깔 참 진하다. 빛을 받으니 껍질이 분홍색을 띠었거든요. 나는 고개를 끄덕였고, 어머니는 껍질을 도로 내려놨어요. 이야기를 하고 싶으신 눈치였지만 나는 트릴 선율에 푹 빠져서 그럴 새가 없었어요. 나는 마지막 복숭아 조각을 입에 밀어 넣고 피아노로 돌아갔어요.

※ 일정한 음형을 같은 높이로 되풀이하는 주법.

✠

　그때까지 연주한 어떤 곡도 내가 가능하다고 알고 있는 매혹적인 노래를 자아내지 못했어요. 그것은 내 기술로는 구현할 수 없는 이상이었어요. 내가 받아 온 최고상들은 내가 실패한 지점들을 가리키는 표시였죠. 리비흐를 칠 때는 덜 실패했어요. 그의 에튀드는 내게 너무나 많은 것을 요구해서 때로는 '내'가 있다는 것조차 잊어버렸어요. 그때 배웠어야 했어요. 연주라는 것은 자아가 없는 곳에서 탄생해야 한다는 것을, 내가 리비흐의 곡을 전달하는 수단으로서만, 살아 있는 도관導管으로만 존재해야 한다는 것을. 그런데 그때 내가 연습한 것을 선생님에게 보여줬더니 그분이 경탄했어요. 자신이 바란 것보다 더 높은 수준을 달성했다면서요. 선생님은 시市 대회에서 내가 치기로 되어 있던 곡을 바꿨어요. 그렇게 나는 공연장으로 향했죠. 차 안에서 리비흐를 연습하느라 다리 위에서 춤추듯 움직이던 내 손가락들 위로 햇빛이 비쳤어요. 그 조명 속에서 주변의 차들이 내 이름을 노래하는 소리가 들려왔죠. 아지랑이가 번지는 L.A.의 느슨한 푸른빛이 지평선을 가렸어요. 마치 무대에서 올라가려 하는 막처럼.

4

월

에드워즈 대학의 가을 학기가 시작되고 5주가 흐른 날, 모르는 사람들로 가득한 집에서 나는 피비를 처음 만났다. 나는 2학년이었지만 녹스허스트의 대학은 처음이었다. 원래 다니던 신학대를 떠나 그곳으로 편입한 참이었다. 그래서 대체로 혼자 다녔다. 그러던 어느 날 밤 혼자 길을 걷고 있는데 시끌벅적한 학생들 한 무리가 어느 집 대문으로 들어가는 것이 보였다. 그들이 문을 연 채로 들어갔기에 나도 따라 들어가보았다. 힙합 음악이 쿵쿵거리고 둥둥거리며 울려 퍼졌다. 사람들의 희끗한 팔다리가 빛났다. 나는 그런 데에서 너무 외떨어진 듯 보이지 않고 서 있을 수 있는 장소들 중 하나가 술이 놓인 테이블 앞이라는 것을 알고 있었기에, 평소처럼 거기 서서 시간을 때웠다. 세 잔째 술을 다 마셨을 때 줄무늬 원피스를 입은 여자애가 발을 헛디뎠다. 그 바람에 차가운 음료가 내 다리에 쏟아졌다.

그녀는 미안하다고 고함을 치고는 자기 이름이 피비 인이라고 했다. 나는 윌 켄들이라고 마찬가지로 고함을 쳤다. 대화를 하려 했지만 그녀의 말이 도무지 들리지 않았다. 피비가 골반을 양옆으로 흔들었다. 청소년기를 거듭난 신앙인으로 보내느라 댄스 플로어에 오른 적이 별로 없었던 나는 어중간한 태도로 그녀의 리드를 따라갔다. 그녀는 몸을 좌우로 끄덕거리며 맨어깨를 슬며시 움직였다. 다른 애들은 미친 듯 빠른 템포로 몸부림을 쳤지만 피비는 엉덩이를 천천히 흔들었다. 펀치 술 얼룩이 진 붉은 컵들이 발밑에서 쪼개지면서 플라스틱 꽃잎들을 벌렸다. 그녀는 두 손바닥을 펼쳐 들었다. 방 안이 들썩거리고 솟아올라 빙빙 돌았다. 그녀는 몸을 휙 굽히기도 하고 기울어진 방 안을 미끄러지듯 가로지르기도 하면서, 자신이 찾아낸 차분한 리듬에 맞춰 박자를 질질 끌듯이 움직여 나갔다. 내 맥박이 그녀의 것과 맞닿을 때까지.

그녀가 계속 춤을 췄기에 나도 췄다. 마침내 춤을 멈춘 그녀는 얼굴이 상기된 채 숨을 가쁘게 쉬고 있었다. 그녀는 길고 검은 머리카락을 모아 쥐고 한 갈래로 묶듯이 들어 올렸다. 다시금 우리 사이에 고함이 오갔다. 나는 피비의 머리 선에서 새어 나온 땀 한 방울이 쇄골로 흘러내리는 것을 지켜보며 생각했다. 저 쇄골 안쪽에 땀이 고이겠지, 그러면 그걸 마실 수도 있겠지. 풍성한 앞머리는 끝부분이 젖은 채 양쪽으로 갈라져서 그녀의 이마를 드러내 보였다. 갑작스럽게 벌어진 그 자리에 키스하고 싶었다. 나는 고개를 기울였다. 그녀가 바투 다가왔다.

그게 3주 전이었다. 그때부터 우리는 대화를 나눴다. 키스도 했다. 하지만 그게 다였다. 나는 내가 무슨 질문을 할 권리가 있는지 몰랐다. 그래서 기다렸다. 그동안 에드워즈 대학의 다른 애들은 이 사람 저 사람 바꿔가며 섹스를 즐기고 있었다. 밤늦게 화장실에 갈 때면 얼근히 취한 여자애가 남자 친구한테 빌린 커다란 폴로셔츠를 입고 복도를 비틀비틀 지나가는 모습을 볼 수 있었다. 그들은 내게 씩 웃어 보이고는 기숙사실 중 하나로 돌아가곤 했다. 나는 내 방으로 돌아갔지만 깍깍거리는 신음과 새된 환성은 계속해서 들렸다. 얼마 안 가서 내 침대에도 예쁜 여자애가 지그재그로 걸어 들어올 것 같았다. 아직 그런 일이 벌어지지 않았다 해도 앞으로 그럴 수 있다고 생각하면 짜릿했다. 내가 적당한 말을 하고, 적당한 여자애에게 접근한다면……

그러나 잠이 오지 않는 밤이면 나는 누군가에게 접근하기는커녕, 좌우로 움직이는 피비의 엉덩이와 주먹만 한 가슴을 상상했다. 그녀는 팔다리를 버둥거리고 몸부림을 쳤다. 등을 구부리고 장미꽃 봉오리 같은 엉덩이를 들어 올린 모습으로 나 혼자만의 판타지 속 주연으로 출연했다. 내가 피비하고든 그 어떤 여자하고든 자본 적 없다는 사실 때문에 공상이 가로막히지는 않았다. 오히려 도움이 되었다고 해야겠다. 짜증스러운 감정 덕분에 내가 그녀의 입과 가슴을 그런 상상에 활용하고 있다는 데에서 느낄 만한 죄책감을 덜었기 때문이다. 피비의 유령은 매번 내 무릎 위에 뛰어올랐고 나는 그녀의 입술을 깨물었다. 손가락을 핥고, 가상의 살을 움켜쥐었다. 그러다마침내 피비의 실물을 보면 그녀는 내가 꿈속에서 그렸던 모든 피비만큼이나 비현실적으로 보이곤 했다.

✠

나는 학교와 연계되어 운영되는 비공개 클럽인 콜로니얼의 회전문을 열고 들어갔다. 그녀가 술을 사겠다고 이곳으로 초대한 참이었다. 나는 이번 데이트가 마지막이라고 결심했다.

23

피비와 어울리느라고 없는 시간을 자꾸만 끌어다 쓰고 있었기 때문이다. 나는 수업이 끝나면 녹스허스트시 외곽에서 24킬로미터 떨어진 데에 있는 이탈리아 식당인 미켈란젤로스로 헐레벌떡 가야 하는 처지였다. 그만큼 먼 곳이라면 동기들이 들이닥칠 일은 없으리라고 생각했다. 이동할 때는 버스를 탔다. 식당에 도착해서는 서빙 일을 했다. 끼니는 직원용 식사로 때웠다. 에드워즈 대학 학생 식당에서 사과를 슬쩍하기도 했다. 장학금을 받고는 있었지만 부족했다. 아무에게도 말하지 않았다.

그녀는 바 자리에 출입문을 등지고 혼자 앉아 있었다. 내가 허리를 만지자 그녀가 스툴에서 내려섰다. 나를 향해 떠오르는 피비의 미소. 그녀는 나비넥타이를 맨 바텐더 빅스에게 내 몫으로 김릿을 한 잔 달라고 주문했다.

그녀가 말했다. 무지 마음에 들 거야, 윌. 빅스는 세계 최고의 김릿을 만들어내거든. 농담이 아니야. 뭔가 특별한 걸 넣더라고. 뭐냐고 물어봤는데 안 알려주던걸.

빅스가 말했다. 내가 만든 레시피가 아니라서 알려주지 못하는 거야.

나는 그의 말을 믿었다. 그가 피비를 좋아하는 눈치가 빤했으니까. 그녀가 내게 어떻게 지내냐고 물었다. 나는 여기 오는 도중에 바이올린 연주하는 남자를 봤다고 말했다. 멈춰 서서 연주를 들었어. 지폐로는 잔돈이 없어서, 거꾸로 뒤집혀 놓여 있는 그의 모자에 25센트짜리 동전 몇 개를 넣었지. 그랬더니 이러더라. 오호. 큰돈이 들어왔네. 오늘 밤은 징글벨 소리라도 들리는 것 같구먼.

그러고는 동전들을 내던지지 뭐겠어. 나는 피비에게 말하며 애써 미소 지었다. 하지만 내가 이야기를 천연덕스럽게 하지 못한 듯했다. 나는 그를 도와주려고 했는데. 1달러 50센트를 아무것도 아니라는 듯 바닥에 던져버리다니. 만약 그 일에 대해 그냥 농담 삼아 말할 수 있다면 그의 조롱을 아무렇지 않게 넘길 수 있었을 것이다. 그런데 피비가 내 의도를 눈치채기라도 한 듯 소리 내어 웃어주었다. 그러고는 그다음에 내가 뭐라고 했느냐고 물었다. 나는 아무렇게나 주절거렸다. 기쁘기도 했고 불안하기도 했다. 그녀가 이야기를 너무 잘 들어줘서 이상했다. 내가 지나치게 많은 것을 까발릴까 봐 초조한 기분이었다. 그래서 틈이 났을 때 질문을 그녀에게로 돌렸다. 복음 전도자들이 쓰는 오래된 속임수였다. 대체로 사람들은 자기 이야기 하기를 좋아한다. 피비에게서는 가끔 약간의 저항이 느껴졌지만 나는 밀고 나갔다.

콜로니얼에 오는 건 처음이야. 나는 그녀에게 말하고, 여기 자주 오느냐고 물었다. 그녀는 이 클럽의 의례와 전통에 대해, 술을 마시는 복잡한 규칙에 대해 설명해주었다. 우리 사이에 유령처럼 희끄무레한 양초 토막의 불꽃이 너울거렸다. 나는 계속 질문을 했다. 피비가 이야기하는 모습을 지켜보는 게 좋았다. 그녀는 말을 멈추더니 요점을 피해가며 질질 끌었다. 그러다 자기 이야기에 신이 나서 깔깔 웃었다. 거센 입김이 뿜어져 나와 촛불이 꺼졌다. 빅스가 다시 붙여주었지만 오래지 않아 또 꺼져버렸다.

그녀가 말했다. 그렇게 다 마실 때까지 잔을 돌리는 거야. 마지막으로 마신 사람이 머리 위에 잔을 들고 거꾸로 뒤집어야 해. 그리고 잔을 빙빙 돌리고, 다른 사람들은 노래를 하다가……

그녀가 내 왼쪽에 시선을 둔 채 말꼬리를 흐렸다. 나도 그쪽을 돌아보았지만 특이한 건 없었다. 창틀에 놓인 백합들이 시들어가는 별처럼 꽃잎을 벌리고 있었다. 신호등 앞에서 기다리고 있는 키 큰 남자도 보였다.

또 그 남자를 본 것 같아. 그녀가 말했다.

누구?

존 릴이라고 하는 사람. 알아?

모르겠는데.

아무것도 아냐. 그냥 자꾸 눈에 보이는 것 같은데……

누군데 그래?

그녀가 허둥거리며 설명했다. 빅스가 촛불을 붙여주자 그녀는 고맙다고 인사했다. 몇 번이나 이야기를 들은 끝에야 나는 정황을 이해할 수 있었다. 그녀는 요전 날 밤 시내에 있는 클럽에 갔다. 거기서 택시를 부르려고 손에 핸드폰을 들고 밖으로 나갔는데, 누군가가 벽에 기대 서 있었다. 그녀가 전화를 끊자 그가 피비의 이름을 불렀다. 그녀는 그를 못 알아봤지만 자기 탓이겠거니 생각했다. 만난 적 있는 사람인데 자신이 기억을 못 하는 것뿐이라고. 그래서 예의상 아는 척 인사했다. 하지만 그는 그녀의 행동을 무시하고는 말했다. 나는 존 릴이라고 해요. 당신은 피비죠? 당신과 마주치고 싶었어요. 어떻게 그런 상황을 마련할까 생각했는데, 마침 당신이 나타났군요.

그러더니 그는 그녀의 삶에 대한 자잘한 사실들을 나열했다. 사소한 정보들이긴 했지만 그가 알 턱이 없는 내용이었다. 그는 접힌 쪽지 한 장을 피비에게 건네더니 말했다. 다시 만날 수 있다면 참 좋겠군요. 하지만 당신의 결정에 달린 일이죠. 이 삶을 낭비하는 게 지겨워지면 연락하세요.

나는 말했다. 삶을 낭비하는 게 지겨워져? 흠.

피비가 말했다. 이상하지 않아? 오, 게다가 신발도 안 신고 있었어. 처음에는 친구들이 나를 놀리려고 장난치는 건가 했어. 하지만 장난은 아니더라고.

그녀가 잔을 빅스에게 건넸다. 위층에서 남자들이 아카펠라를 하는 소리가 들려왔다. 나는 혹시 존 릴이라는 사람에게 연락해보고 싶으냐고 물었다. 그러자 그녀가 답했다. 아니, 하지만 그런 정보들을 어떻게 알았는지 물어볼 걸 그랬다 싶긴 해. 그때 받은 쪽지는 아직 갖고 있어. 그녀는 지갑에서 종이한 장을 꺼냈다. 줄이 쳐진 평범한 종이였고 접혔던 부분이 찢어져 있었다. 그리고 존 릴이라는 이름이 대문자로 인쇄되어있었다. 나는 한번 전화해보라고 권했다.

왜?

네가 신경 쓰고 있잖아. 필요하면 내가 도와줄게. 만나러갈 때 같이 갈 수도 있고.

그때 피비 뒤에서 덩치 큰 남자 하나가 나타나 그녀의 눈을손으로 가렸다. 누구게? 그가 말하더니 두 팔을 들었다. 그가입은 피코트 밑으로 풍성한 연보라색 사제복 자락이 너풀거렸고, 목에는 성직자들이 두르는 흰 칼라가 대어져 있었다. 아니, 일어나진 마. 밖에 추운데 리슬을 놔두고 온 참이거든. 잠깐만 기다리라고 하고 왔어. 그런데 피비, 너 완전 멋져 보인다. 내 옷차림은 어때, 마음에 들어? 리슬 친구가 테마 파티를 열었거든. 변장하고 가는 파티.

피비가 말했다. 그래서 너는 교황으로 변장한 모양이네. 아니면 커튼이나.

커튼이라니. 아니야. 나는 주교라고. 그리고 친구도 하나 데려왔어. 호주머니에 들어갈 만큼 작은 어린애. 이 조그마한 견습생을 좀 봐……

그가 코트 자락을 옆으로 들어 올려 사제복에 달린 봉제 인형을 보여주었다. 체크무늬 반바지를 입은 인형의 입이 그의 살 부분에 붙어 있었다. 어린 남자애야. 그나저나 피비, 친구 소개 좀 해줘.

얘는 윌 켄들이야. 윌, 이쪽은 줄리언 노라고 해. 너는……

오, 네가 윌이구나. 그가 사제복을 펄럭이며 내 쪽으로 몸을 휙 돌렸다. 그럼 그렇지. 만나서 반갑다. 피비가 너에 대해 다 얘기해줬어.

줄리언. 피비가 말했다.

왜?

인형 좀……

그치, 멋지지. 이 녀석 멋진 아이라니까. 재능이 넘쳐나. 오, 왜 그래. 이건 오마주라고. 나는 가톨릭교회에 경의를 표하고 있는 거야. 음, 그러니까 성직자들의…… 밖에서 리슬이 손짓

하는 것 같네. 가야겠다. 우리랑 놀고 싶으면 로웰 거리 161번
지로 와. 밤새도록 거기 있을 테니까. 윌, 너도 마찬가지야. 친
구 하자고.

그가 엄지손가락으로 피비의 머리에 십자가 긋는 시늉을
하더니 자리를 떴다. 쟤가 바로 줄리언이구나. 내가 말했다.
피비가 그에 대해 얘기해준 적이 있었다. 친한 친구라고, 에드
워즈 대학에서 처음 만난 사람이라고. 오마주 운운한 건 무슨
뜻이냐고 물었더니, 그녀는 줄리언이 모태 가톨릭 신자였는
데 이제는 신앙을 버렸다고 설명했다.

나는 묻고 싶은 게 더 있었지만 그때 다시 노랫소리가 울려
퍼졌다. 피비의 또 다른 친구인 남자 셋이 우리를 향해 떠들썩
하게 다가왔다. 그들은 느슨하게 풀어헤친 실크 넥타이를 뽐
내고 있었다. 피비가 그들 모두를 소개해주었다. 이름뿐만 아
니라 성도 붙여서. 그들이 필 벅스턴네 파티에 올 거냐고 묻자,
그녀는 조금 뒤 집에 가야 한다고, 모처럼 시간 내서 공부를 좀
할 계획이라고 했다. 그러자 그들은 피비를 놀리며 같이 놀자
고 강아지처럼 졸라댔다. 나는 알아들을 수 없는 농들을 들으
며 빙긋 웃었다. 나는 캘리포니아에 있는 신학대학인 주빌리
에 다니다가 신앙을 잃었고, 하나님에게 삶을 맡기겠다는 오
랜 계획도 그때 포기했다. 그리고 캘리포니아에서 최대한 먼

대학들에 지원서를 넣었다. 에드워즈도 그중 한 곳이었다. 어린 복음 전도자였던 나는 팝 문화에 대해서도, 동부 해안 지역의 관습에 대해서도 잘 몰랐다. 에드워즈 남학생들은 어째서 분홍색 옷을 이렇게 많이 입는 것일까? 그리고 '키재비'란 정확히 무엇이지? 아니, '키잡이'라고 했던 것 같다.

하지만 피비, 벅스턴을 생각해야지! 걔 생일이잖아! 세 남자가 외쳤다. 그들이 애원하는 동안 나는 연신 미소 지었다. 피비가 깔깔 웃을 때마다 목젖이 훤히 드러나 보였다. 비스듬히 기울어진 뾰족하고 창백한 얼굴에 피가 몰렸다. 귓바퀴 끝부분이 발갛게 달아올랐다. 나는 침대에 퍼드러진 피비를, 얇은 원피스가 활짝 핀 목련처럼 말려 올라간 모습을 상상했다. 그리고 그 얼간이 녀석이 팬티를 내리고 그녀 위에 올라탄 것도. 나는 아까 피비에게 한 제안에 대해 생각해보았다. 수수께끼 같은 존 릴 사건은 아무래도 장난인 것 같았다. 피비의 친구들은 교묘한 장난을 꾸미는 걸 좋아하니까. 거창한 파티를 열고, 교정에서 벌거벗은 채 뛰어다니기도 하는 녀석들. 오, 알았어, 갈게. 피비가 말했다. 실크 넥타이를 맨 삼인조가 하이파이브를 했다. 그러나 존 릴 사건이 장난이든 아니든 나는 피비에게 도와주겠다고 말해놓고서 데이트할 시간이 없다고 선언할 수는 없었다. 나는 아까 그녀에게 한 약속에도, 내가 우리 사이를 갈라놓는 바보짓을 하지 않았다는 데에도 안도감을 느꼈다.

✠

나는 빅스에게 계산서를 달라고 했다. 피비가 사겠다고 제안했지만 나는 아니라고, 내가 내겠다고 했다. 계산하는 동안 기다리는 그녀에게 말했다. 너는 친구가 많네.

그런가?

여기 앉아 있는 동안에만 해도 와서 인사한 사람이 얼마나 많았는데. 한번 세보든지.

그녀는 어딘가 정신이 팔린 듯한 표정으로 주위를 둘러보았다. 이미 밖으로 나가고 있는 사람처럼 보였다. 그녀가 말했다. 글쎄, 주정뱅이란 주정뱅이는 다 아는 것 같긴 해.

✠

그런데 내 기억이 맞는지 긴가민가하다. 연보라색 주교 옷을 입은 줄리언을 만난 날 존 릴에 대한 이야기를 처음 들은 게 맞는지, 아니면 각각 다른 날 콜로니얼에서 겪은 일들이 기억

속에서 뒤섞인 것인지. 나비넥타이를 맨 빅스가 김릿을 만들어주던 밤들이 얼음 조각들처럼 한데 녹아들어 운명적인 하룻밤으로 변한 것일 수도 있겠다. 하지만 일이 벌어진 순서는 틀리지 않았다고 확신한다. 이건 내가 간직한 세세한 기억들에 지나지 않을지도 모른다. 슬픔 때문에 시야가 좁아졌을 수도 있다. 이제 나는 내가 부족했던 점들을 알고 있다.

내가 콜로니얼에 처음 간 다음 날 아침 일찍 일어났던 것은 확실하다. 다가올 시험에 대비해 공부를 해야 했다. 두통에 시달리며 연습 문제를 풀고 있을 때 밖에서 어렴풋한 함성 소리가 들렸다. 시간을 낭비하고 싶지 않아서 호기심을 억누르고 공부에 집중하려 노력하던 나는 결국 펜을 떨어뜨렸다. 여닫이창 걸쇠를 풀고 열어젖혔다. 길거리에서 행진하는 사람들의 정수리가 까닥거리는 게 보였다.

더 이상! 죽이지! 말라! 더 이상! 죽이지! 말라!

누가 누굴 죽인다는 거지? 나는 사각팬티 바람으로 창턱 너머 쌀쌀한 바깥 공기로 몸을 내밀고 사람들이 든 피켓에 뭐라고 적혀 있는지 살폈다. 그러나 내게 보인 것은—보였다고 생각한 것은—분홍색 환각과도 같은, 연푸른색 하늘에 둥둥 떠 있는 커다란 태아의 그림이었다. 나는 눈을 껌뻑였다. 그러자 그것이 이발소의 삼색 봉들로 떠받쳐진 꼭두각시 인형이라는 것이 눈에 들어왔다. 태아 인형은 등을 대고 누워 있는 자세였고, 몸에 끈으로 매달린 통통한 팔다리가 빛나고 있었다.

　나중에 뉴스를 본 나는 그 아기가 시위대 측에서 헝겊과 발포 고무로 만든 것으로 키가 3백 센티미터 정도였고, 시위 목적은 녹스허스트 시내에 개원한, 임신중절을 시행하는 병원에 반대하는 것이었음을 알게 되었다. 하지만 이때 창밖을 유심히 내다보던 내가 또렷하게 알아볼 수 있었던 것은 기독교 현수막들이었다. 십자가 그림, 하나님 운운하는 문구. 시위대가 지나가는 것을 지켜보며 나는 그리움에 사무쳤다. 저렇게 많은 사람들이 아직도 자기가 하나님의 자손으로 선택되었다고 믿는다니. 비현실적인 아기 인형은 주먹을 이리저리 움직이고 있었다. 언젠가 내 눈으로 보고 싶었던 성스러운 환상처럼, 가능하리라 믿었던 기적처럼. 지척에 있는 네피림,* 하나님의 명령에 따라 회전하며 반짝이는 은하들. 신앙의 힘으로 들려 올라간 산들. 기적. 치유. 나는 중학생 때 기독교인이 되었다. 어머니가 처음으로 아프셨을 때였다. 뇌에 금이 간 거라고 어머니는 말씀하셨다. 집안에 슬픔이 밀려들었다. 약이 반창고 같은 역할을 해주기는 했지만 통상적인 의술은 더 이상

　＊ 구약성서에 등장하는 거인 종족.

효과가 없었다. 어머니는 침대에 누워 천장의 선풍기를 응시했다. 씻지도 않았다. 아침마다 나는 우유 한 잔을 침대 옆 탁자에 놔두었다. 어머니는 손도 대지 않았고 우유는 응어리졌다. 아버지는 늦은 시간에 비틀거리며 집에 돌아왔다. 아버지는 전등을 깨곤 했다. 잠은 거실에서 잤다.

그래서 나는 기도했다. 나는 신실했다. 어린 전도자였고, 골칫거리이기도 했다. 다림질한 카키색 바지를 입고 손에는 작은 성경을 들고서 동네를 터벅터벅 돌아다니며 신앙 간증을 했다. 부모님도 구원하는 것이 내 개인적인 사명이었다. 천국에 부모님을 데려가지 못한다면 나도 가고 싶지 않았다. 내 즉흥 설교를 들은 아버지는 껄껄 웃었다. 반면 어머니는 내가 하는 말을 들었다. 창백한 얼굴로 침대에 누워서 귀를 기울였다. 내가 전도를 시작한 지 다섯 달이 흐른 6월 어느 날 오후, 나는 어머니의 세례식에 증인으로 서게 되었다. 노란색 포플린 원피스를 입고 호수로 걸어 들어가는 어머니를 보며 나는 뿌듯해서 몸이 떨렸다. 목사님이 어머니의 양 어깨에 손을 올렸다. 어머니가 물속에 너무 오래 있어서 나는 익사한 줄 알고 겁에 질렸지만 마침내 목사님이 손을 놓았다. 어머니는 허우적거리면서, 입술을 벌려 웃으며 수면 위로 올라왔다. 태양 같은 옷차림으로 첨벙첨벙 걸어 나왔다. 어머니는 입에 들어간 진

흙을 뱉어내며 나를 안아 들었다. 나는 어머니의 머리카락을, 축복받은 젖은 머리를 만졌다. 나, 나, 나는…… 어머니의 생명을 구했다고 생각했다.

✠

정오가 다 되어 방을 나설 때 피비에게 전화가 왔다. 존 릴과 통화했다는 것이었다. 그가 우리 둘을 저녁 식사에 초대했다며, 월요일 8시에 리턴 스트리트로 오랬다고 했다. 그때 다른 일정 있어? 아니, 없어. 그럼 같이 가줄 거야? 갈게. 어젯밤엔 재밌었어? 응. 늦게 끝났어. 생일인 애가 사자들을 빌려 왔지 뭐야.

사자라니?

우리에 갇힌 사자 말이야.

피비의 발음이 느릿느릿했고 목이 잠긴 듯했다. 혹시 방금 일어났느냐고 물으니 그녀가 말했다. 오, 일어났다고 하면 거짓말이 되겠지. 아직 침대거든.

와이어스 기숙사에 점심 먹으러 갈 건데, 너도 올래? 내가 묻자 그녀가 좋다고, 10분 뒤 출발하겠다고 했다. 나는 기숙사 안뜰을 가로질러 걸었다. 도시의 소음과 단절된 잔디밭은 조용했다. 처음 에드워즈에 왔을 때 나는 캘리포니아에서부터 몇 날 며칠을 버스를 타고 뉴욕주 북부까지 건너왔다. 녹스허스트역에서부터 기숙사까지는 걸어갈 생각이었지만, 역에서 나왔을 때 햇빛을 받으며 줄지어 서 있는 말끔한 택시들을 보니 결심이 다 무너졌다. 몇 분 뒤 나는 택시비를 내고 여행 가방 두 개를 인도 갓돌에 내렸……

그러다 고개를 들었다. 그 순간 내가 낭비한 돈은 다 잊혔다. 높다란 살들로 이루어진 대문이 넓게 펼쳐져 있었다. 나는 두꺼운 벽에 난 터널 같은 통로로 가방들을 밀고 들어갔다. 어둠이 물러나고 빛이 밀려오더니 중앙 안뜰이 나왔다. 석조 성채에서 첨탑들과 종탑들이 솟아올랐다. 원반들이 하늘을 날았다. 영웅다운 자세로 얼어붙은 동상들이 앞을 바라보고 있었다. 햇살이 비치는 길들이 손금처럼 아로새겨진 잔디밭은 그 위에서 빈둥거리는 학생들을 거대한 손바닥처럼 쥐어 들고 있었다. 이곳은 잃어버린 정원이었고, 내가 이 안에 들어설 수 있게 된 것이었다. 그때까지만 해도 내가 이곳에 느낄 소속감이 얼마나 약할지 몰랐다.

나는 학생 식당으로 걸어갔다. 내가 6시부터 일어나 있는 동안 그녀는 침대에서 뒹굴거렸다. 우리에 갇힌 사자라니. 그녀는 사자들을 쓰다듬었을까? 잠에서 깼을 때 자기 피부 위에서 반짝이는 황갈색 털을 발견했을까? 아니면 그 털을 만지작거리며 잠들었을지도 모른다. 피비의 침대 시트에 흩어진 뻣뻣한 털들, 반짝이는 빛살들. 하지만 내 발걸음은 가벼웠다. 만약 내가 누구든지 될 수 있다면 피비를 다시, 더 많이 보려고 서둘러 걸어가는 월이 되리라. 멀찍이 건물 벽돌벽에 그려진 광고가 보였다. 젊은 여자가 행운을 빌듯이 입술을 오므리고 있는 그림이었다. 사이렌이 공기를 빨아들였다가 내부는 듯한 소리가 차가운 공기를 꿰뚫었고, 가을바람에서는 삶의 이유 같은 냄새가 났다.

5

존 릴

억류된 지 세 달이 지났을 때 교도관들이 존 릴을 트럭 뒤에 태우고 수용소를 떠나 얼어붙은 강둑으로 데려갔다. 그러더니 강을 건너 중국으로 넘어가라고 했다. 그가 머뭇거리자 한 교도관이 총을 들어 개머리판으로 그를 후려쳤다. 존 릴은 관자놀이에서 피를 흘리며 걷기 시작했다. 3월 초였다. 강을 뒤덮은 얼음에 가느다란 균열이 나 있었다. 매년 봄 강물이 녹으면 사살당한 자리에 물고기처럼 보존되어 있던 사람들의 시체 때문에 물이 막혀버린다는 말이 있었다.

뒤에서 한 교도관이 소리 내어 웃었다. 그들은 총을 쏘거나, 얼음을 밟다 물속으로 빠져 익사하는 그의 모습을 구경할 것이다. 그는 한 발을 내디뎠다. 물안개가 피어올랐다가 내려앉았다. 들숨. 날숨. 신경이 그물처럼 팽팽하게 늘어나 앞으로 남은 삶으로부터 그를 갈라놓는 얼음장 위를 뒤덮었다. 그의 체중에 짓눌린 필라멘트들이 불똥을 번뜩였다. 맞은편에 중국이 프리즘처럼 펼쳐져 있었다. 그는 긴 숨을 내뱉었다. 영혼이 입김에 실려 날아올랐지만 그는 도로 빨아들여 삼켰다. 두려워할 것 없다. 그는 물 위로 한 발씩 걸었다. 얼음이 갈라졌다. 그는 가만히 멈춰 섰다. 살려고 해보자. 다시 걸음을 옮겼다.

6

피비

제자 모임에서 두번째로 고백하던 때 피비는 이렇게 말했
을 것이다. 나처럼 이기기를 좋아하는 사람들은 잘하는 것만
으로는 만족하지 못해요. 다른 사람들이 실패해야 하죠. 과거
에도 나는 상자들을 가득 채울 정도로 트로피를 모았지만 이
정도의 성공은 처음이었어요. 리비흐를 치면서부터 나는 최
고상들을 휩쓸었어요. 심사위원들이 눈물을 글썽거렸죠. 라
이벌 피아니스트들이 내가 누구인지 알게 되었고요. 사람들
에게 널리 알려진 승리의 기쁨이 입가에 피 맛처럼 감돌았어
요. 매번 다시 이기고 싶고, 더 이기고 싶었어요. 내가 기대했
던 삶을 드디어 실현했다고 믿었죠. 내가 무엇을 할 수 있는지

증명해냈다고요.

선생님 앞에서 리비흐를 처음 연주하고 여섯 달이 지난 어느 날, 선생님이 리비흐 공연 실황 레코드를 선물로 줬어요. 구하기 어려운 유명한 음반이었어요. 1951년 공연이었는데 그에 대한 글을 읽은 적이 있었어요. 관객들이 열광하고 기절까지 했다고. 나는 후닥닥 가게들을 뒤져 전축을 샀어요. 에튀드 5번이 마지막 트랙이었는데, 그걸 먼저 듣지 않고 참았어요. 처음부터 끝까지 들었죠. 그리고 맨 마지막 음이 서서히 잦아들던 때, 나는 전축을 협탁에서 엎어버렸어요. 기계가 쾅 떨어지고, 레코드판이 굴러가다 벽에 부딪혔죠. 나는 그걸 집어 들어서 구부렸어요. 플라스틱이 부서졌지만 이미 늦었더라고요. 음반을 들어버렸으니까요. 못 들은 척할 수는 없었으니까요.

그날 밤 나는 어머니에게 피아노를 그만둘 수밖에 없게 됐다고 말했어요. 망상에 빠져 살 수는 없다고, 내게는 재능이 없다고. 잘 치는 것만으로는 부족하다고. 내가 숭배하는 저명한 피아니스트들이 이룩한 것들에 내 성취를 보탤 수 없다면 이 삶을 음악에 바치는 건 아무 의미 없다고. 괜한 노력을 하며 시간 낭비해선 안 된다고요.

더 설명하고 싶었지만 어머니는 내가 터무니없는 소리를

하는 어린애라는 듯 빙그레 웃기만 했어요. 말도 안 되는 이야기를 늘어놓는 애가 마음껏 응석 부리게 놔두자는 식이었죠. 저는 진지하다고요. 이렇게 말하자 어머니는 소리 내어 웃었어요.

진지할 리가 없잖니. 어머니가 말했죠. 그때 나는 어머니가 어떤 삶을 헤쳐왔는지 떠올리지 않을 수 없었어요. 어머니는 서울에서 수석으로 대학을 졸업하자마자 덫에 걸려들었거든요. 우선 청혼을 받아들인 게 문제였죠. 어머니는 전통을 따라 시댁에 들어가 살았고, 시댁 식구들은 젊은 며느리를 괴롭혔어요. 연애할 때만 해도 유순하고 고분고분했던 남자가 이 낯선 집에서는 어머니를 하루 종일 타박했고요. 하녀 노릇을 하는 것 같았지만 하녀보다도 얻는 게 없었어요. 하녀는 돈이라도 받잖아요. 첫아이를 봤을 때 어머니는 더 이상 견딜 수 없다 결심하고 아이를 데리고 그 집을 떠났어요. 몇 달 뒤 그 남자가 L.A.에 있는 모녀를 쫓아왔어요. 사과를 늘어놓으며 애원했죠. 하지만 어머니는 이미 일자리를 구했고, 돈도 굉장히 잘 벌었어요. 모녀에게는 더 이상 그가 필요 없었던 거죠. 어머니는 고생스럽게 일해서 돈을 모았어요. 모두 젖먹이 해진 이를 위한 것이었어요. 어머니가 박탈당한 위대한 삶을 대신 살게 될 딸을 위해서.

나는 어머니의 이야기를 듣고 말했죠. 이미 들은 이야기인데요. 그러자 어머니는 말했어요. 아니, 넌 아직도 이해를 못한 거야. 그러니까 피아노를 그만둘 수 있다는 생각을 하지. 피아니스트가 되고 싶다고 마음먹었으면 피아니스트가 돼야해. 너는 원하는 게 있으면 가질 수 있는 애야. 피아노를 치고 싶어 한 건 너였잖아. 네 생각이었잖아. 너에겐 재능이 있어. 뿐만 아니라 의무도 있고. 너는 음악 없이는 안 돼.

✳

나는 음대에 넣었던 지원서들을 모두 철회했어요. 에드워즈에 합격했으니 거기로 가겠다고 했죠. 그러자 어머니가 말했어요. 하지만 그 학교에도 피아노 과정이 있잖니. 애초에 그래서 지원했던 거잖아. 해진아, 거기서 너를 받아줄 거야. 어머니와 나는 원래 잘 싸우지 않는 편이었는데, 이때는 쉴 새 없이 싸웠어요. 그러면서 4월이 되었어요. 어느 첼로 공연을 보러 가는 날 밤이었어요. 리비흐 음반 이후로 나는 음악을 듣지 않았지만, 그 공연은 지난가을에 예매해둔 거였거든요. 피아노가 아니니까 괜찮겠지 생각했어요. 그런데 현악 연주가 공연장에 울려 퍼지자 이런 생각이 들더군요. 내가 원하는 만큼 연주를 잘할 수만 있다면 무엇이든 내줄 텐데. 어머니 말마따나 나는 혼자서 피아노 연주를 시작했어요. 처음에는 내가 너무 작아서 피아노 의자에 여행 가방을 올려놓고 그 위에 앉아야 했어요. 피아노는 나를 고양시켰어요. 마치 커다랗고 강력한 피아노의 혼령이 된 것처럼, 윤이 흐르는 피아노의 깊숙한 내부에 스며들어가 이리저리 돌진했어요. 나는 피아노를 사랑했어요. 어렸을 때도, 지금도. 너무 마음이 아팠어요. 내가 눈물을 닦아내자 어머니가 알아차리고는 휴지를 건넸어요. 하지만 나는 외면했죠. 울었다는 걸 인정할 수 없었으니까요.

첼로 공연이 끝났어요. 주차장에서 나는 내가 운전하겠다고 우겼어요. 면허는 있었지만 어머니는 내가 운전대 앞에 앉도록 허락해주지 않을 때가 많았어요. 하지만 이때는 그러라고 하시더군요. 아마도 불쌍해서 그러셨나 봐요. 아니면 싸우는 데 진력이 났거나. 굳이 묻지는 않았어요. 그리고 그건 내가 어머니와 나눈 마지막 대화였어요. 침묵 속에서 운전을 하던 나는 집까지 1.5킬로미터 남았을 때 다시 울음이 터졌어요. 그렇게 시야가 흐려진 채 반대쪽 차선으로 차를 몰아갔어요.

7

월

그녀는 나를 차에 태우고 존 릴의 집으로 향했다. 한 쌍씩 짝을 지은 후미등들이 우리 앞을 휙 지나가고 여기저기서 붉은 빛들이 미끄러지듯 움직였다. 그녀는 도로에서 벗어나 오르막길로 차를 몰다가 멈췄다. 거기서부터 피비와 나는 포석이 깔린 길을 따라 올라가 하얗고 높다란 집에 이르렀다. 그녀는 어린아이들이 하듯 내 손을 잡고 흔들었다. 땅에 쌓인 낙엽들이 되살아난 듯이 바람을 타고 날아다녔다. 피비가 초인종을 눌렀다. 나는 피비의 손을 들어 올리고 깨문 자국이 있는 손톱들에 입을 맞췄다. 이제 와 돌이켜보면 그 손톱들은 마치 석영石英처럼, 달에서 끌어내린 전리품처럼 반짝였다.

✠

문이 열렸다. 낯선 사람들이 나타나 우리를 따뜻하고 밝은 실내로 이끌었다. 고기 요리의 진한 냄새가 현관 앞을 채우고 있었다. 입안에 침이 고였다. 그들은 우리에게 신발을 벗어줄 수 있겠느냐고 물었다. 현기증에 사로잡힌 나는 그 핑계로 쭈그려 앉아, 단단히 묶인 신발 끈을 풀면서 숨을 들이쉬었다. 아침에 갈라* 사과 한 알을 훔쳐 먹은 것을 제외하면 여태 빈속이었다. 버스가 예정보다 늦게 오는 바람에 미켈란젤로스의 직원 식사 시간을 놓쳐버린 탓이었다.

피비와 나는 사람들을 따라 복도를 건너 거실에 이르렀다. 불이 밝혀진 벽난로 앞에 푸른 방석들이 반원 모양으로 놓여 있었다. 가구는 없었다. 앉으라는 말에 피비가 먼저 자리를 잡았고, 나도 그녀 옆자리의 방석에 앉았다. 방석은 매끈매끈한 천으로 되어 있어서 엉덩이 밑에서 미끄러졌다.

피비가 물었다. 존 릴이 여기 있나요? 인사를 하고 싶은데요.

그들이 말했다. 부엌에 있어요. 곧 올 거예요. 오래지 않아 사람들은 두 무리로 나뉘어 대화하게 되었다. 피비는 내가 이

* 뉴질랜드에서 유래한 부드럽고 달콤한 맛의 사과 품종.

름을 미처 못 들은 어떤 여자와 대화하다가, 이내 이언이라는 남자와 말을 섞었다. 그는 거실을 나가더니 꽉 찬 도자기 찻잔들을 들고 돌아와 말했다. 뱅쇼예요. 그동안 나는 에드워즈 학생인 필립 헥트와 의례적인 인사말을 나누었다. 그들이 이 모임의 숨은 목적을 언제쯤 밝힐지 궁금했다. 분명 밝히긴 할 테고 다만 그 시점이 언제일지가 문제일 거라고 생각했다. 그때 필립이 내게 어디 출신이냐고 물었다. 조라는 여자가 빙그레 웃었다. 나는 녹스허스트에 도착한 첫날부터 말하고 다닌 거짓말을 읊었다. 반쯤 진실이 섞인 거짓말이 부풀고 부풀어서, 나는 켄들가家에 늘 있는 문제들로부터 벗어나 둥둥 떠다니는 또 다른 윌이 되었다. 풍선의 줄도 끊어버렸다. 나는 미친 듯이 들떠서 신이 났다. 과거에 금이 가고, 사건 순서들이 뒤바뀌었다. 아버지가 식탁 앞에 비어 있던 자기 의자를 끌어당겼다. 필로폰에 찌든 칙칙한 카메니타 지역에 있던 어머니의 작은 셋집이 허공으로 떠올라, 부자들 집에 있는 이상한 모양의 수영장이 딸린 탁 트인 저택으로 변하더니 남쪽의 로스앤젤레스 언덕으로 날아갔다. 밤이면 저택에 불이 밝혀졌다. 나는 푸른 불꽃 속에서 헤엄쳤다.

이야기하는 동안 뱅쇼의 향신료 맛이 섞인 열기가 내 안에서 똬리를 틀며 주의력을 녹여버렸다. 더웠던 가을날 오후 레이섬 기숙사에 처음 들어서서, 가방들을 질질 끌고 3층 계단을 올라갔던 때에도 그랬었다. 공용 거실에 폴로셔츠를 입은 남학생 다섯 명이 있었다. 그들은 식사하러 나갈 거라며 내게 같이 가자고 했다. 우리는 악수를 나눴다. 다들 나와 같은 2학년이었지만, 자기들끼리는 신입생 때부터 친했던 사이였다고 했다. 쾌활하고 예의 바른 그들은 짐 나르는 걸 도와주겠다고 나서며 에드워즈까지는 어떻게 왔느냐고 물었다. 비행기를 타고 왔는지, 차로 왔는지.

나는 말했다. 버스를 탔어. 음, 여러 대를 타긴 했지. 캘리포니아에서부터……

길게 느껴졌던 한순간 그들은 모두 비슷한 표정을 지었다. 놀라서 얼굴이 굳어버린 것이다. 그들이 평정심을 찾았을 때쯤 나는 내 과거 이력을 어떻게 고쳐 말할지 정했다. 어머니가 패서디나*의 부유한 가문 출신이지만 가족들이 방종했던 탓에 재산을 탕진해버렸으며, 그때 어머니는 자신이 잃어버린 반짝이는 전원田園을 아직 기억할 정도의 나이였다고 하기로. 그러면 나는 대농장에서 살았던 어머니의 기억을 지어내 활용할 수 있었다. 높다랗게 솟아오른 야자수들, 할리우드 볼

※ 캘리포니아주 로스앤젤레스 북동쪽 교외에 있는 부촌.

극장에서 열렸던 6월 밤의 오페라 공연들. 나는 어머니에게서 물려받은 향수가 있는 척했다. 내가 만든 설정에 스스로 적응하기 위해 주변적인 정보들도 덧붙였다. 예컨대 가끔씩 햇살을 머금은 감귤류 나무에서 농익은 과일이 수영장에 떨어질 때 나던 풍덩 소리. 이 푸르른 꿀 같은 삶에서는 낭비에 대해 생각할 필요가 없었다. 나는 그저 수영장 끝에서 끝까지 헤엄쳤다. 자유형으로 나아갔다. 수영장 타일 바닥 위에서 씨 없는 오렌지들이 메달처럼 빛났다. 고용인이 휘파람을 불며 썩은 과일을 꺼냈다. 음식이 부족한 사람도, 아픈 사람도 아무도 없었다.

나도 필립에게 질문을 했다. 그러나 그는 다른 데 정신이 팔린 듯 내 머리 너머를 흘끔거렸다. 또 한 번 그가 시선을 돌렸을 때 나도 그쪽을 돌아보았다. 문지방에 어떤 사람이 허리에 깨끗한 흰색 앞치마를 두르고 서 있었다. 나는 그가 미끄러지듯 걷는 것을 보았다. 그런데 다시 보니 그의 발이 매우 더러웠다. 발바닥 부분이 1센티미터 정도 검게 얼룩졌고 뒤꿈치는 갈라지고 까져 있었다. 내가 자신을 본 것을 알아챈 그가 고갯짓을 하더니 우리에게 다가왔다. 손가락 사이에 와인잔들을 꽃다발처럼 끼고 있었다. 키가 크지는 않았지만 무늬 없는 흰 셔츠 너머 어깨 근육이 탄탄해 보였다. 손목에는 붉은 끈을 묶고 있었는데 끈이 너무 조여서 살이 불거져 있었다. 머리카락을 깃털처럼 곤추서게 빗질한 모습에서 억눌리지 않은, 넘치는 에너지가 느껴졌다. 어린이용 색칠 그림책에서 선 밖으로 삐져나온 그림 같았다. 그가 나를 돌아보았다.

월 맞죠? 그가 조용히 말하고는 술잔들을 내려놓더니 내 손을 양손으로 감싸 쥐었다. 저는 존 릴입니다. 제가 늦었군요. 미안합니다. 립아이 스테이크 굽는 걸 감독하느라고요. 손님 맞이 음식으로 그리 좋은 선택은 아닌 것 같군요. 다른 분들이 우리와 함께 식사하는 건 오랜만이네요. 여기 와주셔서 정말 기쁩니다. 우리 모두 같은 마음이에요. 이제 들어가시죠.

✠

식당에서 우리는 좌식 테이블 앞에 앉았다. 바닥에는 또 실크 방석들이 늘어놓여 있었다. 어떤 금발 여자가 쟁반을 들고 왔다가 다시 나갔다. 나는 여섯 명의 식사 자리에 인력을 고용하는 사람들은 어떤 부류의 사람일까 궁금했다. 그녀가 말벡와인을 따라주었다. 루비색 액체가 내 잔 안에 고리 모양으로 쏟아졌다. 하지만 나는 손대지 않았다. 겨우 뱅쇼를 마신 것만으로 이미 어지러웠다.

내가 이처럼 술을 거의 마시지 않았다는 점을 강조하고 싶다. 이내 정신이 완전히 말짱해졌으니 이후에 일어난 일들이 잘 기억나야 마땅할 텐데, 그러기는커녕 대부분의 시간이 머릿속에서 날아갔다. 대체적인 윤곽, 대화 토막들, 언뜻 떠오르는 상像들은 남아 있다. 그러나 기억의 많은 부분들이 옛날 영화 속 장면처럼 흐릿하다. 그게 문제일까? 그들과의 첫 만찬을 너무 많이 되짚어서 기억이 내 지문으로 얼룩졌다. 분홍색 고기를 썰자 새어 나오던 피, 조그마한 뼛조각처럼 부스러지던 그을린 고기 부스러기들. 찢어진 빵에서 피어오르던 김, 녹은 버터. 흰 도자기에 뚝뚝 흘러내려 금빛을 입히던 기름. 접시를 치우는 웨이트리스의 가는 팔목이 떨렸다. 내가 고맙다고 인사하자 그녀는 움찔했다. 일한 경험이 별로 없는 모양이라고 나는 생각했다. 미소 짓는 입술 사이로 반짝이던 치아. 다른 사람들은 몰라도 나는 이 따뜻함의 정체를 인지했어야 했다. 총체적인 속임수라는 것을. 유대감, 약간의 음식. 신처럼 성대하게 베푼, 뜨끈한 빵이라는 간교한 뇌물. 가져라, 먹어라. 이것은 너를 위해 부서진 내 몸이니. 열린 커튼들 사이로 내리닫이창이 살짝 엿보였다. 유리 깊숙한 곳에서 몸을 구부리고 움직이는 실루엣들이 보였다. 우리가 가진 최고의 자아상. 나는 내가 되고 싶은 모습대로 보인다고 생각했다. 마음이 편안해진 나는 음식을 더 먹었다.

✠

시트론 타르트까지 다 먹은 우리는 거실로 돌아갔다. 어렴 풋한 난롯불 속에서 방석들이 천람석처럼 푸르게 빛났다. 피 비와 존 릴은 다른 사람들에게서 떨어진 자리에 앉아 있었다. 내가 볼 때마다 존 릴이 말을 하고 있었다. 그녀는 자기 무릎 을 내려다보았다. 머리카락이 리본 달린 머리띠 너머로 흘러 내렸다.

……이 고통에 너무 충실한 나머지 다른 사람들도 아프다 는 것을 잊는 거죠. 그가 들릴락 말락 한 소리로 말했다.

그녀가 그를 올려다보며 말했다. 아니에요. 나는 내가 그렇 지 않다고 생각해요.

네. 저도 당신이 그렇다고는 생각하지 않아요.

웨이트리스가 걸어다니며 차와 뱅쇼를 권했다. 나는 차를 달라고 했다. 그녀가 입술을 깨물며 찻주전자를 기울이자 가 느다란 머리카락이 늘어뜨려졌다. 피비는 지퍼를 반쯤 채운 핸드백을 옆구리 부근에 두고 있었다. 내가 지켜보는 앞에서 존 릴이 그걸 집어 들더니 지퍼를 열고 손을 넣고는, 여전히 뭐라고 말을 하면서 핸드백을 뒤적거렸다. 나는 저 가방을 들어준 적이 있었다. 가방의 플러시 천과 송아지 가죽의 감촉을 잘 알았다. 어머니의 핸드백이 떠올랐다. 네모난 상자 모양의 가방이었는데 어머니가 너무나 은밀히 간직하고 다녀서 나는 그 안의 내용물을 평생 딱 한 번, 어머니가 병원에 입원했을 때에야 보았다. 그때 나는 소지품들 각각의 머리글자를 적고 서명해야 했다. 손소독제. 라벨이 붙은 약병. 어유魚油, 아스피린. 립스틱. 호호바 로션. 호신용 호루라기. 나는 내가 볼 수밖에 없었던 장면을 인정할 수 없었다. 남이 핸드백을 저렇게 뒤지면 어머니는 질색했을 텐데, 피비는 동요 없이 그의 얼굴만 바라보고 있었던 것이다. 그는 오팔 같은 빛깔의 틈새로 손가락을 집어넣었다. 빛나는 새틴 안감이 드러났다. 나는 막고 싶은 심정이었지만 피비는 그를 내버려두고 있었다. 그것이 존릴의 가방이기라도 한 것처럼.

거북해진 나는 화장실을 찾으러 나갔다. 돌아와보니 사람들이 모두 서 있는 가운데 필립이 업라이트 피아노 한 대를 밀면서 들어오고 있었다. 그는 피아노를 벽에다 밀어붙이고 뚜껑을 열었다. 이언이 쿠션이 대어진 의자를 가져왔고, 피비가 피아노 앞으로 다가갔다. 내가 조에게 무슨 상황이냐고 묻자, 평소에는 이언이 피아노를 쳤는데 지금은 엄지손가락을 다친 탓에 피비가 대신 연주하기로 했다는 대답이 돌아왔다.

　쟤는…… 나는 입을 열었다가 다시 다물었다. 피비가 의자에 앉더니 손잡이를 돌려 높이를 조절했다. 얼마 전 그녀와 함께 와이어스 기숙사에 있는 그랜드 피아노를 지나친 적이 있었다. 하도 안 써서 반질반질 빛이 나는 피아노였다. 나는 저걸 누가 치는 모습을 한 번도 못 봤다고, 너무 아깝다고 말했다. 그러자 그녀가 말했다. 하지만 좋은 피아노는 아니야. 피아노를 칠 줄 아냐고 물었더니 그녀가 대꾸했다. 오, 아니.

　첫 음들이 울렸다. 피비의 손이 천천히 움직이며 화음을 짚어나갔다. 그러다 그녀는 뻣뻣한 자세로 몸을 세웠다. 자신은 이 음악과 전혀 관계가 없다는 듯이. 손가락들이 파문을 일으키며 빨라져갔다. 오른손이 자아내던 멜로디가 높이 솟구쳤다. 그녀가 생기를 띠었다. 음률을 유지하면서 그녀는 피아노를 향해 몸을 굽혔다. 고개를 젖힌 채 귀를 기울였다. 메아리치는 소리 속에서 나는 이 집의 벽들이 무너져 내리고, 녹스허스트가 짜부라지고, 나머지 세상도 모조리 흔적도 없이 부서지고 오로지 피비 혼자만 남아 저 가벼운 음 하나를 누르고 있는 것을 상상했다. 그녀가 손으로 건반들을 쭉 훑더니 마저 연주를 해나갔다.

✠

　우리 등 뒤에서 현관문이 닫히자 피비가 내게 운전해줄 수 있느냐고 물었다. 거세게 부는 바람 속에서 그녀가 큰 소리로 말했다. 와인을 너무 많이 마셨어. 그녀는 입에 들어간 머리카락들을 빼냈다. 너도 나만큼 많이 마셨어? 아니, 당연히 안 그랬겠지. 너는 자제심을 발휘했으니까. 나도 한때는 그런 걸 할 줄 알았는데 이제는 방법을 까먹었어. 그냥 택시 부를까?

　내가 운전할게. 나는 차에 탔다. 갑자기 주위를 둘러싼 정적 속에서 그녀가 마지막으로 눌렀던 피아노 음들의 울림이 여전히 들렸다. 그 소리가 발하는 어슴푸레한 빛이 정적을 둘러싸고 있었다. 나는 시동을 켰다. 악기는 한 번도 배워본 적이 없었다. 하지만 몇 년 동안 악마의 힘을 피하기 위해 클래식 음악을 듣기는 했다. 특별히 좋아하고 아끼는 피아노 음반들도 있었다. 예컨대 루푸, 굴드, 우치다. 그녀가 아까 친 곡은 리스트 아니었나? 나는 내게 음악을 듣는 귀가 있다는 근거들을 찾고 있었다. 언젠가 부모님과 함께 하이킹을 하다가 찌르레기 떼가 움직이는 걸 본 적이 있다. 이리저리 번잡하게 몰려다니는 새들이 마치 물고기가 그득히 잡힌 그물처럼 보이더니, 별안간 일제히 날아올라 땋은 끈 타래 같은 모양으로 뭉치면서, 채찍처럼 팽팽하고 날렵한 움직임으로 지평선 저 너머로 날아가는 것이었다. 해로운 새들 같으니. 아버지가 언제나처럼 현실주의적으로 말했다. 하지만 나는 그 광경이 경이롭다고 생각했다. 신의 설계가 눈에 보이는 형상으로 나타난 듯했다. 내가 피비의 연주를 들으면서 느낀 것도 바로 그것이었다. 음들이 솟아올라 형체를 갖추면서 거대한 의지를 명료히 드러내는 연주. 나는 말했다. 너는 무대에 올라야 해. 만약 내게 그런 재능이 있었다면……

그녀가 말했다. 그 재능을 위해 살겠지. 윌 켄들, 네가 바로 유명한 피아니스트이자 음악의 대제사장이 되겠지.

왜 웃는 거야?

그게, 나도 시도해봤거든. 피아니스트가 되고 싶었어. 나는 그게 뭔지 잘 모르겠어, 재능이라는 게. 피아노를 그만둘 때쯤엔 차라리 재능이 아예 없어서 내가 얼마나 부족한지조차 몰랐으면 좋았을걸 싶더라. 오늘 밤 연주한 건 그의 부탁 때문이었어. 그뿐이야. 강제 노동 수용소에서 겪었던 일들을 이야기해줘서……

'그'는 존일 텐데. 내가 입을 열자 내 목소리가 그녀의 것과 겹쳤다.

난 거절할 수가 없었어……

강제 노동 수용소라고?

음……

그가 수용소에 있었구나.

음…… 월.

✠

2년 전 봄에……

(내가 텅 빈 녹스허스트 길을 따라 차를 빠르게 몰며 밤을 물들이는 신호등들을 지나쳐 가는 동안, 그녀는 뜨끈한 손을 내 허벅지에 올린 채 나를 보면서 이야기했다.)

……존 릴은 북한 옆에 있는 중국 도시인 옌지로 갔어. 거기서 중국에 숨어 있는 탈북자들이 서울로 도망치는 걸 돕는 미국인 활동가 조직에서 일했지. 도보로 라오스 정글을 거쳐 한참을 우회하는 위험천만한 여행이었기 때문에 아편 운반인들을 가이드로 삼아야 했어. 그러던 어느 날 밤 존은 북한 공작원들에게 붙잡히고 말았어. 그들은 존을 데리고 국경을 넘어가서 수용소에 넣어버렸지. 그는 아직까지도 거기서 목격한 것들에 대해 말을 잘 못 해. 사람들의 목숨이 쓰레기처럼 버려졌다고 하더라. 다섯 살짜리 아이가 쌀을 좀 훔쳤다는 이유로

교수형을 당하고, 윤간이 벌어지고. 모두가 굶주렸어. 배급되는 식량이 너무 부족해서 한 남자는 변소 닦는 데 쓰였던, 똥 묻은 걸레까지 먹기도 했어. 한번은 얼음 속에서 시체가 발견됐는데, 몸의 일부분들이 없었고 그 부위에 인간의 잇자국이나 있었어. 또 존이 보는 앞에서 교도관들이 임신한 소녀의 배를 걷어차기도 했어. 그녀는 아기를 보호하려고 부풀어 오른 배를 감싸고 몸을 웅크렸어. 교도관들은 바닥에서 피를 흘리는 소녀를 놔두고 떠나버렸어.

사람들은 두려워서 외면했어. 존 릴도 처음엔 마찬가지였지. 그런데 어떤 노인이 소녀를 부축해주는 걸 보고 부끄러워진 그는 몰래 소녀를 돌봐주기 시작했어. 조직에서 배운 기초적인 응급 처치 기술을 활용한 거야. 그녀의 이름은 미나라고 했어. 중국에서 숨어 살고 있었는데, 그녀에게 반감을 가진 이웃들이 경찰에 신고했대. 북한으로 돌려보내질 거라는 말을 들은 순간 그녀는 무슨 일이 벌어질지 알았다고 해. 북한에서는 외국인의 피는 더럽다고 생각하기 때문에 해외에서 아이를 밴 임신부들은 모두 낙태를 시키거든. 그녀는 아이를 구해달라며 울었어. 존 릴은 최선을 다했지만 하혈을 멈출 수 없었어. 그날 밤 미나는 끝내 태어나지 못한 아기와 함께 죽고 말았어.

수용소에 잡혀간 지 다섯 달이 흘렀을 때, 교도관들이 아무 설명도 없이 그를 차에 태우고 중국 국경으로 데려가더니 구타하고는 얼어붙은 강을 건너 옌지로 돌아가라고 명령했어. 그는 강을 건넜고 결국 살아남았어. 살이 13킬로그램이나 빠지고 왼팔이 부러지긴 했지만. 그 상태로는 조직에서 활동할 수 없었기 때문에 그는 미국으로 돌아왔어. 그가 구해주지 못한 소녀 미나도 함께였어. 밤에 잠들려고 애쓸 때마다 그녀는 침대 옆에 나타났어. 무엇을 원하냐고 물었지만 아무 대답도 하지 않았어. 입을 앙다문 채 바라보기만 할 뿐. 며칠 밤이 지나서야 그는 미나가 신발을 신지 않았다는 걸 알아차렸어. 생전에는 샌들을 신고 다녔는데, 그녀가 죽은 이후 존 릴이 신발이 없는 다른 수감자에게 샌들을 줘버렸거든. 그는 혹시 신발을 원하는 거냐고 물었어. 그녀는 여전히 묵묵부답이었어.

다음 날 아침 그는 충동적으로 맨발로 밖에 나갔어. 싸늘한 아스팔트에 서서 옌지 활동가들을 위한 후원금을 모은다는 팻말을 들어 올렸지. 그날 밤부터 미나의 혼령은 나타나지 않았어. 그는 그렇게 맨발로 모금을 하고 다녔어. 그러다 이내 대형 한인 교회들에서 모금 운동을 하는 게 효과적이라는 것을 알게 되었지. 처음에는 동해안 지역들에서, 그다음에는 서부에서 운동을 벌였어. 존 릴도 한국인이거든. 정확히는 한국인

혼혈이지만.

내 아버지가 그의 운동을 도왔어. 아버지는 자신이 서던 설교단에 존 릴을 데리고 올라갔어. 그렇게 해서 존 릴이 나에 대해 알게 된 거야. 그가 에드워즈 대학에 다녔다고 인 목사에게 말했더니, 목사가 자기 딸도 마찬가지로 녹스허스트에 있다고 이야기한 거지. 오, 우리 아버지 교회는…… 이미 이야기한 줄 알았는데. 오. 음, 아버지가 L.A.에 교회를 세웠거든. 아니, 나는 신앙심이 전혀 없어. 내가 아주 어렸을 때 부모님이 갈라섰잖아.

한편 엔지 활동가 조직은…… 조직원을 한 명 더, 그리고 또 한 명 잃었어. 둘 다 납치됐고, 아마도 살해당했을 거야. 그러고 나서 조직은 해체됐어. 존 릴은 모금 운동을 할 필요가 없어졌으니 녹스허스트로 돌아가서, 미국에 갓 이민 온 이민자들에게 자문을 해주는 비영리 법률 구조 단체에서 일했어. 가치 있는 일이었지. 하지만 전만큼 만족스럽지는 않았어. 그는 사람들을 직접 돕고 싶었는데, 그건 공문서를 작성하고 보조금을 신청하는 업무였으니까. 우리가 그의 집에서 만난 사람들도 그와 마찬가지로 공익사업에 투신하고 싶어 하는 사람들이었어. 그래서 그는 주위를 둘러보며 뭘 해야 할지 고민했어.

✠

피비가 이야기를 끝냈을 때 우리는 캠퍼스로 돌아와 안뜰 잔디밭을 가로지르고 있었다. 나는 뭐라고 반응해야 할지 알 수 없었다. 걸음을 옮길 때마다 가을 낙엽들이 발밑에서 바스락 부서졌다. 우리는 오래된 공지문들이 덕지덕지 붙은 게시판을 지나쳐 갔다. 나는 거짓말에 대해서라면 일가견이 있었다. 그의 이야기에서 거짓말의 징후가 읽혔다. 앞으로 몇 달 동안 존 릴의 수용소 이야기를 더 들어야 할 터였다. 그 광대극 속에서 바뀌는 출연자들. 뉘우치는 암살자. 탈출한 전직 곡예사. 공작원, 조직의 핵심 인물. 점쟁이가 늘어놓는 뻔한 거짓말로 이루어진 연극을 보강하기 위해 그는 교수형 당한 아이까지 창조해냈다. 내가 처음 들은 게 그 이야기들 중 어느 것이었는지 기억이 안 난다. 피비가 전해준 이야기가 그가 나중에 날조한 이야기들과 겹쳐진다. 나는 그것들을 떼어내보려고 하지만 결국 실패한다. 존 릴은 심지어 내가 피비와 함께 촉촉한 풀밭을 걷던 그때의 기억마저 침범한다.

그녀는 내게 무슨 생각을 하느냐고 물었다. 하지만 적절한 반론이 생각나지 않았다. 초조한 미소가 내 얼굴에 번지는 게 느껴졌다. 신을 믿는 사람들 앞에서 내가 자꾸만 짓게 되는 미소였다.

굉장하네. 내가 말했다.

그렇지?

그래서 존 릴이 너를 찾아온 이유는……

음, 내가 여기 입학했을 때 아버지가 그에게 나를 만나달라고 부탁했대. 어째서 그렇게 수수께끼처럼 등장했느냐고 물었더니, 만약 자기가 내 아버지 친구라고 곧이곧대로 말하며 접근했다면 내가 자기랑 말을 섞고 싶었겠느냐고 하더라.

사람들이 소리 내어 웃으며 지나갔다. 그중 누군가가 피비에게 인사했다. 그녀는 손으로 키스를 보내는 시늉을 했다. 나는 물었다. 넌 아버지와 가깝지 않은 거야?

아버지도 L.A.에, 우리 집에서 30분 거리에 사시긴 했어. 하지만 별로 만나진 못했지. 이혼이라는 건 복잡한 일이었거든. 나는 아버지처럼 기독교 신자로 자라지 않았어. 교회에는 발도 들인 적 없고. 반면 아버지에게는 교회가 곧 삶이란 말이야. 내가 기독교인이 아니라는 것 때문에 아버지는 속을 태우셨어. 지금도 그럴걸.

나는 머뭇거렸다. 그녀는 여태껏 종교적 훈육에 대해 언급한 적이 없었다. 하지만 나는 넌지시 말한 적이 있을 터였다. 분명 우스갯소리 삼았을 것이다. 내가 기독교인이었을 때 말이야,라고 말하고 다니곤 했다. 내 인생에서 가장 결정적이었던 상실을 농담거리로 써먹으면서. 그러던 내가 이제 피비에게 말했다. 나는 에드워즈에 들어오기 전에 신학대학에 다녔어. 신앙을 버리기 전까지는 말이야. 나는 내가 예수님에게 선택받은 줄 알았어. 그분의 말씀을 전파할 그릇으로 나를 고르셨다고 믿었지. 웃지 말고 들어봐. 나는 동네 술집들 밖에서 구원을 전하곤 했어. 감상에 빠진 취객들이라도 붙잡을 수 있을까 하고. 실제로 효과를 보기도 했지. 나는 그 방면에 소질이 있었거든. 내 성경책 뒷장에 내가 구원한 영혼들을 쭉 적어놓기도 했어.

난 웃지 않았는데. 그녀가 말했다.

나는 가벼운 투로 말하려고 노력했지만 나에 대한 피비의 관심이 열이 오르듯 높아지는 것을 느낄 수 있었다. 나는 바닥을 내려다보며 말했다. 여기서 이 이야기는 아무한테도 한 적 없어.

왜 신앙을 버렸는지 물어봐도 돼?

특별한 계기는 없었어. 그냥 일반적인 이유들 때문에.

그게 뭔데?

오, 다양한 종교가 존재한다는 것이나 아이들이 굶주린다는 것, 악의 문제…… 파산이라는 게 그런 식으로 일어난다잖

64

아. 점차 진행되다가 어느 순간 한꺼번에 망하는 거.

우리는 낙엽을 밟으며 플랫 기숙사로 향했다. 그녀가 말했다. 하지만 정말 힘들었겠다. 내게 공감해주려는 것 같았다. 그리고 그 말이 맞기도 했다. 나는 신앙을 버리지 않으려고 노력했다. 사랑하는 하나님만을 외곬으로 좇으며 크나큰 목적의식을 가지고 살아오지 않았던가. 그랬던 내가 어느 날 오후 침실에서 무릎을 꿇고 앉아 마지막 한 번만 표적表迹을 보여달라고 빌었다. 반투명한 흰색 커튼이 일렁거렸다. 기다렸다. 하지만 아무 소리도 들리지 않았다. 근육이 경직된 채 나는 일어났다. 그때부터 내게 하나님 모양의 구멍이 뻥 뚫린 느낌이었는데 어떻게 메워야 할지 알 수 없었다. 그렇게 피비에게 말할 걸 그랬다. 내가 그리스도에게 신물이 났던 까닭은 오히려 그분을 사랑하기를 멈출 수 없었기 때문이었다고, 내가 지어낸 유령을 잃고서 마치 진짜를 잃은 것처럼 슬퍼했기 때문이었다고. 한동안 기찻길이 나를 끌어당겼다고. 총도, 알약도. 하지만 나는 이 이야기를 꺼낸 것을 벌써부터 후회하고 있었다. 피비가 나를 동정하는 것은 원치 않았으니까. 화제를 바꾸기 위해 나는 초조해하던 금발 웨이트리스에 대해 물었다.

피비가 말했다. 테스라고 해. 웨이트리스는 아니야. 그들과 같이 사는 사람이야. 거기 사람들은 서로 돌아가면서 식사

서빙을 한대. 나는 더 묻고 싶은 것들이 있었지만 그때 피비의 기숙사 문이 탕 열리더니 하이힐을 신은 여학생들이 또각또각 걸어 나왔다. 그녀는 문이 도로 닫히기 전에 손잡이를 잡고는 내게 들어오겠느냐고 물었다. 나는 석조 계단으로 걸어갔다. 우리가 계단을 올라가는 발소리가 메아리쳐 울렸다. 우리는 공용 거실을 통과해 피비의 방으로 들어갔다. 정적이 우리 사이에 밀려들었다. 피비의 혀끝에 적셔진 입술이 선명한 빛깔을 띠었다. 그녀가 나를 자기 방으로 초대한 것은 처음이었다.

진 있어. 그녀가 말했다.

마시고 싶어?

네가 마신다면.

나야 좋지.

그녀가 하이힐을 벗고 얼음을 꺼냈다. 그동안 나도 옥스퍼드화를 흔들어 벗었다. 작은 방 안을 서성거렸지만 볼 것은 별로 없었다. 벽에는 아무 장식도 붙어 있지 않았다. 펼치지 않은 교재들이 반짝이는 비닐 포장에 싸인 채 높다랗게 쌓여 있었다. 그녀는 라임 조각을 테두리에 끼운, 거품이 올라오는 술이 든 유리잔을 내게 건네고 노트북 키보드를 두드렸다. 스피커에서 베이스음이 흘러나왔다. 스페인 밴드야. 마음에 들어? 나는 마음에 든다고 했다. 그러자 그녀가 노래의 느슨한 박자에 맞춰 몸을 흔들었다. 맨어깨가 구르듯 움직였다. 그녀는 머리 위로 손을 올려 손가락으로 딱딱 소리를 내며 캐스터네츠 치는 시늉을 했다.

곡이 이어지는 동안 우리는 함께 춤을 췄다. 그러다 그녀가 내 바지 단추를 풀고 끌어내렸다. 사각팬티가 드러났다. 나 이런 거 처음이야, 그렇게 말해볼까 싶었지만 그만두었다. 내가 알몸이 되고 나서야 그녀는 자신의 줄무늬 셔츠를 벗기게 해주었다. 섬세한 천이 내 손바닥 안에서 구겨졌다. 나는 스커트 지퍼를 내렸다. 몇 주 동안 이 상황을 구체적으로 상상해온 나였다. 진짜 피비의 등줄기에 이랑진 굴곡을 따라 손톱을 미끄러뜨리는 동안에도 그 생생한 허상들이 주위에 몰려왔다. 가느다란 등을 구부리며 신음을 내뱉는 유령들 사이에서 나는 피비라는 여자에게, 이 특정한 갈비뼈에 주의를 집중하려 애썼다. 새콤한 라임즙과 똑같은 맛이 나는 손가락들. 우리는 침대에 쓰러졌다. 나는 피비의 엄지를 입에 물었다가, 곤두선 젖꼭지를 핥았다. 그녀는 가슴을 내려 내 입술에 대더니 장난치듯 다시 들어 올렸다. 그런데 내가 위에 올라타려 하자 그녀가 거부했다.

왜 그래? 내가 물었다.

우리 이렇게 있자. 그녀가 그렇게 말하며 내 위에 올라앉더니, 손과 무릎으로 침대를 짚고 엎드렸다. 어깨를 구부린 채자기 뒤에 있는 나를 돌아보고는 이제 계속하라고 했다. 작은 골반뼈 한 쌍이 반쯤 만들다 만 손잡이처럼 튀어 나와 있었다. 나는 그걸 잡았다. 그녀가 앞뒤로 몸을 움직였다. 하지만 즐기고 있는지 아닌지 여전히 가늠할 수 없었다. 나뭇가지들이 유리창을 집요하게 긁어대는 소리가 들렸다. 그 소리 때문에 피비의 침묵이 더 두드러졌다. 지금 멈추기에는 너무 일렀다. 나는 생각을 해보았다. 요전 날 밤 비가 올 때 은행나무 한 그루가 쓰러졌다. 다음 날 아침 어떤 행인이 그 뿌리 사이에서 희게 빛나는 무언가를 보았다. 사실 그건 사람의 두개골이었다. 에드워즈 대학 안뜰은 옛 묘지 위에 지어졌다고 한다. 잔디밭 아래 흙에는 뼈들이 격자처럼 뒤얽혀 있을 것이다. 나는 몸을 기울여 울퉁불퉁한 등뼈에 입을 맞췄다. 속도를 늦추고 싶었다. 피비가 내 허벅지 위에 엉덩이를 찧었다. 너무 빨랐다. 너무…… 그녀의 허리가 경직되었다. 나는 사정하며 그 위에 쓰러졌다.

8

존 릴

녹스허스트로 돌아간 가을 동안 존 릴은 아침에 힐콕스 스트리트의 무덤들을 찾아가는 습관이 생겼다. 묘지 문은 동틀 녘 열렸다. 그는 그곳에서 묵념했다. 높은 보리수나무들이 추위에 헐벗은 채 서서도 팔을 쳐들고 할렐루야를 외쳤다. 그는 걸어다니며 묘비문을 읽고, 한때 사랑받았을, 이제는 흐릿해져가는 이름들을 살펴보았다. 서리를 밟은 발이 시려왔다. 겨울이 누그러져 봄이 되고, 이끼 낀 오벨리스크들이 높이 치솟았다. 여름 열기 속에서는 서늘한 묘비에 등을 기댔다. 한때 사람이었던 것들로부터 자라난 인동덩굴 줄기를 뽑아내고 그 즙을 마시기도 했다. 얼마 뒤면 그도 흙 속에 누워 미래의 순

례자들에게 영양분을 내줄 수도 있으리라. 자기 자신을 위해 바라는 것을 하나 꼽자면 바로 그것이었다. 자신이 유용하게 쓰이기를.

그러나 그는 참을성을 기르고 있었다. 자신의 계획이 하나님의 계시처럼 명료하고 이해하기 쉽게 보였다. 수용소를 겪기 전의 그에게 계시라는 것이 어떤 모양이냐고 물었다면, 그는 전조처럼 번쩍이는 섬광, 격렬히 몰아치는 강풍을 떠올렸을 것이다. 일상이라는 천에 생긴, 반박 불가능하고 황홀한 구멍 같은 것. 그러나 이제 그에게는 계획이 있었다. 기회가 있었다. 그는 얼굴을 들었다. 보리수나무 가지들 사이로 푸른 마름모꼴들이 마치 손 뻗으면 가질 수 있는 포상처럼 엿보였다. 그러나 그의 개인적 야망은 더 이상 중요하지 않았다. 그는 인류를 생각하고 있었다. 몇 달 뒤 피비가 처음 닥친 계시에 대해 물을 때 그는 충격적인 깨달음과 함께 계시를 느꼈다고 설명할 것이다. 그래, 그렇게 생각했다. 바로 그거였다. 그는 그 순간을 기다렸다. 사실 나는 당신에 대해 처음 들었을 때 바로 그런 느낌이 들었다고, 그는 피비에게 말할 터였다.

9

피비

나는 트럭을 들이받았어요, 그녀는 그렇게 말했을 것이다. 나는 그 장면을 상상하고 있다. 피비가 그 모임에서 다리를 모으고 앉아 있는 모습을. 공처럼, 꽉 말아 쥔 주먹처럼 웅크린 자세를. 다른 사람들은 원을 그리고 앉아 자기 삶을 폭로하는 피비를 지켜보고 있었을 것이다.

피비가 말했다. 트럭 운전자는 다리가 부러졌어요. 나는 다치지 않았고요. 사고의 충격은 내 어머니가 고스란히 받았죠. 병원으로 이송되기도 전에 출혈 과다로 돌아가셨어요. 그때 나는 아직 고등학생, 그러니까 미성년자였기 때문에 아버지 집에 들어가 살아야 했어요.

그때까지 아버지와 같이 시간을 보낸 적은 별로 없었어요. 서울을 떠나던 때 어머니의 계획은 나를 혼자 키우는 거였거든요. 그런데 아버지가 우리를 따라 미국으로 건너와서 같이 살자고 간청했죠. 처음에 어머니는 받아들이지 않았어요. 그런데 결국 동의하게 된 까닭은, 내가 양쪽 부모 밑에서 자라는 편이 좋을 거라고 생각했기 때문이었어요. 두 분은 자주 싸웠어요. 아버지는 때때로 난폭해졌고요. 어느 날 밤 계단 꼭대기에 앉아 있던 내 앞에서 두 분은 고함을 지르며 싸웠어요. 그러다 아버지의 주먹에 맞은 어머니가 쓰러지더니 일어나지 못하는 거예요. 나는 뛰어 내려갔죠. 어머니가 죽은 줄 알았어요. 움직이질 않더라고요. 그래서 구조 요청을 하려는데, 아버지가 식탁에서 물잔을 집어 들더니 어머니의 얼굴에 물을 끼얹지 않겠어요. 어머니가 깨어날 때까지요. 그런 식이었는데도 어머니는 노력했어요. 그러다 내가 다섯 살이 됐을 때 어머니가 아버지와 다시 헤어져도 괜찮겠느냐고 묻더라고요. 너랑 나 둘이서만 떠나자고. 그래서 나는 좋다고, 떠나자고 했어요. 재깍 어머니 편을 택한 거죠.

그랬던 내가 아버지 집에 들어갔는데, 아버지는 나를 점잖게 대했어요. 먼 친척처럼 예의를 지키면서요. 자기 교회에 오지 않겠냐고 묻지도 않더군요. 내가 거절할 거라고 생각했나 봐요. 부엌에서 아버지가 우는 모습을 본 적이 있어요. 나는 못 본 척했지만요. 만약 어머니의 죽음을 슬퍼한 거라면, 나는 아버지에게 그럴 권리가 없다고 생각했어요.

나는 한 달 남은 고등학교 과정을 마쳤어요. 그리고 최대한 빨리 그 집을 떠났죠. 녹스허스트로 건너왔어요. 리텔 예배당에서 총장이 환영사를 할 때 나는 밖으로 나갔어요. 내가 조용한 교정을 걸어가는 동안 다른 학생들은 모두 장의자에 앉아, 그들이 얼마나 기뻐해야 하는지 강조하는 총장의 말을 듣고 있었죠. 이 학교는 미국에서 제일가는 배움의 전당들 중 하나다. 여러분은 정말로 운이 좋다. 특권이다. 사회에 되돌려줘야 할 의무가 있다…… 레이섬 기숙사 앞을 지나는데, 나 같은 무단결석생이 정문의 키카드 불빛에다 푸른 라이터 불꽃을 대고 있더군요. 문은 열리지 않았어요. 불이 꺼지자 그는 다시 라이터를 켰어요. 내가 뭐 하고 있느냐고 물으니 이렇게 답했어요.

고장 났어. 이 문 말이야. 맛이 갔나 봐. 안 열려.

내가 한번 해볼게.

그는 멈칫했지만 이내 물러섰어요. 넙데데한 얼굴이 불그레했고 부어 있더군요. 그는 커다란 몸뚱이를 석조 아치에 기댔어요. 내가 내 카드를 갖다 대자 문이 삑 소리를 내며 열렸죠. 나는 웃지 않으려 안간힘을 썼어요. 그는 나더러 영웅이라고 하더니 술을 한잔 대접하겠다고 우겼어요. 나는 이기지 못하고 그의 공용 공간*으로 따라 들어갔고요. 그가 자기 이름을 밝혔어요. 줄리언. 줄리언 노라는 이름이었죠. 내 이름을 말하자, 그는 한국인이냐고 물으며 하이파이브를 하려고 손을 들었어요. 딱 들으니 알겠다면서요. 그러고는 소파에 몸을 기울이더니 등을 대고 누워 한숨을 푹 쉬고는 눈을 감았어요. 나는 살그머니 그곳을 빠져나왔죠. 다음 날 아침 일어나보니 우리 공용 공간 문틀에 허리까지 올라오는 하얀 글라디올러스 다발이 기대어져 있지 뭐예요. 꽃다발에는 줄리언이 내게 쓴 긴 사과의 메시지가 들어 있었어요. 그의 표현에 따르자면 '와인 시음 파티'라고 하는 모임이 있으니 자기네 공용 공간에 놀러 오라는 초대도 포함되어 있었죠. 나는 파티에 갔어요. 그러고 나서 줄리언과 같이 이런저런 파티에 다니다가 새벽녘이 되어서야 내 방으로 돌아갔어요. 그날 오후 늦은 점심을 같이 먹으면서 줄리언이 말했어요.

피비, 어젯밤에 미치 기숙사 애 만났잖아. 금발에 좀 마르고 키가 이 정도쯤 되는 애. 걔 어땠어, 마음에 들었어? 응, 괜찮은 것 같아.

---

* suite: 여러 학생의 개인실이 있고 공용 거실과 욕실 등이 딸린 공간을 뜻한다.

나는 줄리언에게 이런저런 질문을 했어요. 줄리언도 내게 에드워즈에 오기 전의 삶에 대해 물으며 질문을 되돌려주려 했죠. 하지만 내가 말했어요. 아니, 우선 너에 대해 모든 걸 알고 싶어. 줄리언, 네 모든 비밀을 털어놔. 처음부터 시작해보자. 크든 작든 간에 네 인생에서 가장 처음으로 한 거짓말이 뭐야? 나는 그가 넓적한 치아들을 벙긋 내보이며 웃는 것을 보았어요. 울타리 문이 벌컥 열리는 듯한 느낌이었어요. 그의 미소가 나를 안으로 들여보냈다고나 할까요.

줄리언을 안내원 삼으면서부터 나는 에드워즈 학생들을 만나게 됐어요. 이 배움의 전당에 오로지 단 하나의 목적으로, 즉 즐기기 위해 들어온 아이들 말이죠. 자기 특권을 과시하면서. 그들은 중고품 할인점에서 산 드레스를 걸치고 출입이 금지된 분수대에 첨벙대며 들어갔죠. 샴페인은 녹아가는 황금처럼 거품을 일으켰고요. 입 벌려, 착한 아이처럼. 그렇게 말하는 줄리언의 손바닥 위에서 흰 알약이 반짝였어요. 나는 고개를 뒤로 젖혔죠. 약은 시간을 갈라버렸어요. 나는 마음을 가라앉히려고 젖은 잔디밭에 털썩 드러누웠어요. 열린 문에서 빛이 쏟아져 나왔어요. 술 취한 애들이 휘청거리다 빙빙 돌았고요. 사람들의 실루엣이 선명히 시야에 들어왔다가 다시 흐릿해졌어요. 다음 날 나는 머리가 흐리멍덩해진 채 느지막이 일어났어요. 점심을 몇 시간 동안 먹었죠. 여기저기서 들어온 초대가 쌓여갔어요. 그러다 보니 줄리언과 역할이 바뀌어서, 이제는 내가 그를 데리고 돌아다니게 됐어요. 그는 즐거워하며 나를 따라다녔죠. 그가 말했어요. 하지만 잊지 마, 너는 내가 찜했어. 너한테 손대지 말라고, 너는 완전히 내 거라고 말하고 다녀.

✠

오, 하지만 나는 그의 것이 아니었는걸요. 월 전에도 남자 친구들이 있었어요. 예를 들면, 발가락 빨기를 좋아하던 스쿼시부 신입 부원이 있었죠. 공용 거실에 볼 풀을 만들어놓은 시인도 있었어요. 여자를 끌어들이기 위한 거라나요. 재즈 플루트 연주자도 있었죠. 늦은 밤에 복도 벽장이 화장실인 줄 알고 오줌을 눈 필이라는 애도 있었어요. 자기 방에 빈 와인병을 트로피처럼 진열해두었던 팀이라는 애도 있었고요. 아니, 자랑하려고 하는 이야기는 아니에요. 나는 줄리언을 비롯한 친구들과 함께 하룻밤 섹스를 이야깃거리 삼아 떠벌이는 버릇이 생겼어요. 하지만 사실 에드워즈에서 보낸 첫 한 달을 생각하면 몸서리가 쳐져요. 그때의 기억은 조각조각 흩어진 채 남아 있어요. 어렴풋한 빛 속에 드러난 신체 부위들, 침을 발라 번질거리는 고추. 꼬집어놓은 젖꼭지. 팔꿈치, 잘못된 조준. 남자들은 숨을 씨근거렸고 이내 무지근한 고통이 찾아왔어요. 괜찮아? 그들은 물었고, 나는 친절하게 대하고 싶어서 거짓말을 했어요.

술을 많이 마셨어요. 술집에 가면 꽉 찬 술잔을 손대지 않고 두다가 단숨에 들이켰어요. 조심하지 않으면 어머니가 눈치챌 것 같았어요. 어머니는 돌아올 수밖에 없을 테니까. 어느 날 밤에는 가진 옷 중 가장 짧은 원피스를 입고 캠퍼스 가장자리의 낮은 담장에 걸터앉았어요. 붉은 신호등들이 교차로를 물들였어요. 나는 사람들이 지나가는 걸 바라보며 생각했어요. 날 데려가. 마침내 누군가가 내게 접근했어요. 콘돔이 없다고 하더군요. 괜찮아요, 그냥 해요. 나는 말했어요.

시내의 어느 건물 반지하에 있는, 리바이스라는 이름의 지저분한 싸구려 술집에서 그레그라는 남자와 대화하게 됐어요. 그 동네에 사는 30대 남자였고 고등학교 중퇴자였죠. 줄리언에게 마약을 팔았던 사람이라서 예전에 만난 적이 있었어요. 나는 그레그의 집에 따라갔고, 그의 침대에 묶였어요. 그는 내 팬티스타킹에 면도칼로 구멍을 내고 거기로 삽입했어요. 진 한 병을 같이 마셨고요. 그러다 정신을 차려보니 내가

77

병원 침대에 있었고, 어지럽고 몸이 아팠어요.

간호사가 설명했어요. 환자분은 토하면서 실려 왔어요. 아뇨, 구급차를 타고 왔어요. 술을 너무 많이 드셨네요. 하지만 괜찮을 거예요. 링거액을 주입했으니. 그만 울어요, 아가씨. 괜찮을 거예요.

너무 늦어서 거의 아침이 밝아올 시간이었어요. 내 뒤쪽 침대에 있는 남자가 고함을 지르길래 병원을 나왔어요. 전날 밤 입었던 옷차림 그대로에, 발목까지 올라오는 병원 양말이 발을 감싸고 있었어요. 스타킹의 찢어진 부분 때문에 살갗이 쓸렸어요. 집까지 1킬로미터를 걸어가는 동안 얇은 양말 천 너머로 인도 바닥의 싸늘한 냉기가 전해졌어요. 석조 표면에는 돌비늘들이 마치 하늘에서 떨어진 별 조각들처럼 흩어져 있었죠. 하지만 인도의 대부분은 오물로 뒤덮여 있었어요. 나는 깨진 유리, 찢어진 은박 봉투를 피해 걸었어요. 갓 눈 듯한 미끌미끌한 개똥도. 쓰레기 사이로 조심조심 발을 내디뎠어요. 해가 뜨고 있었죠. 어렸을 때 나는 선크림을 바르지 않고는 밖에 나갈 수 없었어요. 어머니의 가볍고 서늘한 손이 내 얼굴에 선크림을 토닥토닥 발라주었어요. 챙 넓은 모자를 씌우고, 턱 밑으로 리본을 단단히 묶고 가다듬어주었죠. 그렇게나 공을 들이다니. 나는 이제 하찮은 사람이 되었는데 말예요.

10

월

나는 피비와 밤을 보냈다. 다음 날 아침 흰 시트에 뒤엉킨 채 잠들어 있는 그녀를 지켜보았다. 숨을 길게 들이쉴 때마다 콧구멍이 벌어졌다. 얇은 귓불에 진주 귀고리가 반짝였다. 눈 꺼풀에 조그마한 물고기 비늘 같은 연푸른빛 정맥이 아로새겨져 있었다. 왼쪽 쇄골에 작은 반점이 있고, 양쪽 관자놀이는 살짝 패여 있었다. 처음부터 나는 피비를 기억에 새기고 싶었다. 오래된 황금 같은 빛깔의 아침 햇살 속에서 그녀를 보노라니 해안에 떠밀려 온, 다리를 인어 꼬리처럼 오므린 해양 동물을 운 좋게 발견한 것 같다는 생각이 들었다. 그녀가 이렇게 말할 것 같았다. 나는 걷기 전에 헤엄치는 법부터 배웠어요.

하지만 피아노에 푹 빠지는 바람에 수영장에 들어가지도 않고 3년을 보냈죠. 아직 6시도 안 된 이른 시간이었다. 나는 최대한 오래 기다렸다. 그러다 마침내 피비를 흔들어 깨워보았다. 하지만 그녀는 벽 쪽으로 돌아누웠다.

✳

플랫 기숙사를 나오는데 어떤 취객이 구부정히 지나갔다. 손에 든 술병에 붙은 라벨이 문드러져 있었다. 그가 구걸을 했더라면 좋았을 텐데 싶었다. 나는 한껏 너그러워진 기분이었기에, 그에게 무언가를 기꺼이 내주며 즐거워할 수 있을 것 같았다. 만약 버스를 타고 있었다면 자리를 양보할 만한 사람이 없나 주위를 살폈을 것이다. 그런 상황이 아니었으므로 나는 핸드폰을 확인했다. 부재중 통화가 한 건 있었다. 어머니가 남긴 음성 메시지를 들어보았다. 집에 있는 스테이션왜건의 엔진이 고장 났다고 했다. 정비소에 가니 수리하는 데 수백 달러가 든다고 했단다. 어머니는 교회 친구에게 부탁해 출퇴근길에 차를 얻어 탈 수는 있지만, 그 친구는 동네 반대쪽에 산다며 최대한 빨리 엔진을 고쳐야 한다는 말을 덧붙였다.

어머니가 일어났을 때쯤 나는 전화를 걸었다. 아직은 돈이 없지만 해결해볼게요. 약속해요.

어머니는 말했다. 너 없었으면 어떻게 살았을지 모르겠다, 얘야. 그러면서 서글픈 웃음을 지었다. 어머니가 숨을 내쉬는 소리가 수화기 너머에서 지직거리며 들려왔다. 옛날의 어머니로 돌아온 것만 같았다. 내가 정원에서 식탁에 놓을 꽃들을 따다가 가져다드렸던 어머니. 미나리아재비, 달리아. 두 팔 가득 안아 든, 물감을 바른 듯한 꽃잎들이 해진 깃발처럼 늘어지고 나부끼던 미역취꽃. 어머니는 코에 꽃가루가 묻은 채 이탈리아어로 도니체티의 아리아를 불렀다. 내가 젖먹이였을 적에는 벨칸토 창법으로 노래를 부르며 나를 재웠다. 어머니가 아픈 지는 오래되었지만 처음으로 병원에 입원한 것은 지난 3월, 아버지가 없을 때였다. 봄방학을 맞아 몇 달 전부터 준비한 베이징 선교 여행을 떠났던 내가 집으로 돌아와보니 어머니는 거실에 에어 매트리스를 가져다놓고 지내고 있었다. 아버지와 함께 쓰던 방을 피하고 싶어서였다. 아버지는 애인과 같이 살려고 플로리다로 떠났다는데, 어머니와 나는 그런 여자가 존재하는 줄도 몰랐다. 나는 아버지가 남긴 편지를 읽고 그 사실을 알게 되었다. 어머니는 말을 잃었다. 꺾어둔 꽃들이 시들었다. 나는 꽃병을 갈았다. 마침내 자리에서 일어난 어머니는 콤팩트를 들여다보았다. 그리고 내가 보는 앞에서 한 번,

거울에 립스틱을 그었다.

미켈란젤로스에 고용되었을 때 사장인 폴은 내가 나중에 승진할 수도 있다고 말했다. 나 같은 대학생이 일종의 부지배인이 되어서 다른 직원들을 열심히 일하게 감독할 수 있으리라는 것이었다. 하지만 이후로 폴은 그 화제를 다시 꺼내지 않았다. 나는 지난 두어 달 동안 옷 사는 데 쓴 돈을 생각했다. 옥스퍼드 셔츠, 청새치 무늬가 박힌 반바지. 봄이나 되어야 계절에 맞게 신고 다닐 수 있을, 밑창이 하얀 보트 슈즈. 거짓으로 꾸민 나 자신에 들어맞는 모습이 되기 위해 인터넷 중고 옷 쇼핑몰을 뒤져 분홍색, 하늘색, 풋사과색 폴로셔츠들을 사 입었다. 지배층 남자들이 입고 다니는, 기괴하게 알록달록한 예복들 말이다. 여러 폴로셔츠를 겹쳐 입기도 하고, 옷깃을 아가미처럼 바짝 세우기도 했다. 그러는 동안 어머니는 카메니타에서 식료품들을 봉투에 담고 있었다. 나는 팁으로 받은 돈의 상당 액수를 어머니에게 송금해 집세나 병원비 같은 생활비에 보태게 했다. 그러고 나서도 매주 남는 돈이 약간 있기는 했다. 만약 그 돈을 저축했더라면 어머니에게 기다려달라고 할 것도 없이 한 번에 돈을 부칠 수 있었을 것이다.

✠

미켈란젤로스 영업을 시작하기 15분 전에 나는 폴을 찾았다. 그리고 예전에 말했던 승진 건에 대해 생각해보았느냐고 물었다. 그는 예약 문의 접수대에 서서 메뉴판 뒤에 빽빽한 글씨체로 무언가를 쓰고 있었다. 그럼, 생각해봤지. 그는 고개를 들지 않고 말했다. 그의 금빛 펜이 선을 그었다.

　결정하신 것 있으신가요? 나는 물었다.

　펜이 끼적이는 소리를 냈다. 아연으로 된 접수대 가장자리를 스치는, 벨트로 나뉜 그의 불룩한 배가 돌진하려는 짐승처럼 보였다. 위협적인 그의 외모와 잘 어울렸다. 자극을 받으면 저 살덩이가 기어코 몸에서 튀어 나올지도 몰랐다. 나는 그를 쳐다보지 않으려고 눈을 돌렸다. 가게 밖에서 찢어진 야구모자를 쓴 한 남자가 유리창 맞은편에 털썩 기댔다. 비가 오고 있었다.

　폴?

　뭐? 그가 되물었다.

　제가 그 자리에 적합할까요?

　이봐, 뭐가 그렇게 급해?

　독촉하려는 건 아니지만……

　독촉하고 있잖아.

……하지만 현금이 필요해서요. 예전에 그렇게 말씀하셔서서 저는 두 달 동안 서빙을 하며 기다렸으니, 이제……

그가 접수대에 펜을 떨어뜨렸다. 한 가지 묻지. 내가 너 필요한 것에 눈곱만큼이라도 신경 쓸 사람처럼 보이나?

아뇨.

그는 머리를 두 번 끄덕이고는 고개를 쳐들었다. 너한테 필요한 것과 나한테 필요한 것 중 내게 뭐가 중요할까?

당신에게 필요한 거요, 폴.

뭐 하나 묻지. 어째서 사람들이 이런 식당에 와서 앉아 흥청대며 밤을 보내는 줄 알아? 음식 때문이 아니야. 단순히 음식만 원했다면 1킬로미터 안에 있는 제일 가까운 가게에 가서 커다란 6달러짜리 로스트 치킨이나 사서 배불리 먹었겠지. 여기 오는 사람들은 그런 족속이 아니야. 누가 낯모르는 사람들 한 무더기와 같이 여물통 앞에 줄 선 돼지들처럼 다 같이 먹고 싶어 하겠어? 사람들이 이런 고급 레스토랑에 열광하는 건 이곳이 환상을 팔기 때문이야.

그가 말을 끊고 내 반응을 기다렸다. 환상 때문이군요. 나는 그의 말을 되풀이했다.

그거지. 환상 말이야, 이 친구야. 그런데 무슨 환상일까?

사랑의 환상이겠죠. 나는 말했다. 일찍이 그가 웨이터들을 상대로 이 교리문답을 하는 걸 들은 적이 있었다. 그가 내 등을 철썩 쳤다.

바로 그거야. 좋은 음식을 대접받는 건 사랑받는 기분을 느끼는 것과 같아. 하지만 여느 환상과 마찬가지로 이것도 일관성이 있어야지. 내 사촌 하나가 디즈니랜드에서 일했어. 미키인지, 더키인지 아무튼 그런 이름의 동물 옷을 입고 거들먹대고 돌아다니면서 어린애들과 사진 찍어주는 게 일이었지. 애들은 그가 영웅이라도 되는 듯 소리를 질러댔어. 별로 어렵지 않지, 안 그래? 그런데 어느 날 그가 속이 메슥거려서 토하려고 인형 탈을 벗었어. 그때 어떤 애가 그 꼴을 보고 혼이 나가버린 거야. 그렇잖아, 그 애는 내 사촌이 만화 캐릭터라고 믿었다고. 걔 입장에서는 미키가 자기 머리통을 뜯어버린 거나 마찬가지였지. 그 사건으로 내 사촌은 일자리를 잃었어. 왜? 환상을 망가뜨렸으니까. 그의 상사가 이렇게 말했다더군. 멍청아, 탈을 쓴 채로 토했어야지. 월, 가끔 너를 보면 환상을 제대로 못 꾸며내는 것 같아. 네가 이 레스토랑이 마법의 왕국인 것처럼 행동했으면 좋겠어. 내 말뜻 알아듣겠나?

나는 알았다고 했다. 그는 금색 펜을 다시 집어 들었다. 첫 손님들이 가게 안으로 느릿느릿 걸어 들어왔다. 빗물이 번들거리는 우산을 접고 있는 여자 셋이었다. 자리 안내 담당 직원이 그들을 내 구역으로 배정했다. 나는 손님들이 주문한 음료 목록을 적어 내려가며 폴의 연설을 생각했다. 그는 내 서빙 능력을 비난한 게 아니었다. 일솜씨가 모자랐다면 내게 야간 근무를 맡기는 것은 고사하고 나를 잘라버렸을 것이다. 그는 다만 내가 더 자기처럼 행동하기를 원하는 듯했다. 동료들의 등을 철썩 치고, 농담을 던지고, 쾌활하게 굴라고. 때로 변화를 요구하는 사람들이 원하는 것은 그게 다다. 이러저러한 모양을 갖춘 나처럼 되어라.

✠

거센 바람에 내몰린 사람들이 길거리에서 쏟아져 들어와 술을 찾았다. 그들은 먹고, 계산하고, 테이블을 놔둔 채 후닥닥 떠났다. 내게는 이득이었지만 나는 그렇게 식사를 마치자마자 떠나는 사람들이 이해가 되지 않았다. 만약 내가 미켈란젤로스 같은 식당에서 돈을 내고 식사를 했다면 늑장을 부렸을 것이다. 긴 잔에 든 리몬첼로를 홀짝이며 웨이터들이 리필해줄 동안 기다렸을 것이다. 내가 손님 다섯 명이 있는 테이블에 계산서를 가져다주려던 때, 내 구역에 마지막으로 입장한 테이블 손님들 중 가느다란 세로줄 무늬 옷을 입은 남자가 나를 불러 세웠다. 자기 아내가 송아지 갈비 요리에 대해 질문이 있다는 것이었다. 네, 무엇이 궁금하십니까? 나는 말했다. 그리고 그 요리는 재료가 거의 떨어진 상태라고 강조했다. 그걸 먹고 싶다면 최대한 빨리 주문해야 했다.

하지만 그는 조리 과정에 대해 상세한 사항들을 물었고, 그동안 그의 아내는 와인 메뉴를 뒤적거렸다. 그녀가 입은 실크 원피스의 주름들이 반짝거렸다. 가스불 같은 파란빛을 띤 저 드레스에 빛이 비치는 것을 지켜보고 싶었다. 움푹 들어간 왼쪽 쇄골 위로 팽팽히 걸쳐진 어깨 끈이 산골짜기를 가로지르는 다리 같았다. 물살처럼 둥글게 휘어진 저 등줄기를 따라 손을 미끄러뜨려 엉덩이가 부풀어 오른 부분에 다다르는 상상을 할 수도 있으리라. 그러나 내게는 할 일이 있었다. 나는 남자의 질문들에 대답하며 그에게 주의를 집중했다.

레어로 먹고 싶다고 하면 레어로 나올까요? 그가 물었다.

네, 손님. 주방장이……

나는 레어가 아닌 송아지 고기는 못 먹어서 말이오.

음매 우는 소리가 날 만큼 레어할 겁니다.

그럼 그렇게 해주시오. 그가 미소 지었다. 나는 주문을 받아 적었다. 그런데 주방에 들른 나는 테이블로 다시 돌아가 사과해야 했다. 그사이에 누군가가 마지막 남은 송아지 갈비를 주문해버렸다는 것이었다.

정말이오? 그가 말했다. 그의 아내가 약간의 근육이 잡힌 팔을 뻗어 매니큐어를 칠한 손톱으로 그의 손등을 훑었다. 불안하다기보다는 나른한 몸짓이었다. 그가 숨을 들이쉬었다. 폴과 이야기하고 싶소. 그가 목소리를 내리깔며 말했다. 그는 내 친구요. 폴에게 마일스 해리스가 인사하고 싶어 한다고 전해주시오. 이름을 들으면 알 거요.

손님, 죄송하지만 콘티 씨는 지금 안 계십니다.

여기서 본 줄 알았는데. 어디 가셨나? 그 친구에게 메뉴판에 상품을 적어놓고 안 파는 건 허위광고라고, 불법이라고 전해주시오.

나는 고개를 끄덕였다. 마음대로 말하게 내버려둔 것이다. 폴은 아래층 사무실에 있었다. 만약 이 남자가 폴의 친구였다면 지금쯤 나도 알았을 것이다. 나는 틈이 났을 때 다시 사과했다. 그리고 무료로 칵테일을 대접하겠다고 하고는, 새끼 돼지로 만든 라비올리와 미슐랭 평론가가 격찬한 메추라기 조림을 권했다. 메추라기라면 송아지 요리를 대신할 수 있을 거라고 설득했다. 그런데 그는 내가 가져간 마티니 두 잔을 돌려보냈다. 다른 칵테일을 가져가니 그는 내게 기다리라고 했다. 그의 둥근 입술이 벌어지고 투명한 술이 안으로 흘러들어 갔다.

88

그는 몇 모금 더 마시더니 말했다. 술은 괜찮군. 하지만 웨이터를 바꾸겠소.

나는 잘못 들은 줄 알았다. 하지만 진으로 젖은 입술을 히죽벌리며 웃는 그의 만족스러운 얼굴에는 착오의 여지가 없었다. 다른 웨이터를 찾아보겠습니다. 나는 그렇게 말하고 몸을 돌렸다. 그때 그가 아내에게 뭐라고 중얼거리는 소리가 들렸다. 그녀가 깔깔 웃었다. 그녀가 무슨 소리를 낸 것은 처음이었다. 나는 뜨거운 우유에 거품을 내고 있던 이저벨에게 내 테이블 서빙을 대신해달라고 부탁했다. 주문이 너무 밀려서 그렇다고 하면서.

그녀는 놀란 얼굴로 스팀 기계에서 고개를 들었다. 내 구역도 만석인데요. 그녀가 말했다.

부탁해요, 이저벨. 나는 재차 말했다. 그녀는 내가 여기서 일하기 시작한 첫 주 동안 나를 교육했고 지금까지도 유용한 조언들을 해주는 사람이었다. 농어 요리를 적극 추천하세요. 저기 앉은 세 명은 팁을 짜게 줘요. 오늘 폴 조심하세요…… 나는 가벼운 어조로 말하려 노력하면서도, 긴급한 상황이 아니었다면 이런 부탁도 하지 않았으리라는 것을 그녀가 알아주기를 바랐다. 나는 우유 컵을 집어 들고 서빙용 컵들에 따르며 말했다. 나중에 갚을게요.

그녀가 고개를 끄덕였다. 얇은 깃털 귀고리가 빙글 돌았다. 알았어요, 그러죠. 나는 다른 테이블들로 돌아갔다. 그러나 내 뜻대로 흘러가던 밤이 균형을 잃더니 기울어졌다. 주문이 밀려서 허둥거렸다. 핏빛 와인 얼룩이 진 냅킨들을 떨어뜨리기도 했다. 특선 요리나 균형 잡힌 식사 메뉴를 열거하는데도 그의 아내의 웃음소리가 자꾸만 들렸다. 급기야는 한 남자 손님이 자리에서 일어서다가 내 정강이를 찧었다. 조심해요. 그가 말했다. 내가 자기를 밀치기라도 했다는 듯이.

나는 사과했다. 그리고 화장실에 가서 세면대에 기댔다. 거울에 비친 세면대가 희게 타올랐다. 혼자 있을 때는 아무런 손실도 일어나지 않는다. 이럴 때면 나는 잃어버린 신앙이 그리워졌다. 신앙의 부수적 이익은 사람들의 얼굴에서 그리스도의 빛이 보이기 때문에 너무나 쉽게 그들을 사랑할 수 있다는 점이었다. 증오가 상대방과 나 모두에게 영향을 미치면 먼저 용서하는 것이 치료제가 될 수 있다. 나는 지금보다 평온했던, 이제는 돌아갈 수 없는 과거의 나를 마치 옛 친구처럼 그리워하곤 했다.

나는 수도꼭지를 열었다. 손을 씻은 다음 얼굴도 씻었다. 눈을 감고 있으니 호수에서 세례를 받았던 어머니가 긴 머리카락을 밧줄처럼 꼬아서 물기를 짜내던 모습이 보였다. 손을 놓으니 머리카락이 흩어지면서 진흙이 튀었다. 어머니가 나를 안아 들었다. 나는 어머니의 품속에서 다리를 허공에 늘어뜨린 채 하나님의 기쁨을 느꼈다고, 진흙이 흩뿌려진 빛 속에서 그 기쁨을 목도했다고 생각했다. 나는 내게 올려진 그분의 손길을, 그 무게와 크기를 상상하는 걸 무척 좋아했다. 내 사다리 같은 갈비뼈에 남은 그분의 흔적을, 정수리의 가마에 찍힌 그분의 지문을 알았다. 내가 따르던 신은 살아 있는 사람만큼이나 생생했다. 아니, 그보다 더 생생했다. 그분을 지어내는 데 너무나 많은 노력을 쏟았으니까.

곧 다들 내게 어쩌다 신앙을 잃었는지 설명해달라고 할 것이다. 존 릴도, 다른 사람들도. 그들은 자꾸 물을 것이고, 나는 그들의 흥분을 알아볼 것이다. 성경에 따르면 나 같은 배교자들에게는 희망이 없다고 한다. 그분의 사랑을 알고서도 그분을 부인했으니 나는 구원받을 가망이 없다고. 나는 그분의 은총 밖에 있는 것이다. 하지만 나는 노력했다. 노력했다는 사실도 참작해주시나요, 주님? 당신의 최종 명단에 생명을 할당하는 데에 말입니다. 물론 당신은 존재하지 않음으로써 우리를 저버렸으니 그런 명단도 존재할 리 없고 당신이 생명을 줄 리도 없지만.

베이징 선교 여행에서 돌아왔을 때 나는 의심 때문에 마음이 분열된 상태였고 잠을 이루지 못했다. 그분의 도움을 갈구했다. 피비에게 말한 대로였다. 한 가지 계기가 있었던 것도, 사소한 불만이 있었던 것도 아니었다. 최대한 억누르려고 했던 의문들, 의혹들이 쌓일 만큼 쌓였던 것이다. 신앙이 남아 있었던 마지막 시간 동안 나는 무릎을 꿇고 표적을 보여달라고 빌었다. 그분은 일찍이 다른 이들을 돕지 않았던가. 구약에 나오는 선지자들, 신의 음성을 들었다고 말하는 목사들. 그분의 존재를 느꼈다며 환희하던 친구들. 이토록 많은 사랑을 받는 존재라면 그만큼의 진실도 지녔으리라고 생각했다. 나는 도와달라고 기도하고, 기다렸다. 오후의 햇살이 쏟아졌다. 흰 커튼이 일렁거리고, 늦봄의 산들바람이 불어왔다. 나는 기다렸다. 그러다 다시 일어났을 때 나는 내가 존재하지 않는 대상에게 기도하고 있었다는 것을 깨달았다.

손의 물기를 닦고 화장실을 나섰다. 접시들을 주방으로 나르고 있는데 폴이 내 팔을 붙잡았다. 9번 테이블 손님 두 명 말이야. 그가 말했다. 그의 단단한 배가 내 골반에 부딪혔다. 어떻게 된 건지 말해보게. 문제가 생긴 건 아니겠지?

나는 해명하려고 했지만 폴이 말을 끊었다. 이해가 안 되는군. 재료가 부족한데 어째서 송아지 갈비를 권했나?

권하지 않았는데요. 손님이 먼저 물어서……

하지만 결국 빌어먹을 메추라기를 먹게 됐잖아. 왜 애초부터 메추라기를 추천하지 않았느냔 말이야.

일리 있는 질문이었다. 나는 폴의 사무실에서 홀 CCTV를 볼 수 있다는 것을 알고 있었다. 아무것도 시야에서 놓치는 법이 없는 폴은 틀림없이 고객이 성내는 것을 보았을 것이다. 그런데 나는 왜 더 그럴싸한 해명을 준비하지 않았을까? 이보다 더 사소한 문제를 일으킨 종업원들도 해고하는 것을 보았는데.

나는 말했다. 음, 송아지 갈비를 원하시는 것처럼 보여서요. 그리고 전에도 여기 왔었다고, 당신 친구라고 했어요. 마일스 해리스라고 전하라고. 하지만, 아, 이 말도 전하라고 했어요. 메뉴에 있는 요리가 다 떨어졌다니 그건 허위광고라고 생각한다고, 그리고 허위광고는 불법이라고요. 거짓말 아니냐면서요.

내가 거짓말을 했다는 거로군.

아뇨, 메뉴요. 메뉴가 거짓말이라고 했어요.

그럼 그 메뉴는 누가 쓴 건데? 조엘과 상의해서 요리를 구상하는 사람이 누구냔 말이야? 마일스 해리스라. 대체 자기가 뭐라고 생각하는 거야? 내 고향에서였으면 저 작자를 길거리로 끌어냈을 거야. 누가 거짓말쟁이인지 결판을 냈을 거라고.

주방이 조용해졌다. 물론 활기차게 돌아가는 주방에서 나는 소리들은 여전했다. 칼을 탕탕 내리치는 소리, 냄비 덜그럭거리는 소리, 뜨거운 기름이 치익 흐르는 소리, 송어가 철판에 철썩 떨어지는 소리, 가스레인지가 삑삑거리는 소리. 폴은 부정직한 사람이기에 본인이 거짓말했다는 말을 듣는 걸 질색했다. 이를테면 그의 고향이 어디인지 아무도 몰랐다. 그는 이탈리아인이 아니었다. 사업에 도움이 되기 때문에 이탈리아인 행세를 할 뿐이었다. 그는 곧잘 이렇게 말했다. 진짜라니, 헛소리지. 미국에서 사 먹는 최고급 프랑스 음식이나 타이 음식, 죄다 빌어먹게 부지런한 불법 체류자들이 만든 거야. 멕시코 음식? 콜롬비아인이나 도미니카인이 만들겠지. 바로 그거라고. 하지만 사람들은 이런 식으로 말하면 안 좋아해. 어린 시절에 토르텔리니를 반죽하는 이탈리아인 할머니와 장난치던 이야기를 하며 목멘 소리 하는 걸 좋아하지. 그러니까 나는 이탈리아계 미국인이라 이거야. 누가 물으면 나는 오줌 대신 시칠리아의 햇빛을 누고, 똥 대신 커다랗고 예쁜 오렌지를 눈다고 말하겠어.

한 요리사가 외쳤다. 6번이요. 내 담당 테이블이었다. 저거 가지고 나가야 해요. 내가 말했다.

폴이 말했다. 그 양반 이름 적어놔. 명부에 올려두게.

그럴게요.

그자랑 같이 있던 여자는 누구야? 아니, 그렇게 멀끔하게 생긴 여자가 그딴 작자와 뭐 하고 있는 거야?

아내라던데요.

잘도 아내겠다, 그런 드레스를 입고. 자넨 안목이 어떻게 되어먹은 거야? 그 여자가 아내면 나는 아비겠다.

그의 턱 근육이 실룩거렸다. 주방 전체가 듣고 있었다. 마법의 왕국이라, 그러면 그가 원하는 걸 갖게 해줘야지. 나는 생각했다.

그렇겠군요. 그 여자 시간을 빼앗는 대신 그만한 값을 치렀을 수도 있겠어요.

폴이 고개를 끄덕이며 눈을 게슴츠레 떴다. 어린 동물 고기를 좋아하는 취향에 딱 맞지.

화가 난 것도 놀랍지 않네요.

장기적인 관계일까, 아니면 하룻밤 관계일까?

오, 장기적인 거겠죠. 그 여자가 만족스럽게 까르르 웃던 소리가 또다시 내 귓전을 울렸다. 그 여자는 송아지 같은 거니까요. 무르익을 때까지 우리에 가둬둬야죠.

그 말에 폴이 폭소를 터뜨리며 자기 허벅지를 철썩 쳤다. 다른 직원들도 합세하며 여자를 가축에 빗대는 말을 보탰다. 그때 주방 문 앞에 서 있는 이저벨이 눈에 띄었다. 언젠가 그녀는 이 식당에서 여직원이 자기 혼자뿐이라 힘들다고 토로한 적이 있었다. 동료들이 늘 이년 저년 하고 떠든다며. 원칙적으로 나는 그 불만에 동의했다. 이제까지는 이런 식으로 남자다움을 과시하는 대화에 맞장구친 적이 없었다. 하지만 지금 같은 상황에서 내가 어쩌겠는가? 대형 냉장고 문이 쉭 소리를 내며 열렸다. 나는 다시금 이저벨을 돌아보았다. 그녀는 흰 깃털 귀고리를 파닥이며 주방을 나갔다.

　나는 요리들을 테이블로 가져갔다. 방금 들어온 손님들에게 인사도 했다. 그러고 나서 주방에 돌아가보니 사람들이 해리스 아내의 몸값이 얼마일지 큰 소리로 내기를 걸고 있었다. 폴이 심판을 자처했다. 홀에 나갈 수 있는 직원들은 모두 어떻게든 구실을 만들어서 송아지 애호가의 아내 앞을 지나쳐갔다. 설거지 담당들과 조리장들이 폴의 사무실에 몰려들어 CCTV 영상을 들여다봤다. 사람들이 저마다 현금을 던졌고, 판돈이 점점 커져갔다. 최종적으로 모인 판돈은 9백 달러가 넘었다. 더 크게 놀아보자고. 폴이 말하고는 지폐를 더 던졌다. 그러고는 몸값을 불렀다. 조시라는 웨이터가 이겼다. 그가 신나서 떠드는 동안 나는 혹시 돈을 좀 빌릴 수 있겠느냐고 물었다.

어이, 그냥 가져. 그는 자기가 딴 돈 중에서 한 움큼을 집어 내 앞치마 주머니에 넣어주었다. 나는 갚겠다고 약속했지만 그는 웃으면서 사양했다. 네가 이 잭팟을 만든 거잖아.

✠

근무가 끝나고 나는 화장실에 박혀서 그날 밤 번 돈을 헤아렸다. 조시가 빌려준 돈과 다음 일당을 합하면 충분할 것 같았다. 금요일 아침에 송금해야겠다. 나는 부드러운 지폐 뭉치를 후루룩 넘겼다. 베이징 여행을 다녀온 다음 주, 수업이 끝나고 집에 와보니 어머니가 텅 빈 약병을 쥔 채 쓰러져 있었다. 나는 구급차를 불렀다. 어머니는 정신병동에 입원했고, 그사이에 집 수도가 끊겼다. 최종 고지서를 받아본 적이 없는데도 수도꼭지를 돌려보니 물이 나오질 않았다. 사흘 뒤면 어머니가 퇴원할 터였다. 빨리 사태를 해결하지 않으면 나는 또 실패하게 될 것이다. 말을 듣지 않는 수도꼭지를 후려쳤다. 그러다 수도사업소에 전화를 걸었다. 협상을 했다. 해명도 했다. 낼 수 있는 만큼의 돈을 냈다. 결국 어머니가 집에 오기 전에 수도를 복구시켰다.

식당을 나오는 길에 이저벨을 보았다. 나는 그녀에게 뭐 하느냐고 물었다.

　누가 차 가지고 데리러 오기로 해서요.

　그럼 여기서 같이 기다릴게요. 내가 말했다. 그녀는 거절했지만 나는 우겼다. 늦은 시간이잖아요. 거리에 아무도 없고요. 안전하지 않아요.

　마음대로 하세요. 그녀가 몸을 돌리더니 핸드폰을 만지작거렸다. 나도 내 핸드폰을 꺼냈다. 사과하고 싶었지만, 이저벨의 의식적인 침묵, 적대적인 제스처…… 그녀는 내가 얼마나 돈이 궁했는지 몰랐다. 내게 선택의 여지가 있었던 게 아니지 않나. 젖어 있는 아스팔트가 밤공기에 반질거렸다. 픽업트럭 한 대가 후미를 기우뚱거리며 갓돌로 다가왔고, 이저벨은 서둘러 차에 탔다.

11

존 릴

    그는 이야기를 들었다. 옥상에서 열린 신입생 파티 때 피비는 떨어질 위험에도 불구하고 11층 높이에서 공중곡예사처럼 두 팔을 벌리고 난간 위를 걸었다고 했다. 그녀는 스포트라이트를 받은 것처럼 살았다. 매번 요란하게, 증거를 남기듯 폭소하면서. 그는 수소문을 했다. 피비는 자신이 잃은 것에 대해 친구들에게 말하지 않은 모양이었다. 그러나 이 또한 모두 활용할 수 있었다. 사람들이 남들 앞에서 내세우는 모습은 그들의 실제 자아만큼이나, 또는 그보다 더욱더 많은 것을 보여주었다. 가끔 그는 수용소에 구호 물품으로 매니큐어가 든 상자들이 도착했을 때를 떠올렸다. 여자 수감자들이 활기를 띤 것은 그때가 처음이었다. 그들은 배급 식량이나 옷가지를 화장품과 맞바꿨고, 생기로운 빨간색으로 손톱을 칠했다. 얼어붙을 듯한 추위와 굶주림 속에서도 그들은 매력적이기를 원했다. 일반적인 여자들은 평생 자기 몸무게만큼의 립스틱을 먹는다. 욕망은 소유의 시작이다. 옛사람들은 영혼이 배 속에서 산다고, 식욕과 동시에 태어난다고 믿었다. 그 여자는 자신이 죽으려야 죽을 수 없다는 듯 고공 다이빙대를 걸었다.

12

피비

피비는 말했다. 하지만 여전히 나는 올바르게 말하지 않고 있네요. 엄하게 훈육 받으며 자랐던 어린 시절 내내 나는 아무 할 일이 없는 시간을 꿈꿨어요. 그런데 막상 그런 시간이 생기니 시간이라는 게 황무지처럼 느껴지더군요. 나는 그 위를 오락가락했죠. 옛 야망들이 해안으로 밀려온 물고기처럼 퍼덕거렸어요. 내 안에서는 과거의 피비가 여전히 버둥거리고 있었고요. 파티를 섭렵하려고 에드워즈에 간 것은 아니었지만 나는 혼자 있는 것을 피했어요. 밖에서 친구들과 어울릴 때는 그 애들처럼 살 수 있었거든요. 오, 거기 애들이야 예의 바르게 행동하려고 노력했죠. 가정교육을 잘 받고 자라서 예절에 따라 행동했어요. 반면 나는 절박감에 따라 행동했고요. 내가 먼저 질문을 한 다음, 고개를 기울인 채 상대방의 이야기에 집중해주면, 그들은 내가 또 질문하게 놔두곤 했어요. 시시콜콜한 예절 따위는 잊고 마구 지껄여댔죠. 내게 무엇이든 털어놨어요. 예컨대 줄리언은 부모님이 몇 달 동안 자기한테 말도 안 걸었다는 이야기를 했어요.

나는 말했죠. 몇 달이라니, 어째서……

우리 부모님은 동성애라는 게 존재하지 않는다고 믿어. 내가 이기적으로 군다고, 반항하려고 수작을 부리는 거라고 생각하시지. 나는 고등학교를 졸업하자마자 부모님한테서 벗어나려고 친구네 집에 얹혀살았어. 만약 부모님이 덜 한국인다운 분들이었다면 대학 등록금을 안 줬겠지. 하지만 그분들한테 게이 자식을 떠안는 것보다 더 모욕적인 것은 자식이 게이이면서 대학 중퇴자이기까지 하는 거야.

그의 목소리가 갈라지면서 틈이 벌어졌어요. 그런데 그때 소파에서 잠들었던 그의 친구 리슬 룰이 몸을 내밀었어요. 얼굴에 칠한 잔딧빛 물감이 하얀 튈로 된 신부 드레스에 번져 있었어요. 드레스라고 해봤자 낡은 레이스들을 자투리 리본으로 묶은 것이었지만요. 머리에 쓴 베일에는 너덜너덜한 잎사귀들이 핀으로 꽂혀 있었어요. 그녀가 줄리언의 팔을 탁 치며 말했어요. 나 술 더 줘.

술은 부엌에 있어, 리슬.

그치만 줄리언······

나는 일어섰다. 내가 가져올게. 나도 술 마시고 싶어.

부엌에서 와인을 찾은 나는 큰 잔 두 개에 술을 따랐어요. 그리고 줄리언도 마시고 싶어 할 수도 있겠다는 생각이 들어서 한 잔을 더 따랐고요. 나는 두 손 가득 술잔을 들고서 바닥에 널브러진, 물감으로 얼룩진 리슬의 연극 출연자들 몸뚱이를 피해 가며 걸음을 옮겼어요. 마지막 공연 날 밤이었어요. 찢어진 튈 옷을 입은 배우들이 역광 조명 속에서 무대 위를 뛰어다니며 울부짖었어요. 뒷벽에 덩굴식물을 집어 던지고는 서로 몸을 포개며 쓰러졌고요. 내가 본 게 무슨 내용인지 잘 이해가 되지 않더라고요. 줄리언에게 좀 가르쳐줄 수 있겠냐고 물었더니 그가 이렇게 속닥거리더군요. 야, 나는 벌써 세 번이나 이······ 오, 전시라고 해야겠군. 이 전시를 세 번이나 봤는데, 이젠 질문하는 걸 그만뒀어. 나는 그 연극을 세상에 존재하는 해결책 없는 수수께끼들 중 하나라고 생각하기로 했어. 인생이란 무엇인가, 같은 수수께끼들 있잖아.

나는 줄리언과 그의 친구와 다시 자리에 앉았어요. 리슬이 얼룩덜룩한 얼굴을 들자 베일이 한쪽으로 기울어졌어요. 그

녀가 내게서 잔을 건네받으며 말했어요. 내가 너 완전 좋아하
잖아. 그녀는 몸을 앞으로 기울였다가 다시 뒤로 젖혔는데, 그
바람에 의상이 옆으로 흘러내리면서 팬티가 드러났어요. 빨
간 천이 살짝 엿보였죠. 줄리언이 레이스를 가다듬어줬어요.
속옷 보이잖아, 천사 아가씨. 그녀는 술을 벌컥벌컥 마시며 웃
어댔어요.

줄스, 피비한테 우리가 헤일* 동상 꾸며줬던 이야기 해줘.

오, 미치겠다. 그……

테니스 라켓 줄 말이야!

둘 다 말도 못 하고 웃으며 배를 부여잡았어요. 고등학교
때……,라며 그들은 헐떡거렸죠. 이건 그들이 종종 하는 어릿
광대짓이었어요. 그렇게 추억을 이야기하다 보면 또 다른 옛
날이야기들, 기숙학교 시절 떠들썩하게 놀았던 경험담이 이
어졌죠. 하지만 그래도 괜찮았어요. 나는 같이 웃어줬어요. 줄
리언은 피곤한 듯 몸을 미끄러뜨리며 내 허벅지에 머리를 뉘
었어요. 나는 그의 머리 가르마에 드러난 흰 두피에 입을 맞췄
어요. 기다릴 작정이었어요. 잠깐 동안이나마 줄리언은 자기

※ 네이선 헤일(Nathan Hale, 1755~1776): 독립전쟁 당시 첩보원이자 군인으
로 활동한 애국자.

자신을 열어 보였잖아요. 그 갈라진 틈으로 빛 같은 고통이 새어 나왔어요. 이때로부터 며칠 뒤 그는 자기가 태어나기 전에 죽은 형에 대해 이야기하더군요. 자기는 형을 따라잡을 수가 없다고. 유령이 된 형이야말로 이상적인 존재라고. 자신이 존재하는 이상 부모님을 속상하게 만들 수밖에 없다고.

아무튼 이때 리슬은 손등에 흘러내린 술을 핥아냈고, 나는 그녀가 줄리언에게 술 좀 가져다달라고 칭얼거리던 것을, 남자인 줄리언이 자기 명령을 들어주리라고 기대하는 듯하던 그 태도를 떠올렸어요. 언젠가 줄리언이 리슬에게 남자들을 조종하는 법을 어디서 배웠느냐고 물은 적이 있었어요. 그러자 그녀는 농담을 하듯 얇은 입술의 한쪽 입꼬리를 올리며, 계부들에게서 배웠지, 계부들 말이야, 라고 대꾸하더군요. 나는 그때까지 리슬과 많은 대화를 나눈 적이 없었어요. 하지만 얼마 지나지 않아 그녀도 내게 속 이야기를 털어놨어요. 자신이 숭배했던, 그러나 떠나버린 아버지에 대해. 분노에 찬 어머니의 삶에 마치 목걸이 줄에 꿰인 구슬들처럼 잇따른 남자들. 거식증. 병원에 감금당했던 것. 체중 검사를 받으려고 억지로 먹어야 했던 것. 도살당하기 전의 돼지처럼 말이야, 라고 그녀는 말했어요.

✠

　나는 계속 들었어요. 파티에 가면 부엌이나 테라스 같은 데에서 사람들의 고충을 들어줄 때가 많았어요. 상대방이 울면 나는 축축한 손을 잡아줬죠. 스쿼시부 부원도 그랬어요. 기숙사에 볼 풀을 만들어놓은 시인도, 플루트 연주자도. 팀도, 그다음에는 필도. 성욕 때문이 아니었어요. 단순한 성욕이었다면 거리를 둘 수 있었겠죠. 내가 갈망한 건 섹스 후의 대화, 침대에서 상대방이 들려주는 진실이었어요. 나는 고통을 먹었어요. 눈물을 마셨고요. 충분히 섭취하면 내 고통과 눈물을 담을 자리가 없어질 것 같았거든요. 그렇게 지내다 보니 녹스허스트를 걸으면 5분에 한 번꼴로 십수 명이 인사를 건넸어요. 내가 나타나면 사람들의 얼굴이 밝아졌고요. 내가 그 빛을 굴절시킬 수 있으니까, 되돌려줄 수 있으니까 좋아하는 거였죠. 피비, 오, 나는 쟤 너무 좋더라. 사람들은 말하곤 했죠. 하지만 그들은 모두 내게 비친 자기 자신을 좋아한 것뿐이었을 수도 있어요.

　(그녀가 내게 종종 했던 이야기가 있다. 한번은 어머니가 외출하셨을 때 어머니의 향수 한 병을 마셔버린 적이 있어. 그때 나는 너무 어렸기 때문에 어머니가 그렇게 오래 자리를 비우면 돌이킬

수 없다고 생각했던 거야. 그래서 내가 그나마 가지고 있었던 것, 그러니까 내가 잃어버린 사랑이 배어 있는 향기를 붙잡기로 한 거지. 효과가 있기는 했어. 다만 나중에 어머니가 웃으면서 이렇게 설명하더라고. 해진이가 눈을 떴을 때 난 곁에 있었어요. 병원으로 헐레벌떡 달려가보니 병원 사람들이 그 애 배를 눌러서 토하게 했더라고요. 오랜 세월 동안 나는 해진이를 그때 외에는 누구에게도 맡기지 않았어요.)

　처음에는 윌도 다른 사람들과 비슷했어요. 또 파티에서 춤을 추고 있는데 윌이 눈에 띄었죠. 술 테이블 옆에 서 있었는데, 이방인의 얼굴을 하고 있더라고요. 이때는 내가 에드워즈에 온 지 한 달이 지난 시점이었고, 파티에 다니는 사람들은 다 만나봤다고 생각하고 있었어요. 그런데 그가 플라스틱 컵을 한참 동안 입가에 대고 있는 걸 보니 고독이 뚜렷해 보였어요. 그 고독이 나를 끌어당기더군요. 나는 그의 시야가 닿을 만한 곳으로 자리를 옮겼어요. 하지만 그는 계속 내 너머의 인파를 바라보기만 하다가 또 술잔을 들어 올렸어요. 그렇게 나온다 이거지, 나는 생각했어요. 내 손에는 펀치가 반쯤 든 컵이 있었어요. 독처럼 빨간 술에 거품이 찰랑거렸죠. 나는 춤을 추면서 그에게로 가까이 다가갔어요. 그리고 컵을 기울여서 그의 다리에 펀치를 쏟아버렸어요.

13

월

몇 달 동안 나는 유리벽에 가로막힌 채 사는 느낌이었다. 들어갈 길을 찾을 수 없었다. 바깥의 인도에 혼자 선 채로 안에서 흥청거리는 사람들을 지켜보고만 있었다. 그런데 피비와 같이 다니니 벽이 걷혔다. 초대가 쏟아졌다. 온기, 삶. 남학생 사교 클럽인 파이 엡실론에도 가입했다. 교실에 줄지어 걸려 있는 초상화들 속 유명인들이 그 클럽의 동문이라는 것을 알았을 때였다. 나는 음식을 충분히 먹지 못했지만 파이 엡실론 클럽 파티에서 술은 실컷 마셨다. 충분한 정도보다 더 마셨다. 그래도 학점은 높게 유지했다. 잠을 거의 못 잤다. 상이란 상은 다 받고 싶었다. 내가 거짓으로 모방하고 있는, 잔디밭에 퍼드러져 몽상이나 즐기는 이 모든 사람들보다 우위에 설 작정이었다. 어느 날 저녁 기말시험을 끝낸 나는 비틀거리며 기숙사로 돌아갔다. 침대에 드러누웠다. 콜로니얼에서 피비와 함께 자축할 예정이었지만, 눈을 떠보니 부드러운 햇빛이 방 안을 채우고 있었다. 어느새 늦은 아침이었다. 밤새도록 자버린 것이었다. 피비에게 전화해보니 그녀는 공항으로 가는 열차에 타고 있었다.

그녀가 말했다. 연락이 안 되길래 너네 공용 공간에 찾아갔었어. 줄리언이 베를린으로 떠나지만 않았더라면 걔한테 부탁해서 자물쇠를 따달라고 했을 거야. 전화도 계속 걸었지. 네 핸드폰이 울리는 소리가 문밖 복도에까지 들리더라. 그냥 자게 내버려둬야 했겠지만 그래도 보고 싶어서……

나는 방학의 대부분을 얼어붙은 녹스허스트에서 보내며 레스토랑에서 추가 근무를 했다. 늦가을에 폴이 드디어 나를 승진시켜주었고, 그래서 휴가철 성수기에 떠날 수 없었다. 또 한 시간이 있을 때 돈을 좀 저축해두는 편이 좋겠다고 생각했다. 그리하여 흰 복숭아 벨리니 칵테일, 깨진 샴페인 잔, 장식 띠, 세 가지 색깔로 된 아이스크림(폴이 그게 콘티가의 전통이라고 손님들에게 설명하는 소리를 들었다)으로 법석거리는 12월 31일까지 쭉 미켈란젤로스에서 일한 다음, 비행기를 타고 카

109

메니타로 향했다.

　에드워즈에 들어가고 나서 고향에 가는 건 처음이었다. 반색할 어머니의 얼굴을 보는 게 기대되었다. 그런데 비행기가 착륙하기가 무섭게 다시 그곳을 떠나고 싶어졌다. 내가 떠나온 삶에 얼마나 쉽게 용해될 수 있는지 잊고 있었다. 액체에 녹아가는 소금처럼 윤곽이 흐릿해졌다. 뜯어진 슬리퍼에는 발바닥 모양의 얼룩이 남아 있었다. 어머니는 교회에 나오라고 했다. 나는 못 가겠다고 하고 대신 어머니를 교회까지 차로 바래다주었다. 군이 확인할 필요도 없는, 그라피티로 얼룩진 도로 표지판들을 지나쳤다. 교회에 도착해 어머니를 내려주고는 여전히 하나님에게 열광하는, 나를 딱하게 여기는 옛 친구들을 피하려고 서둘러 그곳을 떠났다. 내가 라디오 설정에 저장해둔 주파수들도 그대로였다. 지난봄 어머니가 병원에 입원해 있는 동안 나는 집을 피했다. 밤중에 차를 몰고 시내를 돌아다니며 사람들의 삶을 둘러보았다. 온전한 가족들이 물에 빠진 조각상처럼 고요한 텔레비전 빛의 푸른 물결 속에 앉아 있었다.

　아버지가 좋아했던 신인 여배우의 것과 같은 붉은 빛깔의 립스틱을 쓰는 어머니의 습관도 여전했다. 이 고급 화장품을 쓰라고 우긴 사람은 아버지였다. 어머니는 립스틱이 번지지 않았는지 자꾸만 확인해야 했다. 하지만 어머니는 사람들의 이목을 끄는 유형의 여자가 아니었고, 대담한 빨간색은 아버지가 좋아하는 색깔이지 어머니의 취향은 아니었다. 그 립스틱을 바를 때마다 어머니는 저 멀리 있는 아버지를 아직 사랑한다고 신호를 보내는 셈이었다.

나는 피비와 최대한 자주 연락했다. 나는 그녀와 마찬가지로 L.A.에서 자란 걸로 되어 있었다. 비록 꾸며낸 유년 시절이긴 하지만, 아니 어쩌면 그렇기 때문에 더더욱, 나는 L.A.에서의 유년이 그녀보다도 오히려 나의 것이라고 느꼈다. 그녀는 우연히 그런 어린 시절을 보냈을 뿐이지만 나는 그것을 직접 선택하고, 일구고, 살려내지 않았던가. 사실 처음에는 감귤류 나무, 재스민, 찬란한 햇빛 속에서 빙글빙글 도는 테니스공과 같은 기억들을 피비가 훔쳐 갔다는 생각에 분했다. 하지만 그녀는 내 이야기를 아무 의문 없이 받아들여주었고, 이제 고향에 고립된 입장이 되니 피비가 나를 믿어주는 덕분에 내가 어떤 사람이 될 수 있는지 기억해낼 수 있어서 좋았다. 우리가 떨어진 지 한 달쯤 지났다. 통화가 몇 시간씩 이어지곤 했다. 그녀는 줄리언과 함께 베를린에 있는 그의 남자 친구 선일의 집에서 지내고 있었다. 나는 뜨끈한 핸드폰을 얼굴에 댄 채, 노랫소리 같은 피비의 음성을 들으며 잠들었다.

월, 우리는 아침 10시나 되어서야 선일의 집에 돌아왔어. 이 집 거실이 너무 밝아서 머리에 숄을 뒤집어쓰지 않으면 잠이 오질 않아. 줄리언은 자기가 아무리 술에 취해도, 아니 술에 취했을 때, 선일한테 베를린 실험 따위 그만두겠다는 말은 못 꺼내게 하래. 어젯밤에 춤추다가 하이힐 굽이 부러졌어. 줄리언은 내가 집에 가면 안 된대. 나는 자기랑 가장 친한 친구니까 같이 있어야 할 의무가 있다나. 그래도 걔가 자기 셔츠를 찢어서 내 발에 감아주긴 했어. 부츠처럼. 댄싱 슬리퍼라고나 할까.

✠

이때쯤 그녀가 처음으로 자기 어머니가 죽었다는 이야기를 했다. 운전에 익숙지 않았던 피비 자신이 차를 몰다가 그렇게 됐다고. 나는 어떻게 반응해야 할지 알 수 없었다. 정말 안타깝다, 피비. 겨우 그렇게 말했을 뿐이었다.

그녀가 말했다. 아니야. 에드워즈 애들한테 이 이야기는 안 했어. 우울한 여자로 취급되고 사람들이 수군거리고 그러는 게 싫어서. 하지만…… 너하고는 오래 알고 지냈잖아. 너한테는 말해주고 싶었어. 음, 줄리언한테도 말하긴 했지. 존 릴도

알긴 아는데 그건 아버지가 알려준 거고. 인생이 그렇지. 이제
다른 이야기 하자.

✠

방학 동안 존 릴에 대해 인터넷으로 조사해봐야겠다는 생
각이 들었다. 『에드워즈 헤럴드』에 지역 문제를 다루는 토막
기사란에 실린 글을 두어 건 찾아냈다. 존 릴이라는 사람이 아
직 학생이었을 때, 늦은 밤 녹스허스트 주민과 굉장히 난폭한
주먹다짐을 벌여서 유치장에 구금됐다는 내용이었다. 기소되
지는 않고 석방됐다고 했다. 그 이후에 대학 측에서 정학 처분
을 내린 모양이었다. 아니면 퇴학 조치까지 했는지도 몰랐다.
졸업자 명단에서 그의 이름을 찾을 수 없었다. 더 최근 기사로
는 그가 지역 교회들과 함께 추진한 시위에 대한 소식이 있었
다. 낙태 반대 운동 단체를 조직해 아침마다 핍스라는 산부인
과 앞에 꿇어앉아 시위를 벌였다고 했다. 그곳은 뉴욕주에서
임신중절수술을 시행하는 병원 중 가장 큰 곳이었다. 조가 언
급됐다. 이언도. 나는 이 내용을 피비에게 전해줬지만 그녀는
큰 관심이 없어 보였다. 무슨 그런 쓸데없는 대의명분이 있담.
그녀는 이렇게만 말했다. 존 릴의 집에 초대받았던 이후로는

113

그를 만난 적도 없다고 했다.

✷

가을 학기 동안 나는 노벨상을 받은 경제학자인 데이비드 링의 연구 보조직에 지원했다. 서빙 일보다 급여는 낮았지만 장차 취업할 때 도움이 될 터였다. 녹스허스트로 돌아온 나는 첫 일주일 동안 연구 보조직과 서빙 둘 다를 병행하려고 안간 힘을 썼지만, 결국 미켈란젤로스 일을 줄여야 한다는 것을 깨달았다. 폴과 상의하려고 마음먹은 날 밤, 그는 뼈를 발라낸 틸라피아* 고기를 조리장 머리에 집어던졌다. 생선은 벽에 빗맞고 기름을 흘리며 미끄러져 내려가 리놀륨 바닥에 꼬리부터 털퍼덕 널브러졌다. 오늘 해고당하게 생겼군, 나는 생각했다.

그런데 일을 줄일 수밖에 없게 됐다는 내 말에 폴은 일을 아예 그만둘 예정이라는 뜻이냐고 되물었다. 이놈 자식, 만약 그만둬서 날 곤란하게 만들 거면 네 불알을 떼어내 메추라기 알처럼 포장할 거야. 어울리는 파란 리본도 묶어서 폴 콘티가 보내는 선물 삼아……

※ 아프리카 동남부가 원산인 민물고기.

114

아녜요, 일하는 시간만 줄이려는 거예요. 보충할 사람을 찾아볼게요.

또 다른 욕설들이 이어졌다. 하지만 오래된 대사들을 억지로 읊는 양 피곤하고 기운 없는 어조였다. 빌어먹을, 좋아, 차질 없게만 해. 그가 말했다. 기숙사로 돌아온 나는 진 병을 꺼냈다. 첫 잔을 비우고 둘째 잔을 따르고 있을 때 누군가가 급하게 뛰어오는 발소리가 들렸다. 이윽고 피비가 문을 열어젖히고 내가 복사해준 열쇠 꾸러미를 잘그락거리며 들어왔다. 그녀는 물감으로 칠한 줄무늬가 있는 가면을 들고 있었고, 바닥까지 내려오는 망토가 나부끼다 그녀의 다리를 휘감았다. 리슬네 공용 공간에서 열린 코스튬 파티에 다녀오는 길이야. 그녀가 말했다. 너무 더웠지만 끝까지 마스크를 쓰고 있었어. 상이라도 받아야 할 것 같아. 줄리언 빼고 아무도 내가 누구인지 몰랐다니까.

걔네한테 뭐라고 했어?

내가 타지키스탄의 여왕이라고 했어. 여기 입학하려고 왕위에서 물러났다고.

타지키스탄? 거기엔 여왕이 없을 텐데.

뭘, 그게 포인트잖아.

그녀는 뚜껑이 열린 샴페인 병을 들고 있었다. 그녀가 가장 가까운 데 있는 컵에 병을 기울이자 찢어진 금색 라벨에 거품이 흘러내렸다. 이거 마셔. 그녀는 소금기에 얼룩진 부츠 지퍼를 내리며 말하고는 내게 키스했다. 혀가 내 입술을 살짝 스치더니 그녀는 소리 내어 웃으며 내게서 벗어났다. 엄청 많은 사람들 사이에서 떠들다 보니까 이런 생각이 들더라. 여기서 내가 뭐 하는 거지? 난 월이랑 있고 싶은데.

그녀가 비스듬히 기울어지며 반쯤 돌았다. 나는 피비를 부축해 눕혀주었다. 그런데 그녀 앞에서 조심해야 한다는 것을 깜빡 잊었다. 피비가 내게 뭐 하고 있었느냐고 묻기에 이렇게 말해버린 것이다. 자축하고 있었어. 레스토랑 문제를 해결했거든. 폴이 만족할 수 있는……

무슨 레스토랑? 폴은 누군데?

이때만 해도 아직은 실수를 바로잡을 기회가 있었다. 하지만 와트 수가 낮은 램프 불빛 아래에서 피비의 얼굴이 빛났다. 그 얼굴이 거울에 비친 상처럼 떠 있었다. 사심 없는, 희끗하고 가느다란, 내가 나 자신의 얼굴만큼이나 잘 아는 형상. 그래서 말해버렸다. 거짓말하는 것도 지치네. 그리고 폴에 대해 설명했다. 미켈란젤로스라는 식당에서 서빙 일을 하고 있어. 도서관 개인 열람실에 있다고 둘러댔을 때마다 실은 그 식당에 간 거였어. 내겐 개인 열람실이 없거든. 공부는 기숙사에서 해. 내 어머니가 아프다는 것, 약을 먹은 적이 있다는 것, 내가 베이징에 선교 여행을 간 동안 아버지가 우리 가족을 떠났다는 것까지는 피비도 알고 있었다. 이제 나는 그 뒤에 일어난 일들을 설명했다. 경제적 문제들. 빚, 파산. 2교대 야간 근무. 작은 도시에서 빚을 지며 살아야 하는 처지에 따르는 깊은 수치심. 카메니타에 대해 이야기했다. 그리고 이 학교 교정에 처음 왔을 때, 햇살이 비치는 잔디밭이 눈앞에 펼쳐졌던 순간에 대해서도.

너한테 말하고 싶었어. 하지만 어떻게 설명해야 할지 몰랐어. 처음부터 진실을 이야기할 수도 있었는데, 나는…… 가끔은 네가 이미 짐작하고 있는 것 같아서……

아니, 어떻게 그런……

……근데 너무 사려 깊어서 모른 척해주고 있거나, 아니면……

월, 내가 이딴 거짓말에 동참했다는 식으로 포장하지 마.

그런 말이 아니잖아.

지난 몇 달 동안 네 고향이 어딘지도 숨기고 나한테 거짓말을 했다니……

그녀가 부츠를 신고 지퍼를 올리더니 나가버렸다. 나는 전화를 걸었지만 그녀는 받지 않았다. 미안하다는 문자 메시지를 연거푸 보냈다. 다음 날 아침 피비의 공용 공간에 찾아갔지만 그녀는 들여보내주지 않았다. 내 방으로 돌아갔다. 기다렸다. 잠이 오지 않아서 천장만 올려다봤다. 학교 보건소에서 받은 진정제를 먹어봤다. 아무 효과도 없었다. 술 취한 학생들이 안뜰을 걸으며 고함치고 노래하는 소리가 닫힌 유리창 안까지 메아리쳐 울렸다. 일어나야 해, 나는 생각했다. 그런데 금빛 드레스를 입고 잔디밭에 서 있는 피비가 보였다. 맨팔과 맨다리가 반짝이고 있었다. 그러고 있으면 춥지 않냐고 묻고 싶었다. 인파가 몰려들었다. 나는 그녀를 시야에서 놓치지 않으려 애쓰며 미친 듯이 불렀다. 피비! 추위에도 불구하고 그들은 모두 옷을 벗고 있었다. 사람들의 피부가 펼쳐진 들판에 축제 가면들이 꽃 피고, 몸이 뒤엉켰다. 그때 나는 잠에서 깼다. 하루하루가 길어지고 부풀어 올라 일주일이 되었다. 피비 없이 혼자 지내는 일주일. 밤마다 파티에 다녔다. 혹시 그녀가 있을까 봐서. 한번은 피비가 존 릴처럼 보이는 남자와 함께 식당을 나서는 모습을 언뜻 본 듯했다. 남자의 머리 위에는 빗어 올린 수탉 깃이 높이 치솟아 있었다. 내가 사람들을 밀어젖히고 와이어스 기숙사의 주랑 현관 밖으로 나갔을 때 그들은 이미 떠나고 없었다.

그러던 어느 날 밤 일하러 버스 정류장으로 가는 길에 우연히 피비를 발견하지 않았더라면 그녀가 얼마나 오랫동안 나를 피했을지 모르겠다. 무심코 눈을 들어보니 반 블록 너머에 있는 카페 앞에 그녀가 서 있었다. '카페 아줄'이라는 간판 아래 유리창에 그녀의 모습이 비치고 있었다. 카페 안에 있는 사람들 위로 투명하게 비쳐 보이는, 허공을 둥둥 떠다니는 유령인 것만 같았다. 그녀는 뒷자락에 긴 슬릿이 들어간 코트를 단추를 채우지 않은 채 걸치고 있었다. 나는 손을 들었다가 숨을 멈췄다. 차마 손을 흔들기가 두려웠다. 그녀가 몸을 돌리더니 내게 걸어왔다. 베이지색 코트 자락이 맨다리 뒤로 나부꼈다.

그녀가 말했다. 떨어져 있는 건 이제 지긋지긋해. 하지만 또 이런 일이 생기면 그때는……

그럴 일 없어. 내가 말했다.

그녀는 떨고 있었다. 날카로운 이목구비들이 붉게 달아올랐다. 나는 피비를 안고 아무 데나 입을 맞췄다. 그때 길 끝에서 혼자 우리를 지켜보고 있던 사람을 봤다는 기억은 진짜일까? 주위가 어두침침했는데도 그의 윤곽이 이토록 또렷하게 떠오르는 걸 보면 이 기억은 상상에 불과할까? 기억을 돌이켜 보면 볼수록 점점 더 모르겠다는 생각만 든다. 그가 계획 세우기를 얼마나 좋아했는지는 익히 알고 있지만 말이다. 그러나 그날 밤 나는 그런 건 신경 쓰지 않았다. 피비의 목은 뜨거웠고 땀에 젖어 축축했다. 또 이런 일이 생기면…… 그녀가 말문을 열었다. 나는 키스로 그 으름장을 가로막았다. 내 입으로 피비의 입을 막아버렸다.

14

존 릴

　모임 사람들이 말했다. 녹스허스트라니. 엔지를 떠난 이후 하고많은 곳들 중에서 왜 하필이면 여기, 오래된 대학가로 돌아온 거죠? 그러나 존 릴은 그런 질문에 대답할 필요를 못 느꼈다. 물론 말썽을 겪은 전적이 있기는 했다. 처음 녹스허스트를 떠났던 날 밤에만 해도 두 번 다시 이곳에 돌아오지 않을 줄 알았다. 그때부터 그는 굴욕만큼이나 사람의 기운을 북돋우는 것도 없다는 것을 알게 되었다. 수용소에서 나온 첫날에는 비가 내렸다. 비스듬히 기울어진 선들이 꼭두각시 인형에 매달린 줄 같았다. 숨을 들이쉴 때마다 죽어가는 그리스도의 부름이 들렸다. 하지만 이런 말들을 할 가치는 없었다. 너무 많은 것을 말하고 설명하는 것은 약한 짓이다. 오해를 불러일으킬 수도 있다. 주님께서는 왜라는 질문을 피하신다. 조르는 것도 모독이 될 수 있다. 무엇 무엇을 내려주소서, 라고 애원하면서 우리는 그분을 시험하고 있는 셈이다. 우리는 무언가를 추구하는 과정에서 그것을 과소평가한다. 주님, 저를 더 당황시켜주소서, 라고 기도하는 편이 나을 것이다. 그러나 그는 다만 하나님께서 자신을 이곳으로 부르셨다고 그들에게 말했다. 그분은 제가 이곳에 있기를 원하셨어요. 여러분 모두를 원하시듯이 말입니다. 그는 그렇게 말하며 자신을 올려다보는 제자들의 얼굴을 하나씩 둘러보았다.

15

피비

피비는 이야기했다. 월과 나는 곳에서 배가 잔뜩 부른 채
뒹굴거렸어요. 장난감만 한 비행기가 지평선을 따라 하강했
어요. 비행기는 장난치듯이 고꾸라졌다가 좌우로 흔들거렸
죠. 나는 그의 턱에 내려앉은 동전 모양의 햇빛을 바라보았
어요. 사귀기 시작한 이래 날마다 데이트를 했고 이번이 다섯
번째 데이트였어요. 전날 밤에 기숙사로 걸어갈 때 그는 내게
소풍을 좋아하느냐고 묻더니, 만약 좋아한다면 자기가 계획
을 짜보겠다고 했어요. 그러더니 음식을 모조리 챙겨 왔어요.
스틸턴 치즈 여러 덩이, 지방 덩어리들이 조약돌처럼 박힌 파
테.* 자두잼. 반으로 자른 바게트. 잘 익은 복숭아들. 병에 든

뱅쇼까지.

나는 지나치게 많이, 먹고 싶은 정도보다 더 먹었어요. 월이 무일푼이라는 걸 밝힌 것은 그로부터 몇 달 뒤의 일이었어요. 파테와 제철도 아닌 과일까지 포함한 성대한 도시락을 준비하느라고 일터에서 팁으로 받은, 써서는 안 될 돈을 써버렸다는 사실을 그때 나는 까맣게 몰랐죠. 그래도 공을 들였다는 건 분명히 알 수 있었어요. 복숭아만 해도, 그를 처음 만난 날 밤 내가 질 좋은 복숭아를 무진장 먹고 싶다고 말했었거든요. 게다가 와인을 끓여 뱅쇼를 만드느라고 학생 식당 주방에 몰래 들어가기까지 했다는 거예요. 나는 복숭아를 자르려다가 칼이 미끄러져서 그만 왼손을 베였어요. 움찔했죠. 작은 상처이긴 했어요. 그런데도 그는 굳이 냅킨을 접어서 상처를 둘러매 주더라고요. 자, 이제 됐어. 그가 말했어요. 나는 과도를 그에게 넘겨줬어요. 그는 뭉툭한 손톱이 달린 커다란 손으로 복숭아를 잘랐지요. 어째서 이런 기본적인 것을 할 줄 모르느냐고 묻지는 않았어요. 나는 한 조각을 그의 입으로 가져갔고, 그가 복숭아를 깨물자 흰 과육에서 즙이 뚝뚝 떨어졌어요. 내가 닦을 새도 없이 그가 내 손목에 입을 맞춰 즙을 핥아냈어요.

※ 고기, 생선, 채소 등을 갈아 양념한 것으로 빵이나 크래커에 발라 먹는다.

(내가 과일을 깎을 줄 모르는 건 어머니가 늘 해주셨기 때문이었어요. 부사 조각들을 잔뜩 쌓아올린 접시를 피아노 방으로 가져다주시곤 했죠. 손가락 더럽힐 일 없이 연습할 수 있게끔 포크도 같이 주셨고요. 나는 음계 연습을 하는 틈틈이 사과를 조금씩 먹었어요. 늦은 오후의 햇살이 마치 축복처럼, 은총의 표적처럼 내 머리를 적셨어요. 나중에 설거지를 하려고 하면 어머니가 못 하게 했어요. 해진아, 가서 연습이나 해.)

더는 못 먹을 정도로 배가 부른 채 나는 비행기를 가리켰어요. 그가 고분고분 내 손을 따라 눈을 들더니 말했어요. 비행기 조종법 배울 수 있으면 참 좋겠다. 혹시 모르니까.

혹시 모르다니?

만약 비행기를 타고 있는데 조종사가 쓰러진다거나……

하지만 비행기에는 조종사가 두 명씩 타는걸.

작은 비행기는 안 그래.

나는 말했어요. 좋아. 그러니까 작은 비행기에서 조종사가 기절하면, 네가 조종석에 휙 올라타겠다는 거지? 사람들의 목숨을 구하는 영웅이 되는 거네.

맞아. 그가 소리 내어 웃으며 말했어요. 나는 코끝을 그의 코에 맞댔고요. 하지만 잘 모르겠더라고요, 내가 뭘 하고 있는 건지. 오, 그의 관심을 얻은 건 확실했죠. 내가 그의 허벅지에 펀치를 쏟았을 때, 그래서 그가 자신을 올려다보며 미소 짓고 있는 나를 마주한 순간부터 나는 그를 사로잡았어요. 나는 수다를 떨었고 춤을 췄죠. 그는 서툴게 한 발씩 들어 올리며 움직였어요. 내가 춤에 익숙지 않아서 그래, 그가 말했어요. 나는 그의 템포에 맞추며 그의 움직임을 따라갔어요. 그러다 보니 마침내 그가 긴장이 풀어지면서 팔다리를 들썩이더군요. 그가 나를 빙글 돌리려고 하길래 그의 뜻대로 해줬어요. 그가 나를 바라보는 눈빛이 좋았어요. 도무지 주체할 수 없다는 듯한 눈빛이.

그게 닷새 전이었고, 그 이후로 나는 쭉 그와 같이 시간을 보냈어요. 그가 가져온 도톰한 체크무늬 담요 아래 우리 다리가 뒤얽혔어요. 그의 발가락이 내 종아리를 누르는 느낌이 들었죠. 나는 아직까지 그를 침대로 들이지 않았어요. 기다렸어요. 그를 하룻밤 잠자리 상대로 대하면 안 된다고 생각했거든요. 그렇게 며칠이 흐르고, 몇 주가 흘렀어요. 그는 나보다도 더 알쏭달쏭한 사람이더군요. 그는 농담을 하고는 숨어버리곤 했어요. 나는 그의 모습을 언뜻 포착할 수 있을 뿐이었어요. 어느 날 늦은 밤, 우리와 종교 이야기를 하다가 리슬이 이렇게 말했어요. 난 저 밖에 무언가가 있다고 믿고 싶어. 우리가 죽으면 다 끝난다고는 상상이 잘 안 되는걸.

윌이 말했어요. 논리 한번 탄탄하네. 그야말로 최고의 희망 사항이야.

그가 농담을 했을 뿐이라는 듯 미소를 지어 보였어요. 하지만 리슬은 바보가 아니었으니 움찔했죠. 그러고 나서 침묵이 이어지길래 내가 입을 열어, 어렸을 때 쇼핑몰 분수대 안에 있는 5센트짜리 동전을 주우려다가 물에 빠진 일을 이야기했어요. 오래지 않아 모두가 웃음을 터뜨렸어요. 나중에 줄리언이 그때 윌이 기분 나빠 보이더라고 말했을 때 나는 눈치 못 챘던 척 둘러댔어요. 그러자 줄리언은 야, 설마!라고 했고요. 하지만 윌의 미소가 비틀려 있었던 것을, 그가 얼마나 측은해 보였는지를 줄리언은 미처 몰랐던 거예요. 울면 혼난다고 배운 어린아이가 내보일 법한 허세라니. 그는 교회를 떠났던 일에 대해 무심코, 아주 조금이나마 말한 적이 있었어요. 나는 그 이야기를 떠올리며 그가 무엇을 잃었을지 가늠해보았어요. 그가 한때 살았던 고결한, 질서정연하고 평온한 세계. 그는 이렇게 말했죠. 나는 내가 죽지 않을 거라고 생각했어. 그게 신앙에 따르는 부수적 이득이니까. 내가 사랑하는 사람들 모두와 함께 언제까지고 살 거라고 믿었어.

그가 그토록 많은 것을 포기하고 어떻게 견딜 수 있었는지 묻고 싶었어요. 하지만 그는 기독교인의 삶에 대해 이야기하는 것을 대체로 피했어요. 농담거리로 삼거나, 그러지 않으면 아예 회피하거나 하는 식이었죠. 나한테도 마찬가지였어요. 내가 어머니의 죽음에 대해 털어놓고 나니 그는 그 화제를 꺼내지 않으려 했어요. 고등학교 때 가까운 친구들마저도 그 사고에 대해 차마 묻지 못했던 것과 비슷했어요. 아마 내게 슬픔을 상기시킬까 봐 겁이 났던 거겠죠. 나는 단 한 순간도 슬픔을 잊지 않았다는 것을, 그러니 새삼 그걸 다시 상기할 수는 없다는 것을 그들은 몰랐을 테니까요.

다만 월은 바쁘게 지냈어요. 열심히 살았죠. 영원을 잃고 자신에게 얼마 남지 않은 시간을 낭비하지 않으려는 것 같았어요. 할 일 목록을 적어놓은 포스트잇이 수북이 쌓여갔어요. 플로티노스 책에 밑줄을 그으면서 동시에 양치질을 했죠. 수업 때문에 봐야 할 영화가 있으면 그는 영화를 보면서 아령 운동이라도 했어요. 걸음걸이도 빨랐고, 밤새도록 공부를 했고요.

하지만 내게 맞춰 자기 페이스를 늦추기도 했어요. 개교 300주년 기념 퍼레이드 때 푸른 깃발을 든 사람들이 화이팅 스트리트를 행진하는 동안 그는 내가 인파에 휩쓸려 가지 않도록 내 어깨를 팔로 꽉 붙들고 있었어요. 에드워즈에서 사귄 대부분의 친구들과 달리 그는 의지가 되는 사람이었어요. 그는 무언가를 하겠다고 하면 반드시 했어요. 몇 시에 나랑 만나기로 약속하면 반드시 그 시각에 나왔죠. 도와주는 걸 좋아했어요. 문제를 해결하는 것도요. 기숙사 화장실 수도꼭지에서 물이 새길래 학생지원부에 연락하려고 했는데, 윌이 펜치를 휘두르더니 고쳐버리더라고요. 자기가 이글 스카우트* 출신이라면서요. 아니, 지금도 나는 이글 스카우트지. 이런 말도 덧붙였어요. 생존에 필요한 기본적인 물품들을 넣은 비상 대피용 가방을 꾸려서 침대 밑에 뒀다더군요. 요오드 알약, 수동 발전 손전등, 소독용 알코올, 비상식량 등등. 한 달도 지나지 않아 그는 나를 위한 가방도 싸주었어요. 나는 여전히 윌과 같은 방식으로 생각하지도, 그런 걸 원하지도 않았지만요.

그와 섹스를 하기 시작했을 때—내가 원했다기보다는 그를 기쁘게 해주려고—그는 악몽에서 나를 지켜주려는 듯 내 머리를 한 손으로 감싼 채 잠들곤 했어요. 그의 평온한 얼굴에서 어린 시절의 윌을 상상할 수 있었어요. 무덤덤하고, 믿음직한, 우유가 꽉 찬 잔을 가지고 자리보전한 어머니에게……

아장아장 걸어가던, 이라고 나는 생각했어요. 우유가 그득한 유리잔을 남자아이다운 손으로 들고 아장아장 걷는 모습을

※ 공로 기장을 스물한 개 이상 받은 우수 보이스카우트.

129

상상하곤 했죠. 하지만 이건 틀린 상상이었어요. 그때쯤 그는 신학대학생이었으니까요. 내가 덜 이기적이었다면 그를 놓아 줬을 거예요. 사랑에 푹 빠진 윌, 남자라기보다는 아이인 사람. 그러나 나는 그러지 않았어요. 그러지 못했죠. 그는 내 공용 공간까지 전속력으로 계단을 뛰어 올라왔어요. 내 허벅지 위쪽에는 멍이 생겼고요. 그가 먼저 잠든 뒤 내가 침대로 들어가면 윌은 잠결에 내 쪽으로 돌아누웠어요. 나는 옆에 머리를 뉘었지만 그는 뜨끈한 다리로 내 다리를 얽고서 끌어당겼어요. 나는 떨쳐내지 않으려고 노력했지만 결국 떨칠 수밖에 없었어요. 그러면 그는 저항했죠. 비몽사몽 상태로 끈질기게 내게 엉겨 붙었어요. 그의 맥박이 들려왔어요. 민들레처럼 부드럽고 가는 머리카락 가닥들이 내 입술 사이에서 들썩였어요. 나는 머리카락을 숨과 함께 들이쉬었어요. 소원이 있어. 나를 놓지 말아줘. 나는 생각했어요. 윌을 만나기 전까지 나는 떠돌아다녔으니까요. 그가 나를 이 땅에 붙들어줬어요. 밤새도록 내게 붙어서.

16

월

6월에 나는 베이징의 작은 투자회사에서 유급 인턴 일을 하러 떠났다. 원래는 피비도 따라오는 게 우리 계획이었다. 그러나 봄에 그녀가 학교 측의 권고를 받았다. 학점을 한두 단계 올리지 않으면 여름 학기 보충 수업을 들어야 한다는 것이었다.

나는 도와줄 게 있느냐고 물었다. 그녀는 아직까지도 새것으로 남아 있던 교재들의 비닐 포장을 뜯고 수업에도 나가기 시작했다. 나는 도와주려고 애썼다. 그러나 절제력이 근육이라고 치면 그녀의 근육은 위축되어 있었다. 옛 습관들이 되살아났다. 정오가 넘도록 늦잠을 잤고, 수업도 빼먹었다. 그녀는 공부 대신 사람들의 이목을 끄는 행동을 하는 데 시간을 쏟아부었다. 예컨대 총장실 침입 사건이 있었다. 작전을 짜기 위해 그녀는 미리 가이드가 동행하는 견학 프로그램에 참여했다. 건물 안의 벽들을 사진으로 찍고, 1층 창문 빗장을 열어두었다. 연극반에서 배우로 활동하는 리슬의 도움을 받아 극장 소품실에서 적절한 의상들을 빼돌리기도 했다. 그리고 사진 촬영을 했다. 나도 함께하자는 제안을 받았지만 시간이 없어서 안 되겠다고 했다. 그녀는 총장실에서 찍어둔 사진들을 자료 삼아 총장의 가족사진들을 연출했다. 친구들이 원본 사진들 속 인물들의 표정을 흉내 내며 포즈를 취해주었다. 라이트 총장이 자리를 비운 틈을 타 그들은 총장실에 침입해 자기들이 찍은 사진들을 원래 사진들과 맞바꿔 걸어놓았다. 『에드워즈 헤럴드』는 그들의 장난을 찬탄하는 짧은 기사를 실었다.

그러니 여름에 피비가 녹스허스트에 남아야 한다는 통고를 받은 것은 놀랄 일이 아니었다. 하지만 나는 그동안 희망을 품고 있었다. 링이 찾아준 베이징 인턴 일을 이미 수락한 상태였다. 내가 세 들 스차하이의 아파트에 보증금도 걸어두었고, 빚을 내서 왕복 비행기 티켓도 사두었다.

내가 녹스허스트에 남아 다른 일자리를 찾아보겠다고, 예컨대 미켈란젤로스에서 일할 수도 있을 거라고 했더니 피비가 말했다. 안 돼, 넌 베이징에 가야 해. 뭘, 세 달은 그다지 길지 않아. 내가 찾아갈게.

하지만 네가 여기서 혼자 지내야 하잖아.

난 친구들 있잖아.

누구?

줄리언만 해도 녹스허스트 시내에 있을 거야. 걔 만나러 가지 뭐. 다른 사람들도 만나고. 다들 나를 좋아할 거야. 사람들은 보통 날 좋아하니까.

그러면, 아…… 나는 말하다 말고 머뭇거렸다. 습한 봄바람이 불어왔다. 나는 방 안에 떠도는 나른하고 들큼하면서 씁쓸한 악취를 들이마셨다. 그녀가 꽃병에 꽂아놓고는 썩게 놔둔 히아신스 꽃다발 냄새였다. 내가 진작 내다버렸지만 진한 썩은내는 집요하게 남아 있었다.

혹시 리슬이……

아니, 줄리언이 그러는데 리슬은 고향에 간대. 세인트폴에.

나는 아직까지 리슬을 잘 몰랐다. 피비의 말에 따르면 원래는 리슬도 보충 수업을 수강하라는 경고를 받았다고 했다. 그런데 4월에 리슬이 뉴욕 주지사의 아들인 닐 퓨를 강간죄로 고소했다. 그날 밤의 세세한 정황이 대중에게 알려졌다. 사람들로 가득하던 거실, 그를 따라 계단 위로 올라갔던 키 큰 여자. 모두가 리슬의 말을 믿는 건 아니었다. 나도 닐을 조금 알았다. 봄에 파이 엡실론에 가입했다가 탈퇴한 학생이었다. 요트부 부원인 닐은 거기에 어울리는 용모를 갖고 있었다. 머리가 바람에 날린 듯 헝클어져 있어서, 언제나 방금 배에서 내린 것처럼 보였다. 낸터킷 바지*와 찢어진 능직 셔츠를 즐겨 입는 성향에도 불구하고 그는 샌프란시스코에 있는, 이혼한 어머니의 집에서 평생 대부분의 시간을 살았다. 샌프란시스코는 카메니타에서 차를 타면 금방 갈 수 있는 곳이었다. 그래서 나는 그를 피했다. 내가 거리를 뒀는데도 불구하고, 아니면 오히려 그랬기 때문인지 닐은 나를 파티에 몇 번 초대하기도 했다.

리슬이 안타깝네. 나는 피비에게 말했다.

✠

얼마 뒤 피비가 나를 공항으로 데려다주었다. 이제 계획을 바꾸기에는 너무 늦었다. 우리는 도로 경계에서 퉁명스럽게 헤어졌다. 그날 아침 다툰 참이었다. 베이징에 도착했을 때 전화를 걸자 그녀가 사과했다. 나도 사과했다. 기분이 풀린 우리

※　매사추세츠주 낸터킷 지역에서 생산되는 연홍색 바지로, 미국 북동부의 부유층이 즐겨 입는다.

둘은 앞으로의 일정에 대해, 전화로 길게 수다 떨 시간에 대해 이야기했다. 그러고 있으니 피비가 광활한 육지와 바다 건너편에 있는 게 아니라 금방이라도 닿을 만큼 가까이에 있는 듯 느껴졌다.

투자회사 일은 생각보다 힘들었다. 근무 시간이 길었다. 피비와 통화하다가도 끊어야 할 때가 많았다. 처음 야근을 했을 때, 아침에 책상 밑에서 30분간 잤더니 동료들이 내가 특별 클럽의 일원이 되기라도 한 듯 환호해주었다.

내가 그곳 일을 얼마나 좋아하는지 깨닫고 놀랐다. 금융가 주변부를 카우보이처럼 거들먹거리며 걷는, 세간의 이목을 끄는 직장에서 높은 연봉을 받으며 남성적인 자만심으로 부풀어 오른 벼락부자들(모두 남자였다) 사이에서 나는 자신감 있게 대처할 수 있었다. 유능함의 기운이 에어컨 냉기처럼 사무실 안에 가득 찼다. 나는 정교한 미로 같은 투자 모델을 세우고 예측 가능한 세계의 허구를 한껏 즐겼다. 모델들은 불어나면서 가상의 위안화를 만들어냈다.

베이징이라는 도시도 좋았다. 지난번 이곳에서 시민들을 예수님에게게로 이끌려고 안간힘을 쓰던 때에는 베이징 자체를 보지 못했다. 그때는 굴러다니는 자갈들을 밟고 다녔다. 지나가는 사람들의 손에 불법 기독교 전단지를 쑤셔 넣었다. 설교

할 수도 없을 만큼 기침을 했다. 그런데 이제 정당한 무언가로 이곳에 기여할 수 있는 입장이 되니 내가 중요하고 비중 있는 인물이 된 듯 여겨졌다. 물리적으로도 나는 이곳 사람들에 비해 키가 컸다. 나는 챔피언처럼 넓은 보폭으로 지친 기색 없이 활보했다. 전리품을 취하고 토지를 측량하기에 적합한 걸음걸이였다. 침대에 누우면 발이 매트리스 밖으로 삐져나왔다. 인형의 집처럼 낮은 천장에 머리를 부딪치기도 했다. 그러면서도 이 도시는 하늘을 밀어낼 만큼 높은 빌딩들을 지어 올렸다.

음식도 있었다. 베이징에서 지내면서 나는 살이 쪘다. 회사에서도 식사가 나왔지만 퇴근하고 나서도 계속 먹었다. 먹을 게 풍족한 상황은 카메니타에서 산 이래 처음이었다. 나는 북경오리, 종이로 싼 송어, 마파두부, 세 번 익힌 베이컨을 실컷 먹었다. 육즙이 가득 든 찐만두. 양꼬치. 입을 톡 쏘는 쓰촨 찜 요리. 찐빵. 전병. 양념한 초어草魚. 나는 녹스허스트에서 굶었던 끼니들을 생각했다. 바지가 꽉 끼자 단추를 풀었다. 그리고 더 먹었다.

하지만 이런 평화에도 한계는 있었다. 베이징은 더웠고 사람들은 시끄러웠다. 조용한 녹스허스트에 익숙했던 나는 베이징의 교통난을 의식하지 않을 수 없었다. 6월에는 5중 추돌 사고 현장을 목격했다. 구급대가 우그러진 차량들 사이에서

136

피투성이 시신들을 끌어내 아스팔트 위에 뉘었다. 널브러진 팔다리 밑에서 피가 서서히 꽃 피듯 번졌다. 밝은색 청바지를 입은 어떤 여자 밑에 고인 검붉은 피 웅덩이가 너무나 커서 몸속의 피가 다 빠져나온 게 아닌가 하는 분별없는 생각마저 들었다. 다른 차들이 부주의하게 쌩쌩 달려가며 경적을 울려댔다. 오토바이 바퀴가 죽은 여자의 신발을 짜부라뜨리고 지나갔다.

영국인 사장인 마틴 펠프스가 자기 집에서 직원 파티를 열었다. 더위에도 불구하고 사람들은 뒤뜰로 나갔다. 그는 그곳을 정원이라고 불렀지만 화초는 얼마 없었다. 넓은 잔디밭에 축 처진 꽃가지들이 감긴 퍼걸러*가 있을 뿐이었다. 풀밭에는 항아리들이 있었고 그중 여섯 개는 높은 주추 위에 놓여 있었다. 웨이터들이 커다란 잔에 담긴 칵테일을 들고 돌아다녔다. 나는 빠른 속도로 술을 마셨다. 야외 조명이 깜빡이며 켜졌다. 잔디밭에 알알이 꿰인 종이등이 매달린 줄들이, 사람들을 끌어모으기 위해 팽팽히 당겨진 실 같았다. 그래도 우리는 여전히 서로 떨어진 채 서 있었다. 늦은 오후의 그늘이 드리워진 곳마다 손님들이 받침대에 올라선 듯 자리 잡고 있었다. 정

※ 기둥과 보로 이루어진 구조물에 덩굴식물을 올린 휴식용 시설.

장을 갖춰 입은 남자들은 축축한 얼굴을 냅킨으로 연신 닦았다. 아내들은 하이힐 위에서 휘청거렸다. 가는 팔찌들이 찰랑거렸다. 한 여자가 태국의 한 섬으로 갔던 여행에 대해 불평을 늘어놓았다.

그녀가 말했다. 보시다시피 저는 동양인이고 맷은 백인이라, 태국 사람들이 자꾸 저를 술집 여자로 오해하더라고요. 음, 매춘부 같은 거 말예요. 심지어 어느 날 밤에는 호텔 직원이 나를 안 들여보내려고 하지 뭐예요. 나더러 태국어로 소리를 질러대더라고요. 그때 맷이 고함치던 것, 여러분도 들어보셨어야 하는데. 엄청 웃겼다고요.

그녀는 애매한 웃음을 흘리더니 담배 연기를 빨아들였다. 담뱃불이 반짝 타올랐다. 그녀의 이야기는 아무 호응도 얻지 못했다. 내가 만약 피비였다면 대화가 이어질 수 있도록 요령껏 질문을 했을 것이다. 경쾌한 농담을 던지고, 재빠른 꾸밈음을 더하면서 저 여자도 주위 사람들도 모두 편안해질 수 있도록 도왔으리라. 하지만 내게는 그런 재주가 없었다. 그래서 예의 바르게 미소 짓기만 했다. 그러다 칵테일을 가져와야겠다고 자리를 떴다. 유치하지만 나는 머릿속으로 이 파티를 각색하고 있었다. 피비가 못 와서 아쉽다고 느낄 만큼 거창하고 유쾌한 자리로 꾸며서 이야기하고 싶었다. 악기 여섯 대가 동원

된 재즈 밴드, 왈츠를 추는 무용수들이 있었다는 말로 금박을 입힐 것이다. 커다란 병에서 뻥 하고 뿜어져 나오는 폭소 같은 샴페인. 빙글빙글 도는 손님들. 흰 퍼걸러 틀에 방울처럼 매달린 재스민꽃들 아래에서 춤추는 사람들.

펠프스의 집도 스차하이에 있었다. 내 셋집에서 1킬로미터 남짓한 거리였다. 그래서 나는 파티를 나와 걸어서 집으로 향했다. 하지만 베이징 길거리를 걸어다녀본 적이 별로 없었던 탓에 몇 분 만에 길을 잃고 말았다. 계속 걸었다. 텁텁하고 더운 밤이었고 가냘프게 불어오는 바람의 온도는 몸속의 혈액과 같았다. 자전거를 탄 여자들이 빠르게 지나쳐 갔다. 팽팽한 엉덩이 사이에 낀 검은색 삼각형 안장이 보였다. 낡고 어두침침한, 꼬불꼬불하게 이어지는 베이징의 뒷골목 안 어디에 내가 있는지 아무도 몰랐다. 그 누구도 나를 찾을 수 없을 터였다. 초야에 파묻힌 은자나 기둥 위에서 고행하던 중세 금욕주의자들이 추구하던 정적이 여기에, 베이징의 혼잡 한가운데에 실현된 것만 같았다. 자유롭고 떳떳해진 기분이었다. 밤새도록 길을 잃어도 좋을 것 같았다.

하지만 얼마 안 가 길거리 음식을 파는 노점들과 마주쳤다. 철판이며 냄비에서 증기가 아지랑이처럼 피어올랐다. 나는 맨 마지막 수레에 다가가 대학에서 배운 표준 중국어로 길을 물었다. 상인이 대답했지만 무슨 뜻인지 알아들을 수 없었다. 그러자 손님 줄에서 기다리던 커플이 우리 대화를 듣고 웃더니 도와주겠다고 했다.

그들이 약도를 그리는 동안 나는 음식을 사려고 멈춰 선 어떤 여자를 눈여겨보았다. 수레에서 새어 나오는 초자연적 불빛 속에서 그녀의 들창코와 짙은 청록색으로 부분염색을 한 일자형 단발머리가 보였다. 그녀는 아무것도 넣지 않은, 투명한 플라스틱으로 된 배낭을 메고 있었다. 아이 같은 가방에도 불구하고 나이는 나와 비슷해 보였다. 젖살이 포동포동해서 잡아 쥘 수도 있을 법했다. 그녀는 파전병을 사고 남은 거스름돈을 받아들고서 동전들을 불빛에 비추어 보더니 전병을 한 입 베어 먹었다. 선명한 녹색을 띤, 사람을 감질나게 하는 기다란 파 줄기가 넓은 앞니에 붙들려 당겨져 나왔다. 그녀는 숨을 들이쉬며 양 입술에 묻은 기름을 빨아 먹었다. 피비와 닮은 데라고는 전혀 없었지만, 음식을 맛있게 즐기는 모습에서 드러나는 뚜렷한 식욕을 보니 내 곁에 없는 여자 친구가 떠올랐다. 나는 피비와 또 싸웠다. 거의 일주일째 연락도 안 한 참이었다. 파전병을 산 여자는 노점을 떠났다. 나는 커플에게 고맙다고 인사하고 여자를 따라갔다.

나는 여자와 반 블록 거리를 유지하면서, 담장이 둘러쳐진

골목의 반대편을 따라 걸었다. 어둠 속에서도 여자를 시야에 두는 것은 어렵지 않았다. 덜렁거리는 투명 배낭이 등불처럼 눈에 띄었기 때문이다. 나는 조용히 걸으려 애썼다. 비둘기들이 다리에 묶인 방울을 딸랑이며 퍼덕퍼덕 내려앉았다. 자전거 탄 사람들이 지나갔다. 나는 벽돌 더미에 발이 걸려 곱드러졌다. 여자의 단발머리가 팔락거렸다.

어느덧 거리가 텅 비었다. 여자를 따라가기 위해서는 더 빠르게 걸어야 했다. 그녀는 잰걸음으로 걷고 있었다. 빨리 집에 가고 싶어서 그런가 보다고 생각했다. 그런데 그녀가 오른쪽으로 돌면서 뒤를 홀끔 돌아보았다. 동그란 얼굴이 번뜩이더니 사라졌다. 내가 그토록 애를 썼는데도 불구하고 그녀는 겁먹은 표정이었다. 나는 그저 몇 분만 그녀를 따라가보고 싶었을 뿐이었는데. 비난을 사는 입장이 되니 모욕감이 들었다.

여자의 손에서 흰 종이 같은 게 떨어지는 것을 보았다. 쪽지나 신호인 줄 알고 멈춰 서서 집어 들어보니, 그건 냅킨에 싸인 채 구겨진, 반쯤 남은 전병일 뿐이었다. 나는 마저 따라갔다. 그녀가 왼쪽으로 휙 돌았다. 슬슬 숨이 가빠왔다. 그녀가 발길을 멈추고는 몸을 굽혔다. 샌들 끈을 매만지고 있었다. 그러더니 절름거리며 뛰기 시작했다. 이봐! 나는 소리쳤다. 해명하고 싶어서 나도 뛰었다. 그러자 그녀는 어느 작은 집으로 뛰어들어 가 문을 탕 닫아버렸다.

✠

고층 아파트로 돌아왔을 때는 늦은 시간이었다. 나는 진정제를 먹고 침대에 들어갔다. 하지만 약이 듣질 않았다. 녹스허스트에 있었다면 피비가 곁에 있어줬을 것이다. 바로 옆에 있는 그녀의 등이, 밧줄 같은 등뼈가 보였을 것이다. 나는 물리적인 끈으로 그녀와 연결된 듯한 느낌을 받았다. 우리가 떨어져 보내는 밤마다 그 끈이 팽팽히 당겨지는 것 같았다. 나는 일어나 앉아 전기주전자에 물을 끓였다. 그리고 피비의 전화번호를 세 자리까지 누르다 핸드폰을 식탁에 내려놓았다.

마지막으로 대화했을 때 그녀는 베이징에 오지 않겠다고 했다. 다시 존 릴과 시간을 보내는 것이 분명했다. 학생 식당에서 그와 함께 있는 모습을 언뜻 본 게 맞았던 것이다. 내가 베이징에 있는 사이에 그녀는 지난가을 우리가 만났던, 존 릴의 집에서 열리는 기독교인들의 모임에 참석하기 시작했다. 충동적으로 그랬다고 그녀는 말했다. 지루해서 그랬어. 녹스허스트는 너무 따분한걸. 거기까지는 나도 이해하고 있었다. 그런데 급기야 그녀가 그 모임에는 엄격한 출석 규칙이 있다며, 중국에 건너가느라 모임에 빠지면 퇴출당할 거라고 말하는 게 아닌가.

그런데 그 사람들이랑 대체 뭘 하고 있는 거야? 내가 물었다.

그 사람들?

믿을 수가 없네. 존 릴이 누군데? 너한테 어떤 존재길래?

친구야.

그에 대해 아무것도 모르잖아.

아는데.

그래? 고향이 어딘데?

인도.

인도?

그의 부모님이 캘커타에 자선병원을 세웠대.

……그분들도 그 뭐냐, 국제구호단원이라서?

월, 그들은 선교사들이라고.

나는 부엌 창문 앞에 선 채, 뒤이은 침묵 속에 스스로도 정확히 무엇인지 모를 것을 숨겼다. 창밖으로 일꾼들이 땅을 파는 모습이 보였다. 착암기가 아스팔트를 파고들고 있었다. 택시들이 공사장 옆을 거칠게 돌아 나갔다. 내가 기독교인들에게 적대적이라는 인상을 피비에게 심어주었으리라는 것은 알고 있었다. 하지만 그녀에게 미처 설명하지 않은 것이 있었다.

조깅을 할 때면 아직도 귓전에 레위기 구절들이 들려와 발걸음과 박자를 맞춘다는 것을. 텅 빈 거리로 나가면 공포에 질린다는 것을─내가 더 이상 믿지 않는 하나님이 신실한 사람들을 들어 올려 곁에 두시고 그분의 약속을 거부한 사람들은 죽게 내버려둘까 봐 두려워한다는 것을, 그러다가 겨우 그럴 필요가 없음을 깨닫는다는 것을. 내 신앙이 애틋하고 환한 꿈의 마지막 조각들처럼 떠나가던 때, 예배 중에 어리석은 신도들을 둘러보며 비통한 마음으로 그들을 부러워했다는 것을. 한때는 내가 주님보다 진실을 더 귀중하게 여긴다고 믿었지만 나는 그렇게 영웅적이지 못했다. 그곳에 머물 수만 있었다면 머물렀을 것이다. 그분의 말씀을 마음에 새기려고 했을 때 문자 그대로 이루어진 것 같았다. 나는 말씀을 내 살에 먹물로 써넣었고, 심방 근육에 문신을 새겼다. 그분의 얼룩이 세포들에 배어서 지울 수 없게 되었다. 피비, 나는 적대적이었던 게 아니야. 그리워했던 거야. 그 사실을 분명히 밝혔어야 했다. 하지만 나는 그러기는커녕, 존 릴이 녹스허스트에 있으리라는 것을 처음부터 알고 있었느냐고 묻기나 했다.

그게 무슨 뜻이야?

그 이유 때문에 수업을 안 들었던 거냔 말이야. 일부러 그랬던 거면 그렇다고 말해.

그녀는 따졌다. 지금 네가 무슨 소릴 하고 있는지 알아? 언제 내가 너한테 거짓말을 하던? 주전자에서 삑삑 소리가 났다. 그래, 좋아. 나는 생각하면서 티백 하나를 꺼냈다. 오, 이따금씩 사소한 기만들, 사랑에서 비롯된 우윳빛 같은 거짓말들을 알아차리기는 했지만, 피비가 이 정도로 부정직해질 수 있는 줄은 몰랐다. 하지만 나 스스로 너무 오랫동안 거짓말을 해왔기에 그것이 얼마나 자연스러워질 수 있는지 알고 있었다. 나는 티백을 물에 넣었다. 그리고 두 개째 약을 먹은 다음, 마지못해 피비에게 전화를 걸었다.

17

존 릴

그는 피비를 볼 때마다 죽은 어머니에 대해 이야기해줄 수 있겠느냐고 물었다. 당신은 사랑하던 사람이 존재하지 않게 되었기 때문에 고통스러운 거예요. 하지만 사랑 자체는 여전히 당신에게 남아 있어요. 그것이야말로 변치 않는 선물이죠. 어머님은 부재를 통해 이 세상에 머물고 있는 거예요. 존재에서 기쁨을 느꼈듯 부재에서도 그럴 수 있다면 당신은 잃은 줄 알았던 것을 되찾게 될 겁니다. 하지만 어려운 일이죠. 피비, 시간이 걸릴 거예요. 저도 어머니를 여의었어요. 그래서 고독하게 살았죠. 모든 게 괜찮다고 믿고 싶어서 눈을 돌려버리는 사람들을 지켜보는 게 어떤 느낌인지 알게 되었어요. 하지만,

그건……, 그가 그렇게 말하자 그녀는 눈물을 글썽이며, 머뭇머뭇, 이야기하기 시작했다.

피비

피비가 말했다. 내 뒤에서 바람이 불어요. 쓰레기가 뒹굴고요. 그러다 귀에 익은 가벼운 발소리가 들려오죠. 희망을 망가뜨리고 싶지 않아서 나는 최대한 오래 기다리다가 뒤를 돌아봐요. 사실 여전히, 충분히 오래 기다리면 어머니가 돌아올 것처럼 느껴져요. 내가 아무것도 원할 줄 모르는 사람이 되어버렸나 싶었는데, 어쩌면 내가 무엇보다도 원하는 것은 지금으로선 가질 수 없는 것뿐일지도 몰라요.

19

월

인턴 일이 끝나고 나는 베이징에서 녹스허스트로 돌아갔다. 피비와 재회한 기쁨에 한껏 빠져 있으려니 그저 너무 오래 떨어져 있어서 싸웠던 것뿐이라는 생각마저 들었다. 봄에 우리는 아파트 한 채를 구해 같이 살기로 했었고, 지난 8월에 그녀가 '카페 아줄' 위에 있는 작은 집 임대계약서에 서명한 참이었다. 우리는 침대에서나 식당에서 잠깐 헤어지는 것도 못 견뎌했다. 아침마다 눈을 뜨면 벌거벗은 다리 한쪽이 내 다리에 포개어져 있었고, 내 팔은 그녀의 배를 단단히 감싸고 있었다. 단순히 피비 곁에 있기 위해 내 마음에 안 들 게 뻔한 영화도 끝까지 보며 앉아 있기도 했다. 교정을 같이 걸을 때면 그녀는 내 청바지 뒷주머니에 손을 꽂아 넣었다. 우리 사이를 가르던 선은 딱 붙은 우리 발밑에서, 지친 뱀처럼, 흐늘흐늘하게 늘어졌다.

참 뻔뻔도 하네. 줄리언이 말했다. 그는 술이 가득 든 잔을 들어 나를, 그다음에는 내 팔에 기대고 있던 피비를 가리켰다. 중국에서 아무것도 못 배웠어, 뭘? 자기가 가진 걸 대놓고 자랑하면 재수가 없단 말이야. 그래서 현명한 부모들은 자기 자식을 욕했지. 게으르고 멍청하다고……

그런데 학기가 시작되고 한 달이 채 되지 않아 리슬이 휴학계를 내고 세인트폴로 돌아갔다. 강간 혐의가 온 나라 신문 제1면에 나오는 뉴스가 되었다. 또 다른 에드워즈 여학생들이 저마다 겪은 성폭행 경험을 털어놓았다. 각종 사설에서도 다루어졌고, 대중적 공분이 일어났다. 피비는 에드워즈 학생 중 거의 절반이 참여한 촛불 시위 준비 과정에 참여하기도 했다. 그러나 리슬을 비난하는 학생들도 있었다. 그녀가 가장 좋아한 불법 약물이 무엇인지, 그녀가 얼마나 신뢰할 만한 사람인지 떠들어대는, 그녀가 거짓말했을 가능성을 운운하는 옹졸한 뒷소문이 돌았다. 그보다 덜 악의적인 학생들은 어떻게 판단해야 할지 잘 모르겠다고 했다. 닐을 전적으로 비난하기는 어렵게 느껴졌다. 그는 리슬을 만진 적이 없다고 주장했던 것이다. 친구들마저도 사건의 진상과 자세한 정황을 알고 싶어 했다. 격분한 피비는 늦은 밤 말다툼을 벌였다. 이런 일로 거 짓말하는 사람은 없어. 리슬이 어떤 수모를 겪고 있는지 봐, 그러고도 걔가 거짓말한다는 소리가 나와?

그런 뒤 어느 날 밤 내가 놀러 나가자고 하자 그녀는 거절했다. 난 괜찮아, 너만 가. 금주법 시대 의상을 입고 노는 파티였다. 주최자는 파이 엡실론 회원이었다. 타조 깃털을 꽂고 실크 해트를 쓴 애들이 얼음이 짤깍거리는 높은 유리잔을 들고 있 느라 차가워진 손으로 내게 하이파이브를 하고는 피비는 어디 있느냐고 물었다.

피비 어디 숨었어? 그들이 외쳤다.

집에 있어.

걔 괜찮아?

괜찮아.

나는 피비에게 사람들이 보고 싶어 하더라고, 어디 아픈 거 아니냐고 물었다고 전했다. 난 신경 안 써. 그녀가 대꾸했다. 술로 마취된 나는 소파에서 곯아떨어졌다. 그런데 깨어나보 니 그녀가 열린 창턱 위에 앉아 있었다. 창밖에서 밤의 소리들 이 흘러 들어오는 동안 그녀는 어렴풋한 메아리에 귀를 기울 이듯 밖을 내다보고 있었다. 피비는 어때? 걔는 좀 어때? 말해줘, 피비가 뭐 하고 있는지…… 가끔 나는 그 방으로 되돌아간 상상을 한다. 나는 내가 사랑하는 여자—내가 미처 줄 생각을 못 한 것을 기다리고 있는 여자의 실루엣을 지켜본다. 밖에서는 취객들이 비틀거리며 웃어댄다. 진의 꽃향기 같은 냄새가 집까지 새어 들어오고, 바리톤에 가까운 누군가의 음성이 솟아올랐다가 잦아든다.

그녀는 줄리언을 제외하고 기존의 친구들과 어울리는 것을 그만뒀다. 대신 아침마다 학교 수영장에 가서 빠르게, 강박적으로 레인을 오락가락 헤엄쳤다. 엉덩이가 탄탄해졌다. 허벅지도 굵어졌다. 창백한 피부 위로 뜻밖의 근육들이 붉거졌다. 갓 깎아낸, 원본보다 강력한, 새로운 피비였다. 직사광선 아래에서 보면 그녀의 머리는 바다 마녀 같은 녹색으로 염색한 듯 보였다. 중앙 잔디에 있는 동상들이 떠올랐다. 산화되어 푸른 녹이 앉은, 돌로 된 눈이 박힌 영웅들.

또한 존 릴의 집에서 열리는 모임에도 계속 참석했다. 그는 그 모임을 '제자'라고 했다. 수용소에서 나온 이후 그가 시작한 새로운 삶에 바치는 헌사였다. 그들은 대화하고, 먹고, 피아노를 내놓고 쳤다. 성경 구절을 탐구했다. 나는 제자라는 단어에 무슨 의미가 있느냐고, 번역하면 무슨 뜻이냐고 물었다.

한국어로 '제자弟子'라는 뜻이야. 그녀가 말했다.

오. 나는 맞장구를 쳤다. 그동안 나는 이 주제에 접근하는 방식을 바꾼 참이었다. 농담도 하고, 때로 질문을 하기도 했다. 내 진짜 감정은 숨기려고 노력했다. 장난삼아 신앙에 발 담근 피비의 실험이 매력을 잃기를 바라는 마음은 여전했다. 솔직히 말하면 나는 신앙에 대한 피비의 관념이 유치하다고 여겼다. 그건 한때의 변덕이라고. 하나님의 약속이라고들 하는 것에, 그 오래된 현혹적인 거짓말에 어리석은 희망을 걸고 있을 뿐이라고. 주께서 우리를 들어 올리사 모든 죽음을 물리치시리라— 그렇기 때문에 그녀는 주님을 사랑하고 싶었던 것이라고 나는 생각했다.

그러나 나는 피비를 사랑했다. 그건 의문의 여지 없는 사실이었다. 예컨대 내가 피비의 뾰족한 턱을 아끼는 데에 이유 따위는 없었다. 활짝 핀 입술도. 피비의 혀가 내 입술 사이로 미끄러져 들어오는 감각을, 그 짭짤한 맛을 그 자체로 성체聖體처럼 귀하게 여겼다. 간지럼을 잘 타는 다리에 점점이 박힌 조그마한 점들도. 나는 그 점들을 핥았다. 달팽이가 남긴 흔적 같은 선을 긋는 동안 그녀는 부르르 떨며 웃었다. 그만하라고도 했다. 그래도 나는 계속했다. 나만이 아는 별자리들에 세례를 주었다. 내가 설령 그녀의 털 하나하나를 헤아리지는 못했더라도 피부는 구석구석 빠짐없이 차지했다. 나는 기독교인도 아니야. 어느 날 밤 그녀가 내게 말했다. 파이 엡실론의 합창 공연을 보러 기브 기숙사로 걸어가던 길이었다. 불어오는 바람에 피비의 실크 옷자락이 허벅지에 휘감겼다. 그때 그녀는 대븐포트가 번역한, 그리스도가 남긴 경구들을 모은 책을 읽고 있었다. 그녀는 그리스도의 생각들이 설득력 있다고는 생각했지만 자신이 신을 믿는지는 잘 모르겠다고 했다. 그녀는 이렇게 말했다. 믿고 싶기야 하지. 하지만 그걸로는 부족하잖아. 음, 네가 잘 알지.

✠

베이징에서 저축한 돈으로 짧은 여행을 다녀올 수 있었다. 나는 목적지가 케이프코드라는 것을 비밀로 하고서 피비의 쿠페를 몰고 북쪽으로 향했다. 메인주지? 그녀가 물었다.

아니야.

오하이오주구나.

나는 고개를 저었다. 피비가 논리를 무시하고 동쪽, 남쪽 지역을 이리저리 찍었다. 이스탄불. 델리. 베이루트. 나이로비와 타이베이에는 맞다고 답했다. 돈만 있으면 갈 만한 곳들이니까. 하지만 곧 돈이 생길 터였다. 그녀가 기다려준다면, 머잖아 나는 그녀가 가고 싶은 곳으로 데려가줄 수 있을 것이다. 비행기 아래로 돌진하는 낯선 도시들의 불빛을, 손 뻗으면 잡을 수 있을 듯 흩어진 진주들을 보게 될 것이다.

우리는 해변가의 집에 도착했다. 배가 불룩한 난로가 딸린, 비늘판벽으로 둘러쳐진 방 하나짜리 오두막이었다. 나는 가방들을 날랐다. 신문을 찢어 기다란 봉 모양으로 구겨서 불을 붙였다. 난로의 그을린 입구에 장작더미가 놓여 있었다. 몇 분을 뒤적이니 불이 타올랐다. 피비가 벽에 와인병을 뎅그렁뎅그렁 늘어놓는 소리가 들렸다. 나는 프라이팬에 송어를 굽고, 차가운 프리울리 와인을 그녀와 나눠 마셨다. 우리는 바지를 걷어 올리고 해변을 걸었다. 바다가 쉭쉭거리며 우리 맨살을 쏘고, 발밑의 모래를 빨아들였다. 다음 날 아침 우리는 토스트에 벨리니를 곁들여 먹고 일광욕실에 늘어져 낡고 소금기로 부푼 잡지들을 읽었다. 감긴 눈꺼풀로 햇살이 스며들어왔다. 내 몸이 금으로 변하고 있었다.

일요일에 점심을 먹고 나서 나는 피비를 태운 차의 운전대를 잡고 보슬비를 헤치며 녹스허스트로 향했다. 피비가 5시에 제자 모임이 있다고 해서다. 대시보드에 올린 그녀의 맨발이 앞유리에 닿았다. 앞유리에 체온이 번져서 매니큐어를 칠하지 않은 발가락마다 작은 후광 같은 습기가 맺혔다. 그녀는 라디오를 틀고 노래를 따라 불렀다. 내가 모르는 노래였다. 그녀가 잠잠해졌다. 나는 피비가 잘 수 있도록 볼륨을 낮췄다.

몇 시간이 흘러 그녀가 고개를 들었다. 안녕, 그녀가 말했다. 점심에 와인을 너무 많이 마셨나 봐. 불쌍한 월, 내가 혼자 내버려뒀네. 몇 시야? 그녀가 눈을 깜빡이며 두리번거렸다. 차가 무지 많네.

방금 전까지만 해도 괜찮았는데. 이러다 뚫리겠지. 나는 말했다. 라디오 시계가 깜빡이며 4시 11분으로 넘어갔다.

녹스허스트까지 얼마나 걸리는데?

도로가 계속 이 상태면 한 시간은 더 걸릴 거야.

그녀가 목소리를 높였다. 윌, 모임이 5시란 말이야.

아니, 차가 계속 막히면 그렇다는 거지. 걱정할 것 없어. 그럴 리 없을 테니까.

피비는 몸을 곧추세우고 우리 앞차들 위를 내다보려고 애썼다. 아까 그 말을 왜 했나 싶었다. 제시간에 도착할 걸 뻔히 알면서.

지선도로로 빠져야 하는 거 아냐?

왜 그렇게 불안해해? 잘 도착할 거야.

나 늦으면 안 돼.

잘 도착할 거라니까.

이어지는 침묵 속에서 피비가 다리를 끌어올렸다. 고개를 모로 돌렸지만 그녀의 공포가 쿵쿵 울리는 것이 내게도 전해졌다. 나는 창문을 열고 계속 운전했다. 차가 막히다 못해 아예 멈춰 섰다. 나는 꾸물거리는 차들을 몰아세웠다. 틈만 나면 끼어들었다. 내가 차를 밀어붙이고 돌진하는 동안 피비는 왼발을 떨었다. 막히는 도로에서 빨리 운전하는 비법은 남들보다 잃을 게 없다는 듯이 구는 것이다. 나는 피비에게서 불평이 나오게끔 유도했다. 싸우고 싶었다. 하지만 그녀가 가만히 있는 상황에서 내가 먼저 시비를 걸어 잘못한 쪽 입장에 서고 싶지는 않았다.

오래지 않아 길이 뚫렸다. 젖은 아스팔트 위로 급히 미끄러지는 바퀴 소리가 필름이 풀리는 소리 같았다. 여행은 없었던 일인 것처럼 저 멀리로 밀려났다. 우리는 금세 제한 속도를 훌쩍 넘겼다.

내가 늦지 않게 도착해야 하는 이유가 뭔지 말해줄까?

그래, 뭔데? 내가 물었다. 하지만 그녀는 다시 입을 다물고는 내 허벅지 위에 손을 올렸다. 차가 고속도로를 벗어나 녹스허스트로 접어들 때 그녀가 말했다. 개강하고부터 제자 모임에서는 집단 고백 시간을 가지고 있어. 각자가 자기 삶에 대해 이야기하고 질문이나 비판을 받는 식이야. 하고 싶은 사람만

하는 거야. 내 설명이 이해가 잘 안 될 수도 있는데, 그건 아직 내가 고백해본 적이 없기 때문이야. 그런데 오늘 밤 내가 할 차례거든. 일정이 그렇게 정해졌어. 너도 내가 가끔 글을 쓰는 걸 본 적이 있지. 뭐, 그것도 글이긴 글이잖아. 생각을 적어 내려갔던 거야. 그러니까 오늘 내가 늦으면 무례한 짓이 될 거야. 나는 그 집 앞에 차를 세우고 그녀가 무슨 고백을 할 계획인지 물었다.

그녀가 말했다. 어머니에 대해 이야기하려고. 할 수 있으면. 어머니가 어떻게 돌아가셨는지 너한테 자세히 말한 적은 없지. 그날 밤 나는 운전하겠다고 우겼지만 운전을 잘 못했어. 연습을 충분히 하지 않았으니까. 어머니는 내가 운전하는 걸 좋아하지 않았고. 집으로 가는 길 막판에 전조등 빛에 눈이 부셔서 나는 차를 꺾었고, 그대로 트럭을 들이받고 말았어. 그런데 그 순간 어머니가 내 앞으로 몸을 던져서 충격을 대신 받아준 거야. 나는 병원에 갈 필요도 없었어. 뭘, 네가 옳았던 것 같아. 그때 일을 이야기하면 내게 도움이 될 거야.

문이 삑 열렸다. 그녀의 부드러운 입술이 내 입술을 가볍게 스쳤다. 나는 그녀가 진입로를 따라 걸어가는 것을, 그리고 현관문이 활짝 열려 그녀를 맞아들이는 것을 지켜보았다.

✠

    하지만 내가 의미한 건 그런 방식의 도움이 아니었다. 집으로 돌아가면서 나는 침대 시트에 뒤엉킨 채 몸부림치는 피비 옆에서 깨어났던 밤들을 떠올렸다. 그녀가 일어나 앉을 때까지 나는 이름을 불러주고, 뼈처럼 하얗게 물든 손마디에 입을 맞췄다. 겁에 질린 채 왜 그러냐고 물으면서도 나는 알고 있었다. 그녀가 또 L.A.의 무덤을 뚫고 나온 유령을 보았으리라는 것을. 그 유령이 반쯤 썩은 채로 살아 움직이며 우리 집 초인종을 눌렀으리라는 것을. 수영장에 있는 피비에게 찾아와 그녀는 말했다. 내 머리를 수면 밑으로 내리눌러줘, 내가 익사할 수 있게. 옥상에 같이 서 있을 때는 자신을 떠밀라고 말했다. 나 혼자서는 못 해, 해진아. 네가 해야 해.

    그럴 때마다 나는 피비의 뻣뻣한 등을 문질러주며 말했다. 내가 여기 있어. 그녀는 축축해진 손을 머리 옆에 말아 쥔 채 잠들었다. 그리고 다음 날 아침 무슨 꿈을 꿨느냐고 물으면 그녀는 말해주지 않았다. 누군가에게 얘기해야 한다고 생각해. 내 말에 그녀는 싱긋 웃으며 답했다. 하지만 난 얘기 많이 하는데. 너한테 하잖아. 나는 말했다. 전문가한테 말이야. 예를 들면, 아, 심리상담사라든지. 나는 내 어머니의 문제에 대해 생각하고 있었다. 어머니는 지난 6월 내가 베이징에 있는 동안 병원에 입원했다. 퇴원하고 나서야 그 사실을 내게 털어놓았다. 어머니는 말했다. 난 좀 쉬고 싶었을 뿐이야, 네가 걱정하는 건 원치 않았어. 어차피 나로서는 어머니가 숨기고 있는 것을 아는 이상, 걱정하지 않을 수는 없는데도.

피비는 말했다. 하지만 나는 이민자잖아. 이민자들은 심리 상담을 믿지 않아. 내가 그런 걸 한다고 하면 주위 한국인들이 의지박약이라고 볼 거야. 다른 인종 집단들에게 일어나는 일이라고. 게을러서 그런다든지, 불효하는 거라든지. 나는 말했다. 난 심리상담이 너한테 도움이 될 거라고 봐. 그녀가 대꾸했다. 솔직히 말하자면, 그게 무슨 소용인지 모르겠어. 나한텐 그렇다는 거야. 심리상담을 잘 활용하는 사람들이 있다는 건 이해해. 하지만, 좋아, 내가 어머니가 돌아가시지 않았으면 좋겠다고 생각한다 치자. 그걸 굳이 분석할 필요는 없잖아. 줄리언은 영어에서 가장 맥 빠지게 하는 표현이 "레드로 드릴까요, 화이트로 드릴까요?"라고 하지만,* 걔 생각은 틀렸어. 그것보다 더 심한 표현은 "어젯밤 무슨 꿈을 꿨냐 하면……"이니까……

※ 레드와인과 화이트와인 외의 다른 와인이 준비되지 않아 아쉽다는 뜻이다.

그녀는 내가 포기할 때까지 계속 이런 식으로 떠들었다. 내가 또 전문가의 도움을 받으라고 채근하면 피비는 벙긋 미소 지었다. 그렇게 얼굴을 환히 밝히고, 그 빛의 공터에서 슬그머니 빠져나갔다. 연기였다. 나도 알았지만 그냥 내버려뒀다. 인정하겠다. 지금까지도 나는 그렇게 피비가 발작을 일으키던 밤들을 떠올리면 마음 한구석에서는 그게 피비가 아니었다고 믿고 싶다. 내가 사랑하던 여자는, 이를테면, 어린 시절 델포이로 여행 갔을 때 그 폐허들 사이로 뛰어들었다고. 피비가 그 일에 대해 그 이상으로 이야기하지 않았기 때문에 나는 앞뒤 정황들을 세세히 상상했다. 나도 그때 같이 있었던 것처럼, 우리의 유년이 겹쳤던 것처럼 생각될 정도로. 붐비는 버스에 타고 아테네에서 델포이로 가는 동안 피비는 내 팔에 기대 잠들었다. 가이드가 마이크에 대고 해설했다. 여긴 옴파로스입니다. 그리스 세계의 배꼽이라는, 가장 신성한 장소죠. 이윽고 버스가 멈춰 섰다. 피비가 하얗고 뜨거운 햇볕 아래 서서 부신 눈을 문질렀다. 더위에도 불구하고 나는 피비의 손을 잡았다. 그렇게 손을 맞잡은 채, 자욱한 먼지구름을 일으키며, 우리는 까마득히 오래된 돌들을 뛰어넘었다.

케이프코드 여행을 다녀온 다음 날, 집을 나서면서 나는 다음 번 제자 모임에 나도 참가할 수 있느냐고 물었다. 피비가 소리 내어 웃으며 좋다고 했다. 나는 농담이 아니라고 설명했다. 그녀는 흰 파시미나 숄을 여미며 부드러운 천 너머로 나를 바라보았다. 또 비가 오고 있었다. 나는 우산을 들고 피비와 같이 쓰고 있었다. 레이섬 기숙사로 걸어가는 동안 피비에게 절반의 진실을 말했다. 제자 모임이 너에게 미치는 영향을 눈여겨봤어. 넌 그 모임에서 무척 많은 시간을 보내잖아. 나도 거기에 대해 더 알고 싶어. 너한테 중요한 것이니만큼 궁금할 수밖에 없지.

그녀는 숄 안에 얼굴을 숨기고 있었다. 그러다 고개를 들더니 존 릴에게 전화해보겠다고 했다. 그때쯤 우리는 레이섬 기숙사 문 앞에 다다랐다. 그녀는 핸드폰을 손에 들고 머뭇거렸다. 나는 피비에게 우산을 맡기고는 먼저 들어가겠다고 했다.

나는 식당 앞에서 기다렸다. 석조 회랑이 빗줄기로부터 나를 막아주었다. 크로케 후프*들이 잔디밭에 흩어져 있었다. 그날 아침 파스텔톤 옷을 입고 칙칙한 모자를 쓴 나이 든 남자들

※   크로케 경기에서 공을 쳐서 통과시키는 기둥문.

이 나무망치로 공을 치는 것을 보았다. 졸업생들이겠거니 생각했다. 안개 속에 있는 그들은 시간 속에서 튀어나온 유령처럼 보였다. 섬세한 아치들 너머 공들이 비에 맞아 번들거렸고 톡톡거리는 소리가 들렸다. 머리에서 맥박이 요동쳤다. 어제 저녁에 술을 너무 마신 탓이었다. 피비는 아직 통화 중이었다. 나는 그녀가 뭐라고 말하는 모습을 지켜보았다. 이윽고 그녀가 전화를 끊더니 건너와서는 존 릴이 미안하지만 안 된다고 했단다. 모임에 빈자리가 없다고. 앞으로 자리가 날는지는 몰라도.

✠

나는 계속 물었다. 그들이 들여보내줄 때까지 문을 두드릴 작정이었다. 이건 내 삶에서 가장 중요한 허구이자 주된 원칙이었다. 충분히 노력하면 원하는 것을 얻으리라는 것. 그녀가 말했다. 존 릴은 하나님의 목소리를 들었대. 모임 사람들 모두에게 기적이 일어날 수 있다고 했어. 연습하고 수련한다면 말이야. 그는 체력 단련의 힘을 믿어. 한번은 사람들한테 뒤뜰에 커다란 구덩이를 파라고 했대. 다 같이 단단히 다져진 흙을 파느라 몇 시간을 고생했다지. 그런데 기껏 파고 나니 그걸 다시

163

메우라고 했다는 거야. 하지만 그는 약간의 고통이 마음을 깨끗이 해준다고 해. 우리를 기다리는 성령에게 자리를 마련해줄 수 있다는 거지.

어느 날 오후 수업을 들으러 가는 길에 그를 보았다. 더러워진 청바지 끝단을 질질 끌며 맨발로 걷고 있었다. 그의 몸통이 똬리를 튼 뱀처럼 골반 위에서 낭창거렸다. 엉덩이를 낮추고 기우뚱거리며 슬렁슬렁 걷는 그의 걸음걸이만으로도 군중 속에서 그를 알아볼 수 있을 것 같았다. 나는 한참 뒤에 있었으니 그가 나를 보았을 리는 없을 듯했다. 하지만 이 일이 있고 얼마 지나지 않아 내게 기회가 왔다. 침대에서 공부하고 있는데 옆에 있던 피비가 제자 모임에 있는 테스라는 금발 여자가 탈퇴를 했다고 말했다. 아직 모임에 가입하고 싶다면 지금 들어오면 된다는 것이었다.

그럼 갈게. 내가 말했다.

하지만 이건 장난이 아니야. 와서 비웃기나 할 거면……

안 비웃을 거야.

난 진지해, 윌.

나도 그래.

나는 얼굴을 찡그려 짐짓 엄숙한 표정을 지었다. 그녀가 나를 밀쳤다. 균형을 잃은 그녀는 내 위로 엎어졌고, 그 바람에

둘이 같이 침대 가장자리로 굴러가 떨어질 뻔했다. 윌, 조심해! 그녀가 웃더니 내 가슴에 머리를 박았다.

웃지 마. 이건 진지한 일이잖아. 내가 말했다.

나는 피비의 머리에 입을 맞췄다. 머리카락이 입술 사이로 미끄러졌다. 염소 소독약 맛이 났다. 신경이 거슬린 나는 입맞춤을 멈췄다. 그리고 보니 너무 더웠다. 나는 창문을 열어 가볍고 서늘한 바람이 들어오게 했다. 피비의 손톱에 재처럼 하얀 눈발이 내려앉았다. 그녀가 그걸 내게 훅 불어 날렸지만 금세 녹고 말았다. 우리는 이야기를 나누다 멈췄다. 그녀가 내 사각팬티 밑을 어루만졌다. 그녀가 입은, 골이 지게 짜인 스타킹을 끌어내리자 흰 허벅지가 드러났다. 피비의 밭은 숨소리가 들렸다. 나는 눈을 감았다. 입술을 내민 조그마한 조각상 같은 여자들의 행렬이 내 앞을 빙글빙글 돌며 지나갔다. 놀랍게도 그중에 피비처럼 생긴 여자는 없었다. 사정하기 전에 마지막으로 한 생각은 내 여자 친구에게서 몇 분이나마 헤어났다는 것이었다. 이 변화가 마치 산들바람처럼 위안으로 다가왔다.

20

존 릴

그는 말했다. 시편 작가는 천국을 생각하는 걸 무척 좋아했어요. 그의 간청을, 그가 쓴 사랑 노래를 생각해보세요. 내가 주의 앞에서 어디로 피하리이까?* 피할 수 없다는 걸 알면서 물은 거죠. 사람들이 지상에서 살 때는 육신 안으로 숨을 수 있겠죠. 그러나 죽고 나면 벌거벗은 채 빛에 바쳐집니다. 모든 죽음이 그렇지요. 드러난다는 것. 이윽고 저들은 불꽃처럼 보일 겁니다.

※ 시편 139장 7절.

21

피비

　나는 베이징에 갈 계획이었어요. 피비는 제자 모임 사람들에게 말했다. 그녀의 얼굴이 붉어졌다가 다시 창백해졌다. 그녀가 이야기하는 동안 나는 집에서 기다리고 있었을 것이다. 아니면 미켈란젤로스에서 바질 얼룩이 진 접시들을 닦고 있었거나. 나는 냅킨들을 접고 하얀 삼각형 모양으로 가다듬는다. 반짝이는 나이프들이 가지런히 놓인다. 그녀가 끝자락이 붓처럼 넓적하고 부드러운 포니테일을 당긴다. 상상들이 나를 휩쓴다. 만약 이날 밤 내가 피비와 같이 있었다면──가끔은 정말로 그랬던 것처럼 그 모든 과정이 생생히 연상된다──나는 괜찮다고, 내가 여기 있으니 베이징 문제는 신경 쓰지 말라고 했을 것이다.

그녀가 말했다. 인턴십에 합격했다는 소식을 들었을 때 월이 어땠는지 여러분도 보셨어야 해요. 그는 반쯤 벌거벗은 채두 주먹을 들어 올리고 집 안을 가로질러 내게 뛰어왔어요. 소파에 몸을 던지고 내 허벅지에 머리를 뉘었죠. 나랑 같이 가자. 중국으로. 그가 말하면서 내 얼굴을 잡고 자기 얼굴로 끌어당겼어요. 하지만 굳이 나를 설득할 필요는 없었어요. 나는좋다고, 가겠다고 했죠. 그가 신나서 소리를 질렀어요. 나는연신 같이 가겠다고 했어요. 그가 환성을 지르는 걸 더 듣고싶어서요.

한동안 베이징에 대해 열심히 공부했어요. 아시아로 여행가는 건 사실상 처음이었거든요. 서울에서 태어나기는 했지만 너무 어렸을 때 떠나서 아무런 기억이 없어요. 그래서 여행안내서들을 꼼꼼히 읽었어요. 제일 좋다는 곳들의 목록을 짰고요. 탄저스, 허우하이…… 만리장성의 어느 구역을 올라갈지도 계획하고, 식당도 골랐어요. 밤중에 인터넷으로 절들, 붉은 기와를 인 궁전들의 사진을 찾아봤고요. 관광객들이 든 프릴 달린 양산들이 빳빳한 꽃처럼 황실 정자들을 거닐고 있었어요.

나는 내가 조사한 것들을 월에게 알려줬어요. 이것 좀 들어

봐, 하면서요. 황실 환관들은 겨우 고추장을 국소 마취제로 썼대. 그걸 거기다 바른 다음 확 썰어버린 거야. 그러다 절반은 죽어나갔지만, 일단 살아남고 나면 부자가 될 수 있었대. 다들 소작농 집안 출신이었거든. 한번 잘라내기만 하면 떵떵거리며 살 수 있는 거였지. 궁내에서 살 수 있는 남자는 환관밖에 없었대. 황태자들마저도 엉금엉금 기기 시작하면 궁정에서 추방됐으니까. 오, 게다가 환관들은 잘라낸 성기를 절여서 단지에 보관했대. 내세에 다시 붙이려고 말이야.

내 예상대로 월은 웃었어요. 하지만 봄 학기가 시작되고 나무에서 새순이 돋아나면서 나는 여행에 관심이 시들해졌어요. 그의 잘못은 아니었죠. 내가 헤펐던 탓이에요. 뭐라고 할까, 가끔 나는 즐거움에는 정해진 한계가 있다는 생각이 들어요. 각 암술에 정해진 만큼의 꿀만 들어 있는데, 내가 그만 기대감으로 그걸 다 빨아 먹어버린 거죠. 월이랑 같이 가면, 걔가 일하는 동안 나는 뭘 하나? 옛날 궁전 구경? 시시한 사진이나 찍겠지. 사람들을 밀어제치고 다니며, 똑같은 관광객들 중 하나가 되어서…… 어느 날 밤 나는 월에게 그가 일하는 동안 나는 뭘 해야 할지 모르겠다고 솔직히 말했어요.

아무거나 하면 되지. 그는 책에서 고개도 들지 않고 말했어요. 내가 초조하게 그의 손목을 두드리자 그가 책을 내려놓더군요. 수업이라도 듣든지. 아, 예술적인 쓰촨 요리 분야는 어때?

나는 움찔했어요. 그는 내 표정을 눈치채고는 재빨리 덧붙였죠. 아니, 만약 나라면 그러겠다는 뜻이야. 내가 쓰촨 음식을 무지 좋아하거든. 피비, 잊어버려. 농담이었어! 그냥 같이 가자. 네가 안 가면 나도 안 갈 거야. 나는 그러려니 하고 넘겼어요. 그의 말에 깔린 모욕을 알아차렸지만요. 만약 그가 자기만의 진정한 목표가 없다면 요리 강좌나 수강하겠다는 뜻이잖아요. 뭐, 일리가 있었죠. 어머니가 평생토록 내게 씻도록 허락하지 않은 그릇들. 내가 깎아본 적 없는 금적색 과일들로 이루어진 회전목마. 그것들이 눈앞에서 팽이처럼 빙글빙글 도는 듯했어요. 나는 아직도 손을 베지 않고는 사과 한 알조차 못 깎았어요. 해보려고만 하면 칼이 손에서 미끄러졌어요. 그릇들은 요정의 마법에라도 걸린 듯 떨어졌고요. 어머니의 양육 방식이 뜻하는 논리는 이런 거였죠. 내가 부엌일 하는 법을 배우지 않으면 아무도 나를 부엌에 가둘 수 없다. 그건 마법이 아니었어요. 재능이었죠. 내가 아무짝에도 써먹지 못한.

✠

봄에 나는 학점 때문에 월과 함께 베이징에 못 갈 수도 있다

170

는 걸 알게 됐어요. 나는 굳이 학점을 높이지 않았어요. 낙제한 거죠. 그리울 거야. 나는 윌에게 말하고 이마선에 입을 맞췄어요. 그가 넓은 이마를 찡그리고는 고개를 돌리더군요. 그를 심란하게 하고 싶지는 않았지만 차마 따라갈 수 없었어요. 나는 다시 키스했어요. 내가 계속 입을 맞추자 결국 그가 나를 돌아보았어요. 여전히 나를 온몸으로 신뢰하는 눈빛으로, 자기를 상처 준 사람에게서 위로를 찾는 어린아이처럼. 나는 윌을 탑승구로 데려다주고 혼자 녹스허스트로 돌아왔어요. 기숙사 공용 공간의 문을 닫아 잠그니 정적이 알람처럼 울렸죠. 나는 어쩔 줄 모르고 소파에 털썩 앉았어요. 동네에는 친구 한 명 없었어요.

후텁지근하고 따분한 6월이 부풀어 올라 속이 채워지기를 기다렸어요. 파티에 가면 무기력한 사람들이 뜨끈하고 축축한 살갗에 차가운 술잔을 대고 있었어요. 학교 건물에는 에어컨이 따로 없어서 방에 창문형 에어컨이라도 달아야겠다고 생각했어요. 하지만 그걸 사면 기숙사까지 직접 끌고 가야 할 테고, 설치도 해야 할 거 아녜요. 언젠가 비둘기 한 마리가 우리 공용 공간으로 날아들어 온 적이 있었어요. 갇힌 새는 너무 겁에 질려서 출구를 찾지 못하고 이리저리 퍼덕퍼덕 날아다니며 몸을 부딪쳤죠. 거실 곳곳에 새똥이 떨어졌어요. 나는 비명을 질렀어요. 같이 있던 줄리언도요. 리슬은 층계참으로 달아났고요. 하지만 월은 침착했어요. 그는 거꾸로 뒤집은 쓰레기통으로 비둘기를 잡더니, 짜부라뜨린 신발 상자를 쓰레기통 플라스틱 입구 밑에 받쳐가지고 밖으로 나가더군요. 월이 여기 있었다면 에어컨 문제를 진작 해결했을 텐데. 나는 그냥 땀으로 축축해진 시트에 드러누웠어요. 너무 더워서 잠도 못 자고, 갑작스럽게 몰아치는 폭풍 소리를 들었죠. 베이징에 있는 월은 회사에 거의 모든 시간을 빼앗겨서 나랑 통화할 수 없을 때도 많았어요.

줄리언은 맨해튼에서 지내고 있었어요. 그에게 찾아갈 수도 있었겠죠. 하지만 줄리언도 월처럼 내가 녹스허스트에서 혼자 지내겠다는 계획을 반대했어요. 힘들 게 뻔하잖아. 피비, 너는 유능한 여자지만, 혼자 있는 건 능력으로 되는 일이 아니야. 체질에 맞아야 하는 거지. 나는 줄리언 말이 옳다는 걸 증명하고 싶지 않았어요. 하지만 어느 날 밤 그에게 전화하고야 말았죠. 줄리언, 도와줘. 그러고는 몇 분 만에 작은 가방을 꾸려서 택시를 잡아 탄 다음, 에어컨이 나오는 뉴욕행 기차의 통로 쪽 좌석에 앉았어요. 도착해서 조금 걸으니 금방 역 밖이더군요. 또다시 택시를 타고 시내로 향했어요. 그리고 줄리언의 아파트 앞에 내려서, 계단을 올라가 그의 품에 덥석 안겼어요. 그가 말했어요. 가방 이리 줘. 내가 거창한 계획을 세워놨어.

그는 그러게 내가 뭐랬어, 라는 말은 하지 않았어요. 우리는 작은 레스토랑으로 걸어가서 기다란 빨간색 의자에 끼어 앉았어요. 이윽고 줄리언의 친구들이 터벅터벅 걸어 들어왔어요. 그의 남자 친구도 있었죠. 줄리언이 얘기해준 적 있었어요. 한이라는 이름의 시인이라고, 부업으로 바텐더 일을 하고 있다고요. 피비, 부정 탈까 봐 걱정되지만…… 이런 감정은 정말 오랜만이야, 라고 말했었어요. 나는 일부러 한의 옆에 앉았어요. 그가 조용히 있길래 이런저런 질문을 했어요. 농담도 하고, 놀리기도 하고요. 마침내 그가 웃음을 터뜨렸어요. 줄리언이 한을 사랑한다니 나도 그러려고 했죠.

식사비를 계산한 뒤 우리는 택시를 타고 노래방에 가서 작은 방에 북적북적 자리를 잡았어요. 나 사탕 있어. 줄리언이 동그란 알약을 나눠줬어요. 무언가를 내주는 데에 뿌듯한 표정으로요. 나는 스위치가 보이길래 한번 눌러봤어요. 타원형 보석 같은 미러볼들이 벽을 따라 움직이더군요. 한과 같이 듀엣을 불렀어요. 한 음 한 음 열심히 부르고, 하이파이브를 한 다음 소주를 들이켰죠. 다른 사람들이 노래하는 동안 나는 춤도 췄어요. 시간이 번쩍 지나갔어요. 나는 또 한과 나란히 앉았어요. 그의 팔이 내 허리를 단단히 끌어안았고, 나는 그 힘이 좋아서 품에 기댔어요. 그러자 그의 따뜻한 손이 셔츠 안으로 들어오는 게 느껴졌어요. 미끄러졌나 보다 생각했죠. 그런데 손이 위로 올라오는 게 아니겠어요. 가슴을 쥐더니 꼬집었고요. 다른 애들은 모두 노래를 부르고 있었어요.

나는 일어섰어요. 그리고 아무 눈치도 못 챈 줄리언에게 다가갔어요. 그가 내 옆머리에 입을 맞췄어요. 애한테 말해야 해, 나는 생각했죠. 하지만 이 작은 상자 같은 방 안에서 나는 구태여 춤을 췄는걸요. 아무도 나랑 같이 춰주지 않았는데요. 월은 나를 처음 만났던 날 밤 두 손을 올린 채 춤추던 내가 어떻게 보였는지 이야기하곤 했어요. 피비, 밤새도록 널 구경할 수도 있을 정도였어. 나는 어깨를 으쓱하며 난 그냥 춤추는 걸 무지 좋아할 뿐이야, 라고 했어요. 하지만 사실 나는 내가 뭘 하는지 아주 잘 알았죠. 그의 신경이 긴 꼭두각시 줄처럼 팽팽히, 기민하게 당겨지는 게 느껴졌어요. 내가 잡아당겼으니까요. 그의 눈이 하릴없이 나를 따라왔죠. 월의 휘둥그레진 시선 속에서, 내가 만들어낸 스포트라이트 속에서 나는 살아났어요. 한에게 꼬리 칠 생각은 없었지만 결국 꼬리를 친 셈이었어요. 그는 내가 만져주기를 바란다고 믿었고, 그가 내 셔츠 안에 손을 넣었을 때 나는 저항하지 않았잖아요. 오히려 줄리언의 남자 친구가 나를 보며 감탄하도록 내버려뒀죠.

이게 내가 하는 짓이구나. 이게 바로 나구나. 사랑하는 사람들에게 상처 주는 것. 나는 생각했어요. 다음 날 아침 나는 줄리언네 식탁에 메모를 남겼어요. 일어나니 몸이 안 좋다고요. 그리고 첫 기차를 타고 학교로 돌아갔어요.

22

월

나는 플랫 기숙사 안뜰을 반쯤 달리듯 대각선으로 가로질
렀다. 얼어붙은 잔디밭에 몇몇 학생이 휴대용 테이블을 놓고
둘러앉아 담배를 피우고 있었다. 내가 지나쳐 가는데 그중 누
군가가 한 여학생을 둘러멨다. 도와줘요! 그녀가 비명을 질렀
다. 나는 머뭇거리며 멈춰 섰다. 날 내려놔, 이 커다란 얼간아.
그녀가 말하고는 소리를 지르더니 이내 폭소를 터뜨렸다. 나
는 내처 뛰었다. 불과 1분을 남겨놓고 힐콕스 공동묘지 입구
에 도착했다. 여기 오려고 야간 근무 일정도 뺀 참이었다. 나
는 코트 자락을 열어서 찬 공기를 쐬었다. 약속 시간에서 몇
분이 지났다. 6분. 15분. 늦지 마세요, 그는 말했었다. 이윽고

하얀 가면들이 망토를 부스럭거리며 나를 향해 둥둥 떠왔다.

눈 감으세요, 윌.

사람들이 내게 눈가리개를 씌우고 두 손목을 등 뒤로 묶더니 걸으라고 했다. 나는 주저하며 몇 발짝 옮겼다. 누군가가 나를 떠밀더니 들어 올려서 좁은 공간으로 옮겼다. 거칠고 짧은 융털이, 이어서 금속 테두리가 만져졌다. 자동차 트렁크 안이었다. 차가운 유리병이 내 손바닥에 닿았다.

마셔요.

나는 쓴 액체를 억지로 들이마신 다음, 시키는 대로 머리를 안쪽으로 구부렸다. 그러자 트렁크 뚜껑이 닫혔다. 엔진에서 부웅 소리가 나더니 시동이 걸렸다. 나는 속에서 올라오는 쓴 물을 애써 삼켰다. 존 릴이 내게 신고식을 치러도 된다고 말한 것은 내가 제자 모임에 참석한 지 한 달째였다. 그동안 모임에서는 장황한 성경 공부를 진행했을 뿐 특별히 우려스러운 일은 벌어지지 않았다. 아무도 고백하지 않았고, 구덩이를 파지도 않았다. 신의 음성을 들었다는 존 릴의 이야기조차도 보통 교회 사람들이 전통적으로 하는, 본인이 거듭났다는 등 하는 위선적 거짓말에 지나지 않았다. 그러나 제자 모임이 내 생각보다 덜 광신적이라는 징후들이 보여도 나는 안심이 되지 않았다. 나는 이 모임의 내부자가 되고자 했다. 정확히 무엇이 피비를 끌어당겼는지, 존 릴이 어떤 마술을 썼는지 알아내면 이 연극이 진짜가 아니라는 것을 증명할 수 있을 터였다. 저 손을 잘 보라고, 손목을 휙 젖히는 걸 보라고 설명할 수 있을 것이다. 나 또한 하나님의 환상을 펼쳐 보이는 기법을 익힌 바 있다. 전문가로서 피비를 여기서 끌어낼 수 있을 터였다.

차가 멈추더니 트렁크가 열렸다. 똑바로 서기가 어려웠다. 눈이 안 보이는 채로, 누군가의 손들에 이끌려 나는 휘청이며 앞으로 걸어갔다. 온기가 훅 끼쳐왔다. 실내로 들어온 것 같았다. 기도문을 읊조리는 사람들의 음성이 울려 퍼졌다. 그중에 피비의 목소리가 있는지 귀를 기울였지만 들리지 않았다. 나는 옷을 입은 그대로 미지근한 물에 이끌려 들어갔다. 사람들이 내게 심호흡을 하라고 하더니, 억센 손으로 내 어깨를 내리눌렀다. 물속에 잠기자 눈가리개가 풀렸다. 빛이 반짝이는 타일들과 푸른 정맥이 돋은 존 릴의 발이 보였다. 평화로웠다. 물이 마치 부드러운 유리 같았다. 그가 나를 놓아주자 놓지 않았으면 좋겠다는 생각마저 들었다.

물론 피비가 간절히 찾으려 하는 것의 본질이 뭔지는 나도 알았다. 상실을 복구하고 치명적인 상처를 회복하는 것. 그러나 내가 같은 것을 얻으려고 했을 때는 어린아이였다. 이후에는 어쩔 수 없이 성장해버린 것이다. 존 릴이 내 머리를 두드렸다. 나는 수면 위로 올라가 그에게 몸을 기울였다. 그의 홍채에 비친 내 모습이 보였다. 하지만 그가 눈가리개로 내 눈을 다시 가렸다.

✠

딱히 신고식 같지는 않았다. 으레 그러듯 술을 억지로 먹여 괴롭히는 절차일 줄 알았는데. 파이 엡실론에 가입했을 때 치렀던 신고식과 비슷했다. 세간에서도 세례와 유사한 예식이 통용된다. 그때 나를 비롯한 신입 부원들은 연분홍색 망사 스타킹만 입고 벌거벗은 다음 기브 기숙사 분수대에 들어가, 피그 라틴*으로 교가를 우렁차게 부르며 훌라후프를 돌렸다.

하지만 돌이켜보면 제자 모임의 신고식은 분기점이 되었다. 모임 시간이 길어졌고, 하는 활동도 바뀌었다. 존 릴의 지도에 따라 우리는 지쳐 나가떨어질 때까지 빙빙 돌았다. 우리가 스스로의 머릿속에서 빠져나와 주님을 기다리기 위한 훈련이라고 했다. 그는 특정 시간에 해야 하는 과제도 내주었고, 시편을 바탕으로 만들어진 기도문을 암송하게 했다. 내가

※ 단어의 첫 자음을 어미로 돌리고 그 뒤에 '에이ay'를 덧붙여 발음하는 말장난.

제자 모임에 나갔던 시간은 존 릴의 유명한 벌칙들이 주어졌던 때보다 앞서였지만, 리턴 스트리트 뒤뜰에서 구덩이를 파고 다시 메우는 작업에 기나긴 저녁 시간을 쏟아붓기는 했다. 나는 가장 신참이었기 때문에 할 일이 많았다. 그는 나더러 교만하다며, 그걸 깨부숴야 한다고 했다. 그의 지시에 따라 나는 아침마다 허드슨강을 따라 8킬로미터를 달렸다. 차라리 피비와 같이 수영을 하고 싶었지만 그는 우리 둘에게 각각 다른 과제를 내주었다.

나는 혼자 있을 때조차도 그의 지시를 따랐다. 속내를 들키지 않기 위해서였다. 나는 그들을 속이고 있는 사기꾼이었으므로 겉으로는 그렇지 않은 척 행실을 바르게 해야 했다. 피비에게도 내 진짜 생각들을 숨겼다. 하지만 모든 게 거짓말은 아니었다. 예컨대 처음 고백을 했을 때는 진솔하게 임하려고 노력했다. 그는 제자 모임에서도, 하나님 앞에서도 마음을 열기 위해 이전에 실패한 경험들을 솔직히 터놓으라고 요구했다. 그래서 나는 사람들의 원 한가운데에 앉아 신앙을 잃고 싶지 않았다는 이야기를 털어놓았다. 내 이야기를 듣는 사람이라면 누구든 개종시켰다고. 이 집 저 집 돌아다니며 그리스도를 팔면서, 광신적인 스스로를 자랑스럽게 여겼다고. 베이징 선교 여행에 대해, 그리고 아버지의 배신이 안긴 충격에 대해서도 이야기했다. 아직 내 곁에 남아 있는 어머니라도 도우려고 했지만 내 도움으로는 부족했다고. 아니, 나로는 부족했다고. 침실에 꿇어앉아 마지막으로 한 번만 표적을 보여달라고 기도했던 것, 얇고 반투명한 흰 커튼이 펄럭였던 것, 더 이상 기다릴 수 없을 때까지 기다리다가 마침내 일어났던 것도 이야기했다. ……집에서 살기가 힘들어졌어요. 벽이 얇았으니까요. 침대에 있으면 어머니가 하나님에게 나를 치유해달라고 미친 듯이 애원하는 소리가 들렸어요. 나는 아버지의 운명을 떠올렸어요. 자신을 그리스도에게 데려가려고 열중하는 식구들 사이에서 무신론자로 살아갔던 아버지. 그렇다고 해서 아버지가 한 잘못이 용서되는 것은 아니었지만, 그래도 아버지의 고독 가장자리나마 만질 수 있었어요. 그래서 아버지처럼 도망쳤죠. 여기로요. 나는 거짓말을 해야 한다는 것을 깨닫고……

오, 거짓말을 해야만 했군요. 존 릴이 성마르게 대꾸했다.

거짓말을 해야 한다고 믿었어요. 나 자신이 존재하지 않는 듯한 기분이었어요. 니체의 말에 따르면 수치심은 지어낸 감정이라지만……

나는 니체가 뭐라고 했는지는 신경 안 써요. 흥, 남에게서 빌려 온 인용구들을 전시하며 우리에게 깊은 인상을 주려고 하지 마십시오. 당신이 읽은 니체의 책에 거짓말이 왜 발생한다고 나와 있는지 말할 필요 없어요. 당신이 왜 거짓말을 했는지를 말해야죠.

나는 창피했어요. 새로운 삶을 원했어요. 그래서 지어냈죠. 그게 도움이 되기도 했고요. 피비, 너에게까지 거짓말한 건 후회해. 하지만 너 외에 다른 사람들에게는, 과거로 돌아간다 해도 똑같이 거짓말할 거야.

나는 말을 끊고 기다렸다. 그가 고갯짓하며 계속하세요, 라고 했다. 나는 피비 쪽을 보지 않았지만 그녀가 듣고 있다는 걸 느낄 수 있었다. 내가 한 모든 말은 다른 사람들과 함께 앉아 있는 내 여자 친구를 향해 던져진 것이었다. 이 고백은 한 번 할 때마다 몇 시간이 걸렸다. 내가 이야기하는 중간중간에 다른 사람들이 끼어들어 질문을 하며, 내 의도보다 더 많이 말하게끔 밀어붙였다. 그건 원칙적으로 모두의 역할이었지만 실제로는 주로 존 릴이 했다. 모임 막바지에는 그가 난로 앞에서 초조한 듯 서성거리며 설교를 했고, 특유의 기묘한, 지그재그로 걷는 걸음걸이는 점점 빨라져갔다. 그는 자신이 에드워즈에 다닐 적에 기독교인 단체를 세워 학생 수백 명을 모은 적이 있다고 했다. 그 단체로 사람들을 휘어잡는 대규모 부흥회를 열곤 했다고. 하지만 수용소 경험 이후로 그는 사람을 많이 모으는 데에 관심이 없어졌다고 했다. 그 대신 주께서는 그분의 사도인 자신을 불러서 진보다 긴밀한 방식으로 봉사하게 했다는 것이었다. 여기서 이런 식으로, 여러분과 함께 말입니다. 그는 말했다.

하지만 나는 그가 무대에서 어떤 식으로 연기했을지 상상할 수 있었다. 자신이 주님에게 얼마나 가까이 있다고 느끼는지 과시했을 것이다. 그가 주로 쓰는 수법들 중 하나였다. 내가 하나님에 대해 말씀드리겠어요, 그러고서 하나님에 대해 말하는 식이었다. 그는 그리스도에게 말을 걸고 맨발로 다니면서 자기 종교를 연기했다. 말하는 도중에 황홀경에 빠진 듯 노래를 부르기도 했다. 성령이 충만해서 그렇습니다, 라고 하면서. 키 큰 난로 불빛이 천장에 일렁거리는 동안 그는 우리를 한 명씩 가리켰고, 고함치며 두 팔을 휘둘렀다. 기독교인이 되려고 하는 사람들 대부분은 믿음을 지나치게 강조합니다. 그러나 하나님께서 우리 안에서 찾으시는 것은 욕망뿐입니다. 우리가 그분을 원하면, 믿음은 쏟아져 들어오게 되어 있지요. 신앙이 차올라 그분의 곁에 이르고 공허를 채울 것입니다. 그렇지 않습니까, 주님? 진정한 신앙은 법칙이 아니고, 도덕적 금제도 아닙니다. 아니지요, 주님. 존 릴은 초기 기독교인들의 말, 신의 계시를 받았던 성인들의 말을 인용했다. 그들처럼 자신도 하나님의 목소리를 듣는다고 했다. 자신은 그분의 얼굴을 보았으며, 살았노라고. 그러나 이 모든 것은 우리도 노력하면 가능한 것이라고 했다.

✠

피비가 제자 모임에 가입하기 전에도 나는 내가 찾을 수 있는 실마리들을 소중하게 여겼다. 예컨대 그녀가 L.A.에서 가져온 낡은 소설책 몇 권을 살펴보았다. 많이 읽어서 보들보들하게 닳은 책들은 예전에는 책 읽기를 무척 좋아했다던 피비의 주장이 사실임을 입증해주었다. 단어들에 밑줄이 그어져 있었고, 여백들에는 연필로 적힌 흐릿해져가는 메모가 채워져 있었다. 왜 책을 안 읽게 되었느냐고 물으니 그녀는 관심이 없어졌다고 답했다. 나는 그 책들이 암호로 된 지도인 양 거기 적힌 상형문자들을 살펴보았다. 피비의 가장 안에 있는 반짝이는 정신으로, 숨어버리는 모습을 내게 들킴으로써 자신을 내보이는 그 가시적인 불투명함으로 나를 이끌어줄 지도. 결핍은 곧 욕망이다. 고립은 갈망이다. 나는 그녀가 내주지 않는 것을 간구했다. 피비가 된다는 것이 어떤 기분인지 늘 더 알고 싶었다.

그러다 피비가 제자 모임을 시작했고, 나는 사람들의 원 안에 끼어 앉아 그녀가 털어놓는 비밀들을 들었다. 내게도 말해주지 않은 비밀을 이야기할 때가 많았다. 존 릴이 질문을 했고 그녀는 고분고분 대답했다. 나는 그녀도 사실상 나를 향해 말하고 있는 거라고 믿으려 했지만 그렇지 않은 게 뻔했다. 자리가 파하고 단둘이 집으로 돌아가는 길에 모임에서 그녀가 했던 이야기를 넌지시 언급하면 그녀는 내게 재빨리 입을 맞추고 웃었다. 됐어, 네 이야기나 하자. 오늘 밤 내내 너랑 1분도 같이 못 보냈잖아. 점심 근무 어땠는지 말해줘. 쓰레기통에 담뱃대 숨긴 범인은 찾아냈어?

✚

존 릴이 말했다. 여러분과 내가 살기 전 서울은 통합된 곳이어서 모두가 같은 노래를 배웠다더군요. 피비가 태어난 그 도시에서는 사람들이 있는 데서 누군가가 노래를 부르기 시작하는 게 흔한 일이었다고 해요. 그러면 다른 사람들도 함께 불렀고요. 존 릴은 사람들이 고개를 들어 합창하는 광경을 상상하기를 무척 좋아했다. 설령 그런 서울이 실재하지 않았다 해도 그는 존재했다고 믿고 싶어 했다. 한국은 1인당으로 따졌을 때 미국을 제외한 그 어떤 나라보다 많은 기독교 선교사를 해외로 파견했답니다. 곧 미국도 제칠지 몰라요. 다가올 부흥의 원천이죠. 한국인들보다 영적인 사람은 아무도 없어요. 그들은 믿는 걸 넘어서서 헌신적이에요. 순수주의자들의 땅이죠. 존 릴은 오늘날의 서울에 대해, 깜빡이는 조명이 밝혀진 간판들이 깃발처럼 튀어 나온 풍경에 대해 이야기했다. 직접 보셔야 해요, 라면서.

✴

연기가 진심으로 변했다는 것을, 내가 피비만큼이나 나 자신을 위해 제자 모임에 참석하고 있다는 것을 깨달은 게 언제였는지 잘 모르겠다. 이만큼의 시간을 이 모임에 쏟을 거라면 진심으로 임해보는 것도 좋겠다는 생각이 들었다. 마지막 시도라는 느낌이었다. 종종 나는 샌프란시스코에서 복음을 전하며 보냈던 오후를 떠올렸다. 거기서 카메니타로 돌아가기 전 저녁에 나는 피셔맨즈 워프에서 폐회 기도를 하기 위해 나를 따르는 주빌리 신학대 학생들을 만났다. 부두에 정박한 배들이 저물어가는 햇살 속에서 빛났다. 우리는 맞잡은 손을 들어 올리고 방언으로 소리쳐 기도했다. 하나님을 겪어보지 않은 사람들은 신앙을 버리면 자유로울 거라고, 죄책감과 규칙에서 벗어나서 후련할 거라고 생각하는 경향이 있다. 그러나 내가 잊을 수 없는 것은 그분을 사랑하면서 느꼈던 기쁨이었다. 당신은 나를 위해 나의 슬픔을 춤으로 바꾸셨나니—오래된, 사라졌던 희망이 되살아났다. 나는 존 릴이 가능하다고 말하는 것들에 고무되었다. 그가 옳기를 바랐던 것이다.

✦

그녀는 애초에 피비 쪽보다는 줄리언의 친구였고, 그녀의 부음을 피비에게 전화로 알려준 사람도 줄리언이었다. 유서는 없었고 자살의 징후도 없었다고 했다. 그녀가 중서부의 얼음 때문에 미끄러지기라도 한 건지, 사고였는지 아닌지는 아무도 알 수 없었다. 어쨌든 리슬은 세인트폴에 있는 자기 집의 3층 다락 창턱에서 떨어졌다. 아주 높은 데서 떨어진 건 아니었다. 그 정도면 목숨엔 지장이 없었어야 했다. 그런데 하필이면 울타리 기둥에 두개골이 꽂히고 말았다. 병원에 도착한 지 몇 시간 만에 그녀는 사망했다.

피비를 포함한 에드워즈 학생들이 장례식에 참석하러 비행기를 타고 세인트폴로 갔다. 나도 가겠다고 했더니 피비가 말했다. 오지 마. 그녀는 줄리언과 함께 호텔에서 하룻밤을 묵었다. 그런 이후 줄리언이 세인트폴에서 하루 더 있어야겠다고 했기에, 나는 혼자 공항에 도착한 피비를 마중 나갔다. 감지 않은 머리를 포니테일로 묶은 그녀는 피곤해 보였다. 내가 말했다. 렌틸콩 칠리 콘 카르네 끓여놨어. 라조기도 주문해뒀고. 몇 분이면 올 거야.

그녀가 애써 미소 지었다. 식욕이 별로 없어. 내일 아침엔 먹을 수 있을 것 같아.

나는 내가 뭘 도와주면 되겠느냐고 물었다. 그녀는 난 괜찮을 거야, 그러고는 침대로 들어갔다. 내가 그 말을 믿은 것은 아니었지만 혼자 있고 싶다면 방해하지 말아야겠다고 생각했다. 다시 말하건대 그녀와 리슬은 전혀 가까운 친구 사이가 아니었다. 그런데 다음번 제자 모임 도중에 문득 눈을 들어보니 피비가 울면서 존 릴에게 조용히 말하고 있는 모습이 보였다. 그녀는 벌린 입을 손으로 틀어막았다. 그는 피비의 턱을 쥐고 들어 올렸다. 그녀가 자신을 마주 볼 수밖에 없도록.

✠

그녀가 서울에 가보고 싶다는 말을 꺼냈다. 고향을 떠올릴 수는 있어야 하잖아. 젖먹이 때 떠난 이후로 한 번도 가본 적이 없어. 사람들은 나처럼 백인 같은 동양 여자는 처음 본대. 칭찬이랍시고 그런 말을 하는 것 같아. 나도 칭찬으로 들었고. 월, 나는 내 고향에 대해 아는 게 거의 없다는 걸 자랑스러워했었어. 존 릴은 그걸 자기혐오라고 부르더라. 사실이야. 그 말이 맞아. 나는 그런 사람이 되고 싶지 않아.

나는 고개를 끄덕였다. 하지만 제기하고 싶은 몇 가지 사소한 의문점들이 있었다. 끝내 말하지 않은 불만들이었다. 예컨대 그녀가 나를 만나러 베이징에 오겠다는 약속은 지키지 않고서 서울행 비행기는 훌쩍 타려고 한다는 점도 그중 하나였다. 그리고 존 릴은 한국인조차 아니라는 점도 지적하고 싶었다.

그러면 그녀는 반박할 것이다. 그의 어머니가……

하지만 그는 혼혈이잖아.

뭐, 그렇지. 하지만 그래도.

✠

피비의 고백을 들으면 들을수록 나는 뭐라고 반응해야 할지 점점 알 수 없었다. 증거품 1-1호, 남자들의 목록. 나는 몰랐던 남자들이었다. 피비는 나보다 전에 만났던 남자들이라고 했다. 하지만 그 온갖 남자들의 손에서 배어난 기름이 불가

사리 자국처럼 피비의 피부를 더럽히는 것이 눈앞에 어른거리지 않을 수 없었다. 나는 피비를 믿었다. 정말로. 그러나 그녀가 존 릴을 풀어야 할 수수께끼라도 되는 듯 바라보는 것이 눈에 띄었다. 나는 오해한 거라고 스스로를 타일렀다. 주빌리 시절 친구들 중 결혼한 지 얼마 안 된 아이번이라는 친구가 있었다. 그의 아내는 자꾸만 외도를 저질렀다. 아이번은 아내에 대한 사랑으로 눈치가 발달한 나머지 그녀의 다음 외도 상대가 누구일지 예상하기에 이르렀다. 그는 그녀가 특정한 부류의 남자를 좋아한다고 했다. 야구 모자를 쓰고 뻣뻣한 자세로 돌아다니는, 주차장에서 먼저 싸움을 벌이는 유형의 너절한 건달 녀석들이 그녀의 취향이라나. 오래지 않아 그는 아내가 정사를 시작하기도 전에 예측할 수 있게 되었다. 그들의 관계가 끝난 것도 그런 과정을 통해서였다. 아이번은 아내가 단짝 친구의 남편과 잤다는 혐의를 제기했다. 하지만 그녀는 그때까지만 해도 그런 적이 없었다. 아내가 부인하는데도 아이번은 믿어주지 않았고, 마침내 그녀는 포기하고서 그가 말한 대로 행동하기 시작했다.

�֍

존 릴이 우리에게 맨해튼에서 열리는 낙태 반대 행진에 참석하라고 했다. 이번 일요일 아침에 열린다고. 일정이 촉박한 건 알지만 그리스도께서 우리가 함께하기를 원하신다고. 존 릴은 지역 교회들과 함께 세운, 사람과 물품들을 차에 싣고 뉴욕으로 이동할 계획에 대해 개략적으로 설명해주었다. 그러고는 특유의 격렬한 독백을 늘어놓았다. 수용소 시절에 외국인의 아이를 밴 어느 절박한 여자가 낙태하는 것을 도와줬다는 이야기가 또 나왔다. 비록 자신이 여자의 목숨을 구하기는 했지만 그때 포궁에서 끌어냈던 태아를, 형체를 알아볼 수 있을 만큼 자라나 있던 손을 생각하면 지금까지도 눈물이 난다고 했다.

피비와 함께 집으로 향했을 때는 자정이 다 된 시각이었다. 그녀가 줄리언에게 차를 빌려주었기 때문에 우리는 걸어서 이동했다. 줄리언은 뉴헤이븐에서 옛 기숙학교 친구들을 만나고 있었다. 밤공기가 따뜻했다. 나는 공부할 게 밀려 있었고 피곤했다. 빨리 집에 가고 싶었다. 택시를 부를까 싶었지만, 전날 저녁에 내 몫으로 내야 할 월세 절반이 수중에 없다는 것을 깨달았다. 나는 여전히 미켈란젤로스에서 일주일에 며칠씩 야간 근무를 하고 있었다. 링이 지난 프로젝트의 연장선상에 있는 후속 연구 보조직을 제안했지만 시간이 없어서 거절했다. 대신 파이 엡실론의 친구를 그에게 소개해주었다. 예전에 신청한 적도 없는 우편으로 날아온 신용카드가 하나 있었는데, 선택의 여지가 별로 없었기에 그 카드를 사용 등록하는 수밖에 없었다. 빚은 지고 싶지 않았다. 신용카드를 쓰는 버릇이 얼마나 해로울 수 있는지는 익히 절감한 바 있었다. 혹시 모를 비상사태에 대비해 카드를 갖고 있기는 했지만 쓰지 않을 자신이 있었다. 그러나 어젯밤 나는 카드에 붙어 있던 라벨을 떼버렸다. 접착제가 너무나 쉽게 떨어져서 넌더리가 났다. 모전자전이었다.

게다가 행진에 나가려면 토요일 근무를 포기하고 그보다 돈벌이가 덜 되는 시간대에 일해야 했다. 현금을 더 잃는 셈이었다. 게다가 뉴욕까지 가는 데에도 돈이 들 터였다. 나는 피비가 이 문제를 어떻게 생각하는지 떠보고 싶었다. 내가 제자에 가입했을 때 그들은 핍스 산부인과 앞에서 피켓 시위 하던 걸 중단한 참이었다. 왜인지는 피비도 몰랐다. 그녀는 시위에 참가해본 적 없고, 나와 마찬가지로 중절수술이 합법으로 남아 있어야 한다고 믿는다고 했다. 이제 와서 그녀의 생각이 바뀌었을 성싶지는 않았다. 우리는 신호등이 바뀌기를 기다렸다. 신호등 대신 우리 뒤에서 사람의 살 같은 분홍색을 띤 티볼리라는 네온사인 간판이 치직거리면서 켜졌을 때, 나는 존 릴이 처음 들려줬던 수용소 이야기에 대해 물었다. 그 임신부 말이야. 리나였던가, 미나였던가. 배를 걷어차였다는 여자. 네가 얘기했지, 그녀가 죽은 다음 그를 따라다녔다고. 그 여자가 한 명이야?

택시 한 대가 불을 밝히고 모퉁이를 도는 것이 보였다. 피비가 뜸을 들이다가 말했다. 아니, 여러 여자 이야기였을 거야.

나는 택시를 잡아 세웠다. 침묵 속에서 우리는 집으로 돌아갔다. 피비, 나는 그날 밤 너를 시험했던 거야. 그날 내가 한 말을 지금껏 곱씹어봤는데, 이것만은 여전히 확신해. 나는 꽤 오랫동안 침묵을 지키다가 질문 딱 하나를 던졌다는 것을.

23

존 릴

그는 주님의 자녀인 것만이 아니었다. 곧잘 주님의 대리자
가 되기도 해야 했다. 권한을 위임받은 연락책, 홀로 일해온
역대 선지자들 중 가장 최근에 나타난 자. 그분을 섬기는 일에
이용하지 않을 기회라고는 단 하나도 없었다. 차마 그렇게까
지는 못 하겠다고 할 법한 수법은 존재하지 않았다. 도움만 된
다면 무엇이든 내줄 작정이었다. 주님은 자신의 시체에서 살
을 벗겨 주셨다. 그 살을 피 묻은 베일처럼, 매타작을 당한 붉
은 융단처럼 지상에 펼치셨다. 땅으로 떨어질 그분의 백성을
받아주기 위해. 다른 이들은 얼마나 오래 기다려야 하느냐고
물을지도 모르겠지만 그는 얼마든지 기다릴 수 있었다. 믿음

이란 곧 오래 참음이다. 그는 모임 사람들에게 말했다. 앞으로 내려질 계시를 기대하느라 시간이 떨고 있다고. 먼지 한 톨 한 톨이 기쁨을 내뿜는다고. 헐벗은 녹스허스트 나무들은 주님의 글을 한 글자 한 글자 나타내고 있다고, 그걸 읽어내는 법만 배운다면 알아볼 수 있을 거라고. 하나님은 존재하셨던 분이 아니라 존재하시는 분이라고. 존 릴은 그들을 영웅이라고 불렀다. 주님께서 그들의 머리에 손을 올리셨으니.

24

피비

피비는 말했다. 줄리언 집에서 녹스허스트로 돌아온 날 밤 월에게 전화했어요. 그가 아직 베이징의 사무실에 있을 때였 죠. 통화하기로 약속한 시간은 아니었지만 그는 전화를 받았 어요. 무슨 일이냐고 묻더군요. 아무것도 아니야, 나는 답했 어요. 그러자 그가 머뭇거렸어요. 내 목소리가 심란하게 들린 다면서요. 음, 더워서 그런가 보지. 내 말에 그는 정말 그것뿐 이냐고 물었고, 나는 정말이라고 했어요. 그런데 다음 날 오후 기숙사에 돌아와보니 복도에 월이 보낸, 상자에 든 작약꽃들 이 놓여 있지 않겠어요. 입술을 벌린 무성한 꽃잎들이 신호를 보내듯 붉게 타오르고 있었어요. 내가 거짓말을 했다고 그가 생각한다는 뜻이었죠. 나는 꽃다발을 그 자리에 놔두고 밖으로 나갔어요. 깜짝 놀랄 정도의 뙤약볕이 쏟아지고 있었어요. 높다란 버스 한 대가 매연을 내뿜으며 기우뚱거리며 지나갔고요. 나는 버스가 가는 경로대로 오른쪽으로 가는 상상을 했어요. 하지만 차들 사이로 걸어 들어갈 순 없는 노릇이었어요. 어리석은 상상이었죠.

✛

6월 어느 날 아침, 복도에서 여전히 작약들이 썩어가고 있을 때, 존 릴에게서 이메일을 받았어요. 또 자기 집에 오라는 초대 한 줄이 적힌 메일이었지요. 처음 그 집에 갔던 이후로 나는 여러 번 초대를 받았지만 거절해왔어요. 그래도 친절하게 대하고 싶어서 같이 술도 한잔 마시고, 이따금씩 점심도 먹긴 했지만요. 나는 무교예요. 이렇게 말했더니 그는 자기도 안다고, 그냥 친구가 되기를 바랄 뿐이라고 답하더군요. 하지만 이때 나는 외로웠어요. 그래서 좋다고 답장을 보냈죠. 모임에 세번째로 참석했을 때 어째서 그렇게 오랫동안 나를 부득부득 초대했느냐고 그에게 물었어요. 그러자 그는 이렇게 말했어요. 하나님의 첫째 언어는 침묵입니다. 그분의 부름을 받기까지 우리는 신전의 계단을 빗자루질 하고 있어야 하죠. 하지만 그분은 언젠가 반드시 우리를 부르십니다. 피비, 못 믿을 수도 있겠지만, 하나님께서는 당신이 그분의 계획에 반드시 필요한 존재라고 말씀하십니다. 그건 진실이에요. 그분의 이름 아래 당신의 이름이 높아질 것입니다.

✣

아뇨, 나는 신의 계획을 믿지는 않았어요. 그래도 그의 이야기를 듣는 건 좋더라고요. 이전에 내가 알던 삶하고는 너무나 달랐으니까요. 이번 한 번만 나가고 그만두자고 생각하고는 자꾸만 또 나갔어요. 그는 내가 꼼지락거리는 걸 알아채고는 다른 사람들처럼 운동을 해보라고 조언했어요. 나한테 좋을 거라면서요. 장난기 어린 어조였지만, 막상 내가 웃으니 그는 웃지 않았어요. 화답받지 못한 내 귀에는 멍청이, 아무것도 아닌 일에 웃다니,라는 조롱이 들렸어요. 그래서 웃음을 멈췄죠. 그는 어떤 종류의 운동을 가장 좋아하느냐고 물었어요. 예전에 수영을 했다고 말했더니 그가 일정을 짜줬어요. 나는 피아노를 배우기 전까지만 해도 수영장 가는 걸 무척 좋아했거든요. 바다의 요정 같은 L.A. 친구들과 신나게 놀았죠. 높은 데서 공중제비를 넘으며 다이빙하는 실력을 뽐냈고, 목이 쉴 때까지 마르코 폴로 게임*을 하기도 했어요. 하지만 이건 재미가 없더라고요. 그는 목표를 정해줬고, 나는 기록을 해야 했어요. 레인을 오락가락하는 지루한 수영을 다리 근육이 비명을 지를 때까지 반복했죠. 그는 더 힘을 내요, 라며 채근했어요. 밤마다 나는 학교에 있는, 올림픽 경기에서 쓰는 크기의 수영장에서 허우적거렸어요. 줄무늬 모양으로 배열된 타일들 위를 미끄러져 지나가는 흐릿한 유령 같은 나 자신을 지켜보았어요. 그러다 보니 생활 습관이 변하더라고요. 술을 덜 마시게 됐어요. 진이 마시고 싶어지면 대신 토닉을 마셨죠. 미처 몰랐는데 나는 규율을 갈망하고 있었더라고요. 그건 피아노를 그만두면서 덩달아 잃어버린 생활이었어요. 정해진 일정, 엄격한 요구. 매일 밤 여섯 시간 이상을 연습하면서 규칙들로 나 자신을 한자리에 고정할 수 있었어요. 규칙들이 나를 떠받쳐줬던 거죠.

✠

나는 존 릴의 요청에 따라 제자 모임에서 피아노를 다시 치

※   수영장에서 하는 술래잡기 같은 게임.

게 됐어요. 못 할 줄 알았는데, 수영과 마찬가지로 이것도 좀 하다 보니 할 만하더라고요. 한 옥타브로 된 찬송가들, 완결된 이야기처럼 한 줄 한 줄마다 해결되는 코드들. 이건 내가 실패했던 음악이 아니었어요. 잘 치든 못 치든 기쁘지 않았어요. 두려워할 필요가 없었던 거죠.

✠

그래서 나는 변했어요. 변하는 게 가능하더라고요. 종종 존릴이 즐겨 하던 말을 생각했어요. 우리가 우리 마음속에 존재하듯 다른 사람들도 다 그렇다고 믿을 수 있다면 나머지는 따라오게 되어 있다고. 그는 말했죠. 사랑이란 단지 잘 상상하는 것입니다. 나는 그 생각을 꺼냈어요. 그리고 남몰래 그걸 들어 올려 빛에 비춰 봤어요. 그 프리즘의 빛 속에서 내가 될 수 있는 피비의 모습을 찾아내려는 듯이.

✠

다음 번에 아버지가 전화했을 때 나는 모처럼 전화를 받았어요. 안녕하세요, 라고 했죠. 아버지는 어떻게 지내냐고 물었

200

어요. 약간의 대화를 나눴어요. 나는 아버지의 기분이 어땠을지 상상해봤어요. 부모님이 오냐오냐하고 하인들이 응석을 받아주며 키운 장남, 자기가 원하는 걸 갖는 데에 익숙한 재벌가 출신 하급 귀족. 그러다 격변이 일어났죠. 수모를 당했고요. 서울에 남겨진 그는 아내와 갓 태어난 아이를 따라 L.A.까지 갔어요. 한 달 동안 호텔에서 지내며 간청한 끝에 다시 우리와 같이 살게 됐어요. 아버지는 영어를 책으로 배운 사람이었기 때문에 L.A.의 빠른 말씨에 적응하지 못했어요. 가게에서 담배를 사려고 해도 점원이 못 알아들었을 정도였어요. 어린애처럼 손가락으로 가리키는 수밖에 없었죠. 동네 건너편에 있는, 가정집에서 예배 드리는 작은 한인 교회야말로 아버지에게는 안식처처럼 느껴졌을 거예요. 자신이 존중받고 온전해질 수 있는 유일한 장소. 거기 사람들은 아버지가 누구인지 알았어요. 아버지 가문의 이름에 존경을 보냈고요. 그래서 계속 교회에 갔고, 오래지 않아 예배를 집전하게 됐어요. 적당한 부지를 찾아서 하나님의 집을 짓는 걸 돕기도 했고요. 아버지는 고생했어요. 바쁘게 움직였죠. 그러다 이따금씩 완벽한 자제력을 유지하지 못하면…… 날뛰고 고함을 질렀다고 해도 고의는 아니었겠죠, 그렇지 않았을까요? 나는 냉큼 어머니를 선택해서 아버지의 마음을 아프게 했어요. 그래서 아버지는 주기적으로 내게 전화해서 잃어버린 시간을 되찾고 싶었던 걸 까요?

그런데 어느 늦은 밤, 리턴 스트리트 집을 나서는데 존 릴 이 무심코 말하기를, 아버지가 내가 부자라는 걸 안다고 했어 요. 어머니가 저축한 돈과 생명보험 때문에. 그건 내가 사랑하 는 사람을 죽여서 얻은 거금이었어요. 나는 다음 번 제자 모임 에 나가지 않았어요. 존 릴의 이메일들도 무시했고요. 그러자 그가 기숙사에 찾아와 우리 공용 공간 문을 끈질기게 두드렸 어요. 나는 그를 들여보낸 다음 나가달라고 했죠. 덜덜 떨면서 말했어요. 아버지는 당신에게 그런 말을 할 권리가 없었어요. 나는 단 한 명의 친구에게도, 심지어 윌에게도 말한 적 없는 데……

그가 말했어요. 압니다. 나도 알아요. 피비, 내 말 들어요. 내가 그 화제를 꺼내지 말았어야 했는지도 모르겠군요. 하지 만, 들어봐요, 당신 아버지가 내게 그 이야기를 한 건 한참 전 이었어요. 내가 녹스허스트로 돌아가야 한다는 걸 깨닫기도 전의 일이었다고요. 그분은 딸의 친구에게 비밀을 알려준 게 아니었습니다. 그때 당신과 나는 아직 만나지도 않았고, 그분 은 그저 내게 조언을 구했을 뿐이었어요. 피비, 그분은 당신에 대해, 당신이 짊어진 죄책감에 대해 생각하고 있었어요. 걱정했다고요. 지금도 분명히 걱정하고 있을 겁니다.

8월이었어요. 기숙사는 열기에 부풀어 있었어요. 나는 아직도 에어컨을 설치하지 못하고 있었죠. 나는 이마를 닦았고, 그는 잠깐 같이 걷지 않겠느냐고 했어요. 바깥은 좀 시원해졌다면서요. 나는 찬성하지 않았지만, 막상 그가 밖으로 나가자 따라갔어요. 그는 이야기를 계속했어요. 당신이 물려받은 것은 선물입니다. 아뇨, 정말이에요. 그렇다고 그걸 간직할 의무가 있다는 뜻은 아니에요. 다른 누구에게 넘길 수도 있겠죠. 피비, 다른 사람들도 고통스러워하고 있고, 도움을 필요로 해요.

내가 그런 걸 할 수 있을지 잘 모르겠어요. 내가 말했어요.

할 수 있어요.

하지만 나는……

할 수 있어요.

25

월

우리는 대기 중인 군중을 헤치고 나아가는 그를 따라갔다. 시위는 아직 시작되지 않았지만 비닐로 덮인 현수막이 바람에 나부꼈다. 햇빛을 받은 태아 인형들이 위아래로 흔들거렸고 깃발들은 줄무늬 있는 혓바닥처럼 날름거렸다. 존 릴이 멈춰 서더니 휙 몸을 돌려 온 길을 되돌아갔다. 나는 길을 잘못 들었다고 할 줄 알았다. 그런데 그가 내 얼굴에 자기 얼굴을 바짝 들이댔다. 숨결이 느껴질 만큼 가까웠다.

그가 말했다. 월. 오, 월. 당신이 의문으로 가득하다더군요. 내 수용소 경험에 대해 의아해한다고요. 그래요, 나한테도 그건 혼란스러운 시간이었어요. 당신은 거기서 살아본 적이 없으니 훨씬 더 혼란스럽겠죠. 하지만 어째서 내게 직접 묻지 않았죠? 당신이 아직도 이만큼 교만하다니 너무나 슬프군요. 세례 요한이 주님의 신발 끈 풀기도 감당하지 못하겠노라고 말했던 것을 생각하세요. 당신은 아직 제자가 되는 법을 배우지 못했습니다. 지금이 바로 그걸 배울 때입니다. 만약 당신 안에 제자가 있다면 말이지요. 무릎을 꿇으십시오.

그가 얇은 걸레 한 장을 건네고는, 그걸로 다른 사람들의 신발과 자신의 맨발을 닦으라고 했다. 나는 진흙투성이 신발들을 하나씩 하나씩 닦았다. 얼음이 녹은 싸늘한 물이 내 청바지에 스며들었다. 나는 그의 발을 들고 발가락 사이를 걸레로 훔쳤다. 갈라진 피부 틈에 진주층 같은 각질 조각들이 반짝였다. 나는 생각을 하려 애썼다. 그는 수용소 경험을 언급했다. 내가 피비에게 했던 질문을 뜻하는 것이었다. 미나에 대한 질문 말이다. 하지만 그때 우리는 집으로 걸어가고 있었다. 존 릴을 그의 집에 남겨두고 떠났다. 거기 없었다면 그가 어떻게……

나는 피비를 흘끔 돌아보았다. 하지만 그녀는 시선을 떨구고 있었다. 얼굴빛이 붉었다. 피비는 얼굴을 잘 붉히지 않는 편이었다. 육체적인 이유 때문이라면 몰라도. 술을 너무 많이 마셨다든지, 날씨가 덥다든지. 하지만 이날 피비는 술을 마시지 않았다. 추운 아침이었다. 사람들이 내쉬는 숨이 하얗게 눈

에 보였다. 그럴 리가 없다고 생각했지만 피비는 여전히 나를
보지 못했다. 그녀가 내 말을 존 릴에게 고자질한 것이다.

✠

　행진을 시작하기로 한 시간이 지나 사람들이 조바심을 내
고 있었다. 어떤 남자는 5분만 더 기다려보고 관두겠다고 말
했다. 현수막들이 건물 벽에 기대어 세워졌다. 나는 존 릴이
내가 모르는 사람들과 대화하는 것을 보았다. 그는 고개를 끄
덕이더니 거꾸로 뒤집혀 놓은 화물 상자 위에 올라섰다. 입술
이 움직였다. 주위가 소란스러워서 그가 무슨 말을 하는지 알
아들을 수 없었다. 피비가 눈물을 글썽거리며 다시 사과했다.
괜찮아, 나는 말했지만 그녀는 무언가 더 해명하고 싶어 했다.
괜찮대도. 나는 그녀가 진정하기를 바라고 머리에 입을 맞췄
다. 나는 존 릴의 연설을 들으려고 신경을 곤두세우고 있었다.
이렇게 많은 청중이 우리처럼 반응한다면 그의 영향력이 어떤
결과를 불러올지 궁금했다.

　……피가 튄 두 손을 말입니다. 우리 모두는 이 토요일 아침
에 여기 모였습니다. 태아가 생겨난 지 한 달도 안 돼 심장이
뛴다는 것은 말하지 않아도 아실 겁니다. 세 달이 지나면 손을

잡을 수 있을 만큼 튼튼해진다는 것도요. 그러나 이 모든 사실이 얼마나 소용이 있었는지 모르겠습니다. 여러분과 제가 생명을 구하지 않는다면 그게 다 무슨 의미가 있겠습니까.

돌풍이 불어와 나일론 재킷들이 펄럭였다. 그는 소음 너머로 목소리를 전하려고 하기보다는 바람이 잦아들 때까지 기다리겠다는 뜻으로 손바닥을 펼쳐 들었다. 더 많은 사람들이 그에게 주의를 기울였다.

주께서 우리를 부르고 계십니다. 그러나 우리는, 여러분과 저는, 그분을 따르는 데 실패했습니다. 우리는 거대한 악의 시대를 살고 있습니다. 아이들의 시체로 가득 찬 피의 강물이 이 나라에 흘러넘치고 있습니다. 그 피가 쏟아지게 놔둔 것은 우리입니다. 주께서는 우리가 미지근하면 입에서 뱉어내실 거라고 하셨습니다. 제가 밤늦게 성령을 기다리며 스스로에게 던졌던 질문을 여러분에게도 던지겠습니다. 여러분과 저 같은 사람들이 하나님을 위해 과격해지지 않는다면, 달리 누가 그럴 수 있겠습니까?

그는 언성을 높여가며 말하다가, 끝내는 고함을 지르며 연설을 끝맺고는 입을 다물었다. 우리 주위의 사람들은 숨죽인 채 귀를 기울였다. 그가 고개를 치켜들고서 아멘을 외쳐달라고 했다. 몇몇 사람이 화답했다. 그가 다시 요청하자, 이번에는 수많은 아멘 소리가 종소리처럼 울려 퍼졌다. 내 귀가 울리는 기분이었다. 그렇습니다, 주여. 그가 말했다. 오, 주여, 여기 저희에게 임하시길 간청하옵니다. 그는 나도 아는 찬송가의 첫 구절을 불렀고, 군중이 뒤이어 노래했다. 피비도 손을 맞잡은 채 목소리를 더했다. 그녀는 눈을 감고 몸을 앞뒤로 끄덕였다. 우리가 처음 만난 날 밤이 떠올랐다. 그녀가 숨이 가쁠 때까지 춤을 추던 것, 숱 많은 머리카락을 하나로 모아 쥐던 것. 끝자락이 젖어 있던 머리카락. 가는 목을 따라 흘러내리던 땀방울. 지금 그녀가 실룩이는 엉덩이도, 넋이 나간 표정으로 들어 올린 얼굴도 그날의 피비를 우스꽝스럽게 모방한 듯했다. 그녀가 아까 내게 사과하면서 말하기를, 존 릴이 제자 모임에서 내가 어떻게 해나가고 있느냐고 물었더란다. 그는 다정하게 질문했고, 그녀도 마찬가지로 다정하게, 무심코 대답했다는 것이었다. 나는 말했다. 나는 너한테 화나지 않았어. 실제로 화나지 않았다. 그녀는 사과할 필요가 없었다. 나는 오랜 혼란이 해소된 기분이었다. 오히려 그녀에게 고마워해야 했다. 한동안 나도 생각이라는 걸 하지 못하는 상태였으니까.

군중은 계속 노래했다. 나는 홀로 그들을 지켜보았다. 그들은 하나의 무리였고, 하나같이 내게 결여된 것을 갖고 있었다. 그분이 했다고 믿어지는 말씀들에 따르면 주님의 뜻은 명백하다. 그분은 온전하고도 절대적인 헌신을, 다름 아닌 그것을 요구하신다. 그 부분에서는 존 릴이 옳았다. 그러나 나는 처음부터 그분의 부르심에 순종했다. 내 삶을 그분에게 맡겼다. 하지만 그건 헛된 시도였고, 나는 하나님이 존재하지 않는 허구이거나 아니면 그분이 나를 원하지 않는다는 결론에 이르렀던 것이다.

15분입니다, 한 남자가 말했다. 군중이 앞으로 움직였다. 나는 주머니에 손을 넣고 비닐 랩 뭉치를 더듬어 찾았다. 처방받은 진정제를 넣은 작은 꾸러미였다. 하마터면 가져오는 걸 잊을 뻔했는데, 피비와 내가 뉴욕에서 하룻밤 머물기로 했기 때문에 출발하기 전 막판에 챙겨 온 것이었다. 나는 잠을 통 못 이뤄서 이 약에 의존하고 있었다. 유리병 안에서 달그락거리는 알약들이 내는 캐스터네츠 소리가 휴식을 약속하는 전주곡 같았다. 이제까지는 밤에 잠들기 전이 아니면 이 약을 먹어 본 적이 없었는데, 마음을 안정시키는 효과도 있으니만큼 지금 써도 좋을 것 같았다. 나는 포장을 뜯었다. 효과를 증폭시키기 위해 알약을 씹어 먹었다.

✠

행진이 시작됐다. 주최진은 우리에게 조용히 걸으라고 요청했다. 피비는 내 등에 손을 가볍게 올리고 붙어서 걸었다. 우리가 처음 샤워를 같이 했을 때 그녀가 내 등골에 움푹 들어간 부분을 알려준 적이 있었다. 여기, 이것 말이야, 라면서 그녀는 내 등에서 엉덩이까지 이어지는 실개천을 훑었다. 그 전까지 나는 내 등이 눈여겨볼 가치가 있다고 생각해본 적이 없었다. 이제 내 피부는 피비의 눈길이 입힌 금박으로 빛났다.

이 상황은, 음, 위기이긴 했다. 내가 사랑하는 여자가 광신적 사이비 종교에 빠지다니. 그래, 이건 사이비 종교였다. 그게 문제였다. 하지만 해결할 것이다. 나는 총명하니까. 햇볕이 뜨거워졌다. 불안이 녹아내리다 평화가 밀려오면서 나는 이 사람들에게 연민마저 들었다. 만약 내가 낙태는 살인이라고 확신했다면 나 역시 합법적 대학살을 멈춰야 한다고 생각했을 것이다. 나도 그들처럼 믿었던 것이 불과 얼마 전이었다. 사실 그들이 가여웠다. 모든 인류를 향한 선의. 녹스허스트에서 뉴욕으로 오는 길에 나는 마침내 이 시위의 목적인 임신중절 불법화에 찬성하느냐고 피비에게 물었다. 그녀는 대답했다. 생각하고 싶지 않은 문제야. 하지만 태아는 수정되고 한 달 안에 맥박이 뛰잖아. 살아 있다고.

행진 도중에 약효가 변했다. 나는 내 옆을 깐닥거리며 지나가는 피켓들에 박힌 피투성이 사진들을 보며 혀를 내두르고 있었다. 그런데 그 속의 태아들 중 하나가 뛰어내렸다. 곧이어 또 다른 태아들이 버둥거리며 떨어졌다. 조그마한 주먹이 들려 올라갔고, 탯줄이 꼬리처럼 꿈틀거리며 핏방울들을 떨어뜨렸다. 그중 한 태아는 내 발치에 뒹굴었다. 나는 태아가 짓밟히지 않도록 쪼그려 앉아 주워 들었다. 내 손보다도 작은 아기였다. 그래서 아기를 하나 더, 또 하나 더 주웠다. 그러자 피비가 내 옆에 웅크려 앉았다. 왜 그래? 그녀가 속삭였다.

나는 그녀에게 핸드백을 달라고 했다. 하지만 그녀는 뭘 하느냐고만 물었다. 나는 턱짓으로 내가 맡은 작은 아기들을 가리켰는데, 다시 보니 사라지고 없었다. 나는 주위를 둘러보았다. 흰 기능성 운동화를 신은 누군가의 발이 휙 지나갔다. 그녀가 방금 한 말을 되풀이하며 나를 손으로 찔렀다. 하지만 아기들은 사라졌다. 내가 태아들이 뒹구는 광경을 상상했던 것이다. 처음 수면제 처방을 받았을 때 약사가 부작용이 있을 수 있다고 주의를 주기는 했다. 가벼운 환각 증세가 나타날 수 있다고. 하지만 이건 가벼운 환각이 아니지 않은가. 약사에게 말해야겠다. 피비가 내게 다쳤냐고 물었다. 나를 너무나 걱정하는 그녀를 마주하니 눈시울이 시큰해졌다. 나는 설명했다. 진정제를 먹었어. 원래 잘 때 먹는 약인데 이번에는 깨어 있을 때 먹었거든. 그랬더니 효과가 좀 강하게 나타난 것 같아.

일어나. 그녀가 일어서면서 말했다.

나도 일어서려고 했다. 하지만 다리가 뜻대로 안 움직였다. 그녀가 나를 부축해주었다. 피비에게 붙들린 내 팔 살이 그녀의 단단한 손아귀 밖으로 불거져 나왔다. 그녀는 나를 놓고는 내처 걸었다. 나는 한 걸음 한 걸음에 집중했다. 왼발, 오른발. 그러다 눈을 들어보니 존 릴이 피비 옆에서 걷고 있었다. 그의 골반이 그녀의 옆구리를 스쳤다. 그래서 나는 그의 팔을 툭툭 치며 말했다. 질문이 있는데요.

지금은 안 됩니다, 윌.

나는……

나중에 얘기하죠.

아뇨. 이건 부탁이 아닙니다. 난 말을 해야겠어요.

그가 나를 다른 각도에서 보려는 듯 고개를 기울였다. 그의 가장자리가 반짝거리고 시시각각 변화하며 미끄러지듯 움직였다. 그를 잡을 수 있을 때 잡아야 했다. 꼼짝 못 하게 붙들어놓고 그의 변화무쌍한 거짓말을 시인하게 만들어야 했다. 그가 자기 얼굴을 문지르더니 말했다. 난 도와줄 수 없군요, 윌. 노력했지만, 그럴 시간이 없습니다. 솔직히 관심도 잃었고요.

뭐라고 반응해야 할지 생각할 새도 없이 피비가 나를 끌어당겼다. 이윽고 우리는 대열에서 빠져나왔다. 길거리에 서서 택시를 불렀다. 차들이 눈이 녹은 진창길에 긴 흉터를 남기며 빠른 속도로 지나쳐 갔다. 택시들은 모두 이미 승객을 태우고 있었다. 우리 차를 어디에 댔는지 기억이 나지 않았다. 나는 인도에 밴 얼룩들, 말라붙은 껌을 바라보았다. 여기저기 홈이 파인 얼음에 비치는 눈부신 빛도. 쓰레기가 바람에 뒹굴었다. 잃어버린 지난날에 나는 이런 것들이 나를 사랑하는 주님이 보내신 암호화된 메시지라고 상상하곤 했다. 세세한 것 하나하나가 성스러운 의미를 띠었다. 하지만 그건 거짓 희망이었다. 내게 주어진 것은 결빙 방지용 소금이 뿌려진 아스팔트와 기름 얼룩이 진 비닐봉지일 뿐이었다. 주의를 덜 기울이는 것이 아니라 더 기울여야 했다. 나는 이해하려고 안간힘을 쓰며 비틀거렸다.

새끼 염소 가죽이 살갗을 스치더니 피비가 내 손을 가로등 기둥에 올렸다. 이거 잡고 있어. 금방 돌아올게. 그녀는 얼음으로 뒤덮인 평원을 건너갔고 이내 저 멀리 보이는 여자들의 뒷모습 중 무엇이 피비의 것인지 알아볼 수 없게 되었다. 신문지들이 공중에 떠돌았다. 근처에서 선명한 립스틱을 칠한 어떤 여자가 자전거 체인을 만지작거렸다. 그녀는 안장에 올라타고는 비옷 자락을 펄럭이며 왼쪽으로 자전거를 몰았다. 마른 몸에서 날개 하나가 돋아났다. 창백한 네피림의 날개였다. 저러다 떨어지겠다고 생각했는데, 그녀는 자전거 벨을 울리고는 길을 씽 나아갔다.

윌! 공회전하는 택시 한 대에서 피비가 몸을 내밀고 나를 불렀다. 그녀는 나를 역까지 데려다주고는 제일 일찍 녹스허스트로 갈 수 있는 북행 열차를 기다렸다. 열차가 들어서자 그녀는 역무원에게 티켓 없이 승강장으로 들어갈 수 있게 해달라고 이야기했다. 애가 몸이 안 좋아서요. 저는 차에 태우기만 하고 갈 거예요. 그녀가 설명하고 미소 지었다.

여기 앉아. 그녀가 내 좌석 등받이를 비스듬히 눕히며 말했다. 나는 사과하려고 했지만 자기는 시위 현장으로 돌아가야 한다고 그녀가 말했다. 그러고는 내 핸드폰 알람이 목적지 도착 전에 울리도록 맞춰놓았다.

우리가 묵기로 한 아파트는? 네 친구네 집 말이야. 이제야 기억이 난 나는 물었다.

오, 그거. 그녀가 말했다.

그녀는 핸드폰을 꺼냈다. 나는 시위가 끝날 때까지 그 집에서 기다리겠다고 말하려 했다. 그러나 그녀가 여전히 핸드폰을 들여다보면서 말했다. 나는 오늘 밤 새우려고. 열차에 남은 나는 피비가 수평으로 성큼성큼 걸어가는 것을 지켜보았다.

내가 잘못한 게 없었더라면 열차에서 내려 피비를 쫓아갔을 것이다. 기차는 오후로 미끄러져 나아갔고, 나는 녹스허스트 역에 도착할 때까지 내리 잤다.

✠

피비가 남긴 말에도 불구하고 나는 그녀가 토요일 밤에는 돌아올 거라고 생각했다. 하지만 일요일에 일어나보니 그녀는 집에 없었다. 그동안 전화를 여러 번 걸었지만 답도 없었다. 공부를 해야 했다. 나는 책을 펼치고 한참을 들여다보았다. 그러다 못 버티고 술을 따랐다. 아침 내내 집에 앉아 있다가 버스를 타고 미켈란젤로스로 갔다. 그날은 근무가 없었는데도 나는 계산대 일을 도와주었다. 그러다 손님 다섯 명이 앉은 테이블에 더러워진 그릇들이 잔뜩 널려 있는 것이 눈에 띄었다. 나는 그것들을 주방으로 가져가다가 셔츠에 페스토를 엎지르고 말았다. 나이프도 하나 떨어뜨렸다. 나는 그 테이블의 그릇 수거 담당을 뒤로 불러내서 고함을 질렀다. 대체 무슨 생각을 하고 있는 거냐면서. 그는 시선을 떨군 채 그 테이블은 자기 담당이 아니라고, 거긴 질 담당이라고 중얼거렸다. 그의 앳된 얼굴이 피로로 축 처져 있었다. 나는 그에게 나가보라고

215

했다. 그리고 가게를 떠나 버스를 타고 집으로 돌아갔다.

해가 저물었다. 나는 피비에게 전화를 걸었다. 괜찮은지 알려달라고 짧은 메시지도 남겼다. 세상에 내 생각대로 전개되는 일은 거의 없다는 신조에 따라 나는 피비에게 일어날지도 모르는 사고들을 떠올리기 시작했다. 예측을 하면 미연에 방지할 수도 있으니까. 나는 식탁 앞에 앉았다. 술잔을 비울 때마다 또 술을 따랐다. 마침내 현관문이 열렸을 때는 오전 3시 10분이었다. 그녀는 현관 불빛 아래 반쯤 녹아든 채 서서 문의 잠금쇠를 끼우며 가방을 내려놓았다. 그리고 몸을 돌렸다. 오, 너구나. 그녀가 흠칫 놀라며 말했다. 뭐 하고 있어?

나는 노트북을 닫았다. 그와 동시에 집 안이 어둠에 잠겼다—노트북 화면의 불빛 외에 조명은 켜두지 않았던 것이다. 교통사고 뉴스를 검색하고 있던 참이었다. 그녀가 복도 불을 켰다. 그러고는 내 앞에 놓인 진 병과, 내가 여태 머리에 쓰고 있던 니트 모자를 둘러보더니 말했다. 뭘, 밤 새우고 올 거라고 했잖아.

언제 집에 올지 몰랐잖아. 계속 전화했다고.

핸드폰 배터리가 나가 있었어. 방금 전에야 알았어.

희망이 솟아올랐다가 내려앉았다. 그녀가 코트와 숄을 거는 동안 나는 기운을 북돋아주는 토닉 섞인 진을 길게 한 모금 들이켰다. 피비의 허벅지 위에서 체크무늬 치마가 들썩이며 놋쇠 단추들이 번쩍였다. 아까 그녀에게 전화했을 때 신호음이 다섯 번 울린 다음 메시지를 남기라는 안내 음성이 나왔다. 그건 핸드폰이 켜져 있다는 뜻이었다. 만약 꺼져 있었다면 신호음이 한 번만 울리고 곧장 음성 메시지로 넘어갔을 것이다. 그래, 꺼져 있었을 리 없다. 내가 전화를 걸 때마다 핸드폰은 진동했을 것이다. 그녀는 그걸 꺼내보고 화면에 뜬 윌이라는 글자를 보고서는 다시 가방에 집어넣었을 것이다. 그녀가 했을 행동이 너무나 구체적으로 머릿속에 그려져서 그게 진실이라는 것을 알 수밖에 없었다. 질문을 할 여력을 되찾은 나는 집까지 어떻게 왔냐고 물었다.

운전해서 왔어. 내가, 음, 아니, 존 릴이 운전했지. 나는 너무 피곤했거든. 차 끓일게. 뭐 먹고 싶은 거 있어?

나는 일어나서 싱크대로 갔다. 내가 할게, 그녀는 말했지만 머뭇거리더니 자리에 앉았다. 나는 주전자에 물을 받고 베이징 차 시장에서 사 온 숙성된 보이차를 찬장에서 꺼냈다. 그때 나는 미로 같은 시장을 몇 시간 헤매며 그녀가 어떤 차를 가장 좋아할지 골몰했다. 상인은 시음용 컵에 차를 따라주며 이거야말로 차의 제왕이죠, 라고 했다. 나는 결정을 못 내리고 시음을 너무 많이 하다가 건물 뒤편에서 오줌을 눠야 했다. 차 덩어리에서 한 조각을 떼어내 거름망에 부스러뜨렸다. 찻잎들이 주먹을 펴듯 펼쳐졌다.

뭘 좀 먹어야지. 그녀가 말했다.

나는 차 안 마셔.

너 빈속일 거 아냐.

그러고 보니 그랬다. 아침부터 허둥거리느라 아무것도 못 먹었다. 그녀는 나를 보기만 해도 빈속이라는 것을 알 수 있었던 것이다. 나는 피비에게 컵을 가져갔다. 그녀가 내게 기대며 한 팔로 나를 가까이 끌어당겼다. 캐시미어 소매의 부드러운 섬유가 살갗에 닿았다. 내 호흡이 느려졌다. 얼마 전에 피비가 줄리언의 방 벽에 걸린 사진 속에서 두 팔을 벌리고 있는 아이를 가리키며 이렇게 말한 적이 있었다. 연 같은 포즈를 하고 있네. 나는 되물었다. 연이라고? 그 단어가 하얗게 바랜 모래밭을 눈앞에 펼쳐 보였다. 열기. 빛. 파도 위를 미끄러지는 무지갯빛 서핑 보드들, 바다 거품을 주렁주렁 매달고 수영하는 사람들. 태양을 향해 천천히 높이 날아오르는 어릿광대 모양의 연들. 어린 시절이 담긴 그 사진에서 나는 십자가에 매달린 사람의 형상을 보지 않을 수 없었는데, 그녀는 연을 보았던 것이다. 나는 예수의 피에 물들지 않은 그녀의 이교도적 사고방식을 사랑했다. 피비, 용서해줘, 도와줘. 그렇게 말했어야 했다. 하지만 그때 그녀가 보이차를 마시려고 자세를 바꿨다. 그녀의 품에서 놓여난 나는 식탁 맞은편에 건너가 앉았다. 기다란 꽃병에 꽂힌 흰 풀협죽도꽃이 우리 사이를 갈랐다. 그녀가 보이차의 김을 들이쉬었다. 내가 말했다. 철사 옷걸이……

뭐?

그리고 표백제. 수천 년 동안 여자들은 민간요법으로 낙태를 시도했어. 표백제를 마시고, 뜨거운 잿물을 마셨지. 심지어 성경에도 이것과 관련된 조언이 나와. 키니네도 있고. 히포크라테스는 매춘부에게 펄쩍펄쩍 뛰라고 권하지. 이어서 나는 피비에게 고등학교 시절 친구 스튜에 대해 이야기했다. 스튜는 임신한 여자 친구가 기절할 때까지 배를 주먹으로 때렸다. 그녀는 계단에서 걸어차달라고도 부탁했다. 그는 눈물로 앞이 안 보이는 채로 그녀의 부탁대로 해주었다. 그녀가 받고 싶은 중절수술은 너무 비쌌던 데다가 침례교도 부모님에게는 차마 말할 수 없었기 때문이다. 한번은 어떤 라디오 프로그램의 청취자 전화 참여 코너에 카메니타의 한 재담가가 전화를 걸었는데, 진행자가 카메니타 사람들은 취미로 뭘 하냐고 묻자 그는 이렇게 답했다. 임신하는 거요. 피비, 네가 아는 부류의 사람들은 언제든 중절수술을 받을 수 있겠지만, 내 고향 같은 마을의 열다섯 살짜리 애들은…… 왜 그래?

피비가 웃으면서 몸을 떨었다. 아니, 난 그냥…… 뭘, 너 이거 조사했지? 키니네니 뭐니 하는 거. 검색해보고 이 모든 주장을 정리한 거지?

어째서 기독교를 선택했는지 말해봐. 내가 말했다.

뭐라고?

너는 내가 견딜 수 없을 게 뻔한 신앙을 선택했잖아. 그게 의도적인 거였는지, 내가 한 어떤 행동 때문이었는지 묻는 거야.

나는 오늘 밤은 못 싸우겠어. 그녀는 그렇게 말하고 컵을 밀어냈다. 컵 안에서 차가 찰랑거렸지만 넘치지는 않았다. 너무 피곤해. 무슨 일이 있었던 건지, 네가 왜 제자에 등을 돌렸는지는 모르겠지만, 제발 지금은 침대로 가자. 정 원한다면 내일 아침에 싸우자고.

사실 뉴스를 찾아봤어. 재작년 봄부터, 중국 옌지에서 일어난 사건에 대한 보도들. 헤드라인들을 훑어봤지. 존 릴은 미국 시민이야. 만약 그가 북한 요원들에게 납치됐다면 그의 조직이 신고했을 거야. 엄청난 사건이 됐을 거라고. "에드워즈 학생 실종, 납치로 추정." 하지만 그런 뉴스는 없었어, 피비. 그에 대한 언급이라고는 한 줄도 찾을 수 없었어.

뭘……

나는 그가 거짓말한다고 생각해.

난 그렇게 생각 안 해.

만약 네가, 오, 불교도라도 됐다면 난 신경 안 썼을 거야. 낡은 동전들을 모으기로 했다든지……

그녀가 몸을 뒤로 젖히며 대꾸했다. 오, 낡은 동전? 월, 내가 이걸 취미처럼 접근하는 게 문제라고 생각한다면 더 진지해질게. 난 죄에 파묻혀 사는 걸 그만둬야 해. 아니, 내 말 끝까지 들어. 나는 하나님이 내게 계시를 내려주기를 기다렸어. 하지만 그분이 우리를 사랑하는 방식은 그런 게 아닌 것 같아. 좀 기다려. 이건 네 이야기가 아니야, 월. 난 이 문제에 대해 많은 생각을 했어. 만약 내가 여기 사람들이 하는 걸 했다면, 예컨대 고소득 직장을 좇고 밀턴에 대해 열다섯 쪽짜리 리포트를 쓰고 그랬다면, 그게 누구에게 도움이 됐을지 모르겠어. 하지만 나 자신이 무엇인지 깨달을 수 있다면? 내게 영혼이 있다면? 성 아우구스티누스가 한 말에 대해 생각해봤어. 우리는 주님에 대해 알려달라고 빌어야 한다던. 교회에서 믿음을 기독교 신앙의 전제 조건으로 삼은 것은 18세기나 되어서의 일이었지. 내가 믿는 것처럼 행동한다면 나 또한 신성을 체험하게 될지도 몰라. 끝내 그러지 못한다 해도 시도는 해본 셈이될 테고. 너도 그랬던 거 아니야?

그녀가 식탁 맞은편으로 몸을 내밀며, 내가 그렇다고, 나 또한 그랬다고 말하기를 기다렸다. 하지만 나는 그 둘이 밀폐된 차 안에 같이 있는 모습을 떠올리고 있었다. 장시간 운전, 단둘만의 공간, 반쯤 드리워진 커튼처럼 흔들리는 피비의 머리카락. 그녀는 깔깔 웃으며 내 전화를 무시했을 것이다. 그는 오늘 밤 내게 할 말을 일러줬을 것이다. 명령 내리기를 즐긴다는 게 그의 매력의 핵심이니까. 이것도 존 릴의 생각이야? 내가 물었다.

아니야.

어젯밤 너랑 같이 있었어?

그런 게 아니야. 같이 있긴 했지만, 그건⋯⋯

그럼 솔직해지자고. 지금 그리스도를 위해 거듭난 동정녀 이야기를 하자는 게 아니잖아. 네 이야기를 하는 거지. 스승하고 떡치는 순진한 신도.

월, 진심으로 하는 말 아니지?

웬걸, 진심이지. 제자 같은 사이비 교단에서 하는 짓이 그런 거잖아. 너도 당연히 알겠지, 그게 사이비 종교라는 거. 내가 왜 변했느냐면 그걸 깨달았기 때문이야. 처음에는 긴가민가했는데 이제 보니 사실이라는 걸 알겠어. 그자는 프란치스코회식 교리를 꾸며대는 질 나쁜 예수쟁이일 뿐이야. 그래서 어떤 식으로 진행해? 차례대로 돌아가면서 섹스해, 아니면 거대한 예수 사랑 집단이 돼서 다 같이 난교를 빌이는 거야? 나한테도 말해주지 그랬어. 그랬으면 나도 같이……

그녀가 컵을 식탁에서 밀쳐냈다. 마룻바닥에 찻물이 번지고 깨진 유리 조각들이 반짝였다. 내가 치울게. 내가 말했다.

됐어. 그녀가 울면서 말했다. 나는 빗자루를 찾으러 갔다. 돌아와보니 그녀는 아직 식탁 앞에 앉아 있었다. 유리 조각들을 쓰레받기로 쓸어 넣어봤지만 빗자루 털이 너무 성글었다. 나는 키친타월을 적셔 와서 닦을 수 있는 만큼 닦았다. 한 번 닦아낼 때마다 키친타월을 반으로 접었고, 그렇게 몇 번이고 접다 보니 더 이상 쓸 수 없을 만큼 작아졌다. 번뜩이는 무언가가 눈에 들어왔다. 피비의 발치에, 섬세한 뼈대로 이루어진 발가락 사이에 유리 조각 하나가 떨어져 있었다. 내가 그걸 집어 들자 그녀가 주춤했다.

유리가 있었어. 내가 말했다.

어쩌라고.

그녀는 침실로 들어갔다. 문을 탕 닫는 진동에 토스터기가 흔들려서 뚜껑이 떨어졌다. 나는 몇 년 전 카메니타에서 짐이라는 한 고등학생이 타버린 토스트 표면에서 그리스도의 얼굴을 발견하는 바람에 일어났던 짧은 소동을 떠올렸다. 그리스도의 얼굴이라고 거의 알아볼 수 있을 만큼 뚜렷한 얼룩이 나타난 기적의 빵 사진이 지역신문들에 실렸다. 그때 나는 그 현상을 신뢰하면서도 한편으로는 모욕감을 느꼈다. 물론 하나님이 집 안 곳곳에서 현현할 수 있다고 믿고는 있었다. 은박지 조각들이나 물감 얼룩, 스피츠의 항문, 잼 단지 같은 데서 사람의 아들* 형상이 나타날 수 있다고. 하지만 탄 토스트 예수님은 우리 집에서 2킬로미터도 안 되는 곳에 출현했다. 그러면 주님은 무엇 때문에 나를 외면하고 그리로 가셨을까? 어째서 나 대신 기독교인이 된 지 한 달밖에 안 된 아이를 선택하셨을까? 나만큼 그분을 사랑하지도 않는 짐 스트루스라는 아이를? 엄지손가락에서 일어난 따끔한 통증으로 나는 살에 유리 조각이 박혔다는 걸 깨달았다. 나는 엎질러진 걸 마저 닦아낸 다음 싱크대로 가서 유리를 빼냈다.

※ 예수 그리스도를 뜻함.

26

존 릴

    기독교는 고통을 숭배하거나 칭송하지 않았습니다. 그렇게 누구든 할 수 있는 일에 영광을 돌려봤자 무슨 의미가 있겠습니까? 산소를 칭송하는 것이나 마찬가지지요. 그러나 신앙은 고통의 잠재적 영향력을 인정하기는 합니다. 고통은 우리 대부분에게 닫혀 있었던 것을 열어줄 수 있습니다. 살이 베였을 때처럼, 이제껏 배제되었던 가능성들이 우리에게 열리게 되는 것입니다. 상처받은 자리에 빛이 들어옵니다. 그는 이렇게 말했다. 그분이 꺾으신 뼈들은 기뻐할 것이라고.

27

피비

다음 번 제자 고백 시간에 피비는 말했을 것이다. 어느 날 밤길을 걷다가 어떤 여자가 흰 세일러복을 입은 어린 남자아이에게 말하는 것을 봤어요. 다들 기다리고 계시잖아, 얼른 가야지. 여자는 한국어로 말하더군요. 아이는 순순히, 잰걸음으로 걸었어요. 발바닥에 불이 나게. 여자는 몸을 구부려 아이의 정수리에 입을 맞췄어요. 나는 제자리에 멈춰 섰어요. 그들을 보고 있으니 그리움으로 마음이 흉포하게 날뛰었어요. 택시 한 대가 지나가자 나는 속으로 빌었죠. 저 둘을 치어버리라고. 너무 고통스러운 나머지 세상이 나와 같은 기분을 느끼기를 바랐어요. 그러니, 윌은 오죽했을까요. 불쌍한 윌. 그의 눈에서는 아직도 천국이 타오르는데 그리로 들어갈 수 없다니요. 다른 사람들의 신앙을 보는 게 그에게는 힘든 일이었을 거예요. 너무 오랫동안 혼자 애썼잖아요. 그는 결핍 속에서 살아가고 있는데도 사람들은 그의 상실을 아무것도 아닌 걸로, 농담거리로 간주하곤 해요. 그의 어머니조차 지나가는 단계일 거라고 생각하지요. 유치한 반항에 불과하다고. 그에게는 현존하는 것들보다도 부재하는 것들이 더 생생하지만, 슬퍼하면서도 괜찮은 척해야 해요. 그런 식으로 지내다 보니 그가 쓴 가면이 얼굴에 들러붙었을 수도 있겠지요.

존 릴은 내가 월과 동거를 그만둬야 한다고 해요. 하지만 내가 떠나버리면 나는 월의 사랑을 저버린 온갖 사람들의 대열에 합류하게 되는걸요. 플로리다에 가버린 아버지. 그리스도에게 사로잡힌 채 병들어 있는 어머니. 월은 신의 형상을 한 구덩이라고 표현하더군요. 그는 교회 종이 울리는 걸 들을 수 있지만, 그 종이 그를 향해 울리지는 않는 거예요.

28

월

    나는 거실로 망명했다. 중고 가게에서 산 소파 쿠션이 너무 얇아서 철제 틀이 삐져나왔다. 나는 소파 대신 바닥에서 체크무늬 이불을 두르고 잤다. 다섯째 날 밤, 피비는 내가 그렇게 자는 걸 보고 침대로 돌아오라고 했다.

    아냐, 난 괜찮아. 내가 말했다.

    하지만 떨고 있잖아.

    그녀가 이불을 끌어내 망토처럼 어깨에 두르고는 침실로 가져갔다. 나는 최대한 오래 버티다가 항복하고 들어갔다. 그녀는 침대의 절반을 내 몫으로 남겨두었다. 함께 나누는 온기 속에서 안심한 나는 잠에 빠졌다. 다음 날부터 그녀는 평소와

같은 면 팬티 바람이 아니라 셔츠와 줄무늬 파자마 바지를 덧
입고 잠자리에 들었다. 살은 천에 덮였어도 체온을 내뿜었지
만, 그래도 내게는 금지된 셈이었다. 나는 그와 함께 있는 피
비를 머릿속에서 지울 수 없었다. 마치 옥외 광고판에 투사된
빛나는 영상처럼 천장 위에 두 사람의 모습이 번뜩 나타났다.
그의 검은 발톱이 피비의 근육질 다리를 위아래로 더듬었다.
그가 몸에 힘을 줬고, 피비의 허벅지가 그를 맞이하러 들려 올
라갔다. 그는 내 여자 친구의 포니테일을 손에 휘감고, 그녀가
좋아하는 방식대로 세차게 잡아당겨 고삐를 조였다. 수영장
물속에서 솟아오르듯 피비의 매끈한 얼굴이 확 드러났다.

✠

어느 날 저녁 피비가 리턴 스트리트 집에 가 있을 때 줄리언
이 우리 집에 찾아왔다. 윌, 피비의 새 친구들 어떻게 생각해?
그가 셀로판지로 포장된 발로틴*을 내려놓으며 물었다.

별로야. 내 생각엔 심리 상담을 받아봐야 할 것 같은데……

걔는 그런 거 안 할걸.

※ 가금류의 얇게 저민 고기에 소를 채워 말아서 익힌 요리.

맞아.

걔가 자꾸 말도 안 되는 소리를 해. 피비가 리슬을 난간에서 떠민 게 아니잖아. 그런 가짜 죄책감에 취해 있다니, 난 그거 이기적이라고 봐. 리슬이 죽은 건 피비의 잘못이 아니라고. 당연히 아니지. 걔가 리슬을 죽인 게 아니야. L.A.에서 교통사고로 죽은 엄마도 마찬가지야. 그건 사고였잖아. 사람들은 원래 죽어. 늘 있는 일이라고. 참회에 빠진 광신자들이 피비를 그렇게 만든 거야. 진짜 해로운 작자들이야. 정확히 같은 경우라고할 수는 없지만, 내가 예전에 사귀었던 엘비스 플로릴이라는 비디오 아티스트가 생각나네. 아무도 걔를 안 좋아했어. 엘비스, 도덕관념이라고는 눈 씻고 봐도 없는 놈이었지. 하지만 재능이 정말 뛰어났어. 지금도 뛰어나고. 나는 홀딱 빠져버렸지. 친구들이 하는 말은 듣지도 않고서. 하지만 결국엔 듣게 됐어. 중요한 건 걔들이 계속 노력해줬다는 거야.

그가 이런 이야기를 늘어놓고 있을 때 피비가 집에 도착했다. 나는 줄리언에게 별말 하지 않았다. 그녀가 리슬의 죽음에 책임감을 느끼는 줄은 전혀 몰랐다는 말도 하지 않았다. 줄리언에게는 털어놓은 것을 내게는 말하지 않았다는 사실을 인정할 수 없었다. 그녀가 존 릴을 신뢰해 내가 아닌 그의 편을 들었으며 더 나아가 가상의 신, 죽은 어머니, 리슬까지, 나를 제외한 온갖 사람들을 선택하는 동안, 피비밖에 모르는 바보인 나는 언제나 그녀를 우선시했다는 것도. 하지만 그 문제를 생각할수록, 글쎄, 줄리언이 틀렸을 수도 있겠다는 생각이 들었다. 그는 리슬이 에드워즈에서 사귄 가장 오래된 친구였다. 줄리언 자신이 느끼는 죄책감을 피비에게 전가하는 것일 수도 있었다. 만약 그의 말이 사실이라면 내가 몰랐을 리 없으니까.

✜

다음 날 밤 나는 어쩌다 보니 화이팅 스트리트에 있는 이그지비트라는 싸구려 나이트클럽 앞에 이르렀다. 파이 엡실론 회원들이 극찬한 곳이다. 막 가입한 어떤 녀석의 말에 따르면 어린이용 연못에서 낚시하는 것 같다고 했다. 안에 들어가니 여자들이 둥근 테이블 위에 올라서서 스포트라이트를 받으며 빙빙 돌고 있었다. 바까지 가기 위해서는 구덩이 같은 플로어에 모인 사람들을 밀어제치고 가야 했다. 그러다가 미끄러지자 주위에서 몸부림치던 축축하고 뜨끈한 사람들이 나를 일으켜 세워주었다. 거기서 오래 머물지는 않았다. 하지만 자꾸만 들르게 되었다. 그러던 어느 날 밤 리라는 이름의 여자를 이그지비트에서 그녀의 집까지 데려다주었다. 그녀는 생계를 위해 스피닝 수업 강사 일을 하고 있다며, 나더러 배우러 오라고 했다. 그러고는 셔츠를 벗었다. 그녀가 새틴 브래지어를 푸는 동안 그을린 피부에 작고 탄탄한 근육들이 잡힌 배가 움직였다.

그러고 보니 깜빡했네…… 나 사실……

핑곗거리가 떠오르지 않았다. 크림색 브래지어가 한쪽 어깨끈에 매달린 채 대롱거렸다. 나는 사과하고 그곳을 떠났다. 감기를 앓는 피비가 잠들어 있는 집으로 돌아갔다. 나가기 전에 그녀가 잠들도록 도와준 게 나였다. 쓰레기통을 보니 뜯어진 탐폰 플라스틱 껍데기가 들어 있었다. 내가 이불 밑으로 들어가자 그녀가 잠결에 내 쪽으로 몸을 돌리더니 나를 팔다리와 체온으로 감싸 안았다. 열에 들뜬 채 피 흘리고 있는 이 사람을 그만 원하는 법을 나는 알지 못했다.

✠

나는 이그지비트에 가는 걸 그만뒀다. 리에게서 이메일이 왔다. 언제 같이 뭐라도 먹으러 가지 않겠냐는 내용이었다. 답장을 어떻게 써야 할지 알 수 없었다. 그렇게 하루가 흐르고, 며칠이 흘렀다. 그러다 보니 이제 와서 답장을 보내는 게 아예 아무 연락도 하지 않는 것보다 더 모욕적이겠다는 생각이 들었다. 그녀가 쓴 메일이 전송 과정에서 유실됐거나, 윌 켄들이라는 동명이인에게 전달된 셈 치기로 했다.

✙

피비는 여전히 내 곁에 있었다. 품에 뜨겁게 안겨 있기도 했고, 내가 설거지하는 동안 엘라 피츠제럴드가 살아 돌아온 듯 노래를 부르기도 했다. 하지만 그러는 중에도 나는 내가 무엇을 잃어가는지 알고 있었고, 그녀가 이미 떠난 듯 마음이 아팠다. 예상된 균열은 3월 말에 일어났다. 나는 집에 있었고, 그녀는 콜로니얼에서 줄리언과 김릿을 마시기로 했다. 그가 전화했을 때 피비의 이어폰에서 그녀를 책망하는 줄리언의 목소리가 내게도 들렸다. 보고 싶어, 내 천사. 빅스도 널 보고 싶어 해. 자기네 가게의 스페셜 김릿을 아무도 주문해주지 않은 지 까마득히 오래됐대. 어떻게 빅스에게 그렇게 매정할 수 있어?

나는 부엌에서 샐러드를 만들고 있었다. 적양파를 길게 썬 다음 잘게 깍둑썰었다. 칼에 묻은 양파 조각들을 쓸어내면서 나는 생각했다. 자수정 더미 같다고, 수정들이 자란 동굴 같다고. 피비에게도 보여줘야겠다는 생각이 들었다. 혼자서 와인

한 병을 거의 다 마신 참이었다. 그녀는 침실에서 문을 열어둔 채 원피스 지퍼를 올리고 있었다. 내가 좋아하는 단순한 검은 원피스였다. 나는 웃으면서 내가 가서 도와줄게, 라고 했다.

내 말에 그녀는 움찔했다. 하지만 방문을 열어둔 건 그녀였다. 옷 갈아입는 것을 내가 보았다고 해서 놀랄 일은 아니었다. 그녀가 벽으로 물러서더니 지퍼를 붙잡은 채 구부린 팔꿈치를 머리 위로 올렸다. 아냐, 내가 할 수 있어. 나는 우겼다. 내가 도와준다니까. 지퍼 올려줄게. 나는 유쾌하게 그녀의 몸을 돌려 벽을 면하게 했다. 그런데 그때, 니트 원피스 지퍼가 벌어지고 드러난 그녀의 등에 부은 자국들과 멍들이 보였다. 군데군데 피부가 찢어져 있었고 어떤 부분은 불완전하게 살이 차오른 상태였다. 막 생긴 듯 불그스름한 상처들도 보였다. 나는 말했다. 피비, 이게 뭐야?

그녀가 얼굴을 붉힌 채 내게서 떨어졌다.

피비, 도대체……

아무것도 아니야.

누가 이랬어?

그녀가 방에서 걸어 나갔다. 나는 뒤따라갔다. 우리는 식탁 앞에 마주 앉았다. 아프면 경찰을 부를까? 내가 물었다.

아니야.

피비, 무슨 일이 있었던 거야?

말해줄게. 하지만 내 말을 잘 들어줘. 그렇게 운을 뗀 그녀가 이야기하기를, 제자에서 집단 참회를 하고 있다고 했다. 각자 돌아가면서 자신이 어떻게 하나님을 저버렸는지 이야기하고 다짐을 세운 다음, 다른 사람들에게 그 다짐에 대한 육체적 기록을 남기는 걸 도와달라고 부탁하는 것이었다. 하루는 생쌀을 흩어놓은 바닥에 무릎을 꿇고 두 팔을 든 채 쓰러질 때까지 찬송을 불렀다고 했다. 금식도 했단다. 육체는 강하고 정신은 연약하다면서. 우리는 우리 몸을 믿어. 그녀는 말했다.

그녀는 아직도 지퍼를 반만 올린 원피스 차림에, 어깨에는 코트를 걸치고 있었다. 연갈색 캐시미어 코트였다. 무척 도톰하고 부드러워서, 파티에서 사람들이 쌓아놓은 코트 더미에서도 감촉만으로 그녀의 코트를 찾을 수 있을 정도였다. 빽빽한 모직 날개가 그녀의 몸 위로 드리워졌다. 그녀가 말했다. 그가 내게 얼마나 큰 도움이 되었는지 말로 설명이 잘 안 되네. 가뿐해진 기분이야. 뭘, 난 환희에 차 있어. 살아 있어서 기뻐. 너도 함께할 수만 있다면……

그동안은 살아 있는 게 즐겁지 않았구나. 내가 말했다.

무슨 뜻인지 알잖아. 지각을 넘어서는 평강* 말이야.

피비의 미소가 확 번졌다. 예전부터 보아온, 내가 아는 누군가에게 속하는 함박웃음이었다. 지난가을 우리가 갑작스러운 폭풍을 만나서 녹스허스트 교정을 허겁지겁 뛰어가던 때 피비의 구두 스트랩이 망가졌다. 나는 그녀를 안아 올렸지만 손이 미끄러졌다. 그녀가 웃음을 터뜨렸다. 아니면 내가 웃었던 것일지도 모른다. 물고기처럼 반뜩거리는 두 다리가 버둥거렸다. 베이지색 레인코트가 구겨지고 미끄러졌으며, 젖은 머리카락이 갈색 미역처럼 내 입안에 들어왔다. 그녀는 몸부림을 쳤지만 나는 부득부득 피비를 안고 집으로 데려갔다. 그러고 보니 아까 그녀는 침실 문을 열어두고 있었다. 일부러 그랬을 것이다. 존 릴이 한 일을 내가 알기를 바랐던 것이다.

그녀가 식탁 위에 올린 두 손을 맞잡았다. 나는 한 손을 잡아끌어서 손목 안쪽에 입을 맞췄다. 절박한 생명이 실린 맥박이 팔딱 뛰었다. 내가 정맥에 갇힌 푸른빛을 핥자 그녀가 몸을 떨었다. 나는 눈꺼풀에 입을 맞췄다. 그녀의 벌어진 입술이 내 입술을 향해 올라왔다. 우리는 서늘한 마룻바닥에 얼크러졌다. 그런데 그때 그녀가 입을 딱딱하게 굳히며 반응을 멈췄다. 부엌 불빛 아래서 피비의 얼굴은 금으로 된 가면 같았다. 그것이 살아 있는 여자를 감추고 있었다. 저 가면을 쪼갤 수만 있

※ 빌립보서 4장 7절의 인용.

236

다면…… 그녀가 몸을 일으켜 책상다리를 하고 앉았다. 나는 논리적인 해결책을 떠올렸다. 너무나 간단해서 웃고 싶을 정도였다. 나는 피비에게 말했다. 우리 결혼하자.

농담이지? 그녀가 말했다.

아니.

나는 그녀가 내 진지한 기색을 알아차리는 모습을 지켜보았다. 그녀가 말했다. 내 생각엔, 뭘, 나는……

피비……

늦었어, 줄리언이 기다리겠어. 게다가 넌 술을 좀 마셨잖아. 내일 아침에 이야기하자. 네가……

피비가 거절하게 놔두고 싶지 않았다. 그래서 나는 다시 입술을 맞부딪었다. 원피스가 흘러내렸다. 브래지어 끈들에 피부가 눌린 자국이 인형의 관절들을 가르는 선 같았다. 아마도 그녀가 꽤 몸부림친 뒤에야 나는 그녀가 내 생각처럼 흥분하지 않았다는 것을 알아차렸던 것 같다. 하지만 나는 너무 오래 기다렸다. 이 상황을 이해하지 못한 척하면 그녀를 놓아주지 않고 시간을 끌 수 있었다. 피비의 하반신에 딱 달라붙는 치맛자락이 허리 높이까지 말려 올라갔다. 내 몸으로 그녀를 짓누르고 있으니 쉽게 그녀의 팬티를 벗겨내고 내 청바지 지퍼를 내릴 수 있었다. 그만해, 그녀가 말했다. 그 순간 나는 안으로 들어갔다. 그녀가 잠잠해졌다. 나는 사정한 다음 욕실로 들어갔다. 나 자신을 그 안에 가뒀다.

✠

다음 날 아침 욕실 매트 위에서 깼다. 그녀는 집을 나가고 없었다. 나도 밖으로 나갔다. 밤이 될 때까지 걸어다녔다. 그녀에게 전화를 걸고, 메시지를 남겼다. 사과하려고 했지만 말을 채 끝맺을 수 없었다. 길에서 구걸하던 어떤 남자가 내게 말을 걸었다. 이봐, 뭐 때문에 울어? 이 소다수 마셔, 루 리드*처럼 쭉 들이켜라고. 그가 플라스틱 컵에 든 얼음을 달그락거리며 웃었다. 나는 그녀가 어디에 있을지 알고 있었다. 사흘째 밤 그녀가 전화했다. 일요일 정오에 집에 오겠다고, 하지만 짐을 빼기 위해서일 뿐이라고 했다. 제자 모임에서 방을 내주기로 했다고.

오래 안 걸릴 테니 그동안 너는 집 밖에 나가 있어. 널 보고 싶지 않아.

그녀는 그렇게 말하고 전화를 끊었다. 나는 다시 집을 나가서 걸었다. 비가 내려 겨우내 얼었던 얼음이 녹았다. 인도 바

※ Lou Reed(1942~2013): 미국의 록 음악가로 약물과 알코올 중독에 시달렸다.

닥의 얼음장이 깨지고 들썩이며 몇 달 묵은 진흙이 새어 나왔다. 이렇게 액화된 새로운 세상에서는 다른 자연법칙들도 유동적일 것 같았다. 시간은 우리가 느끼는 것만큼 연속적으로 흘러가지 않는다고 배웠다. 나선형이 될 수도, 주름이 질 수도 있다고. 그렇다면 멈출 수도 있을 것이다. 다음 날 아침이 되었다. 밤이 왔다. 하지만 아직 시간이 있었다. 도랑으로 세차게 흘러 들어가는 물에 쓰레기들이 떠내려갔고, 어느새 주일이 되었다. 거의 정오였다. 나는 이그지비트 바 자리에 앉아서 기다리다가 자정이 지나고서야 집으로 돌아갔다. 안으로 들어서면서 이미 그녀가 떠났다는 걸 알 수 있었다. 가구들은 남아 있었지만 책장이 있었던 자리만 뻥 뚫려 있었다. 내가 좋아하는, 줄리언이 선물해준 공작무늬 실크 숄은 남아 있었다. 신호일지도 모른다. 돌아오겠다는 약속을 이런 방식으로 교묘하게 암시한 것일지도. 술을 너무 많이 마신 나는 비틀거리며 침대로 갔다.

눈을 떠보니 나는 한 줄기 햇빛을 받으며 드러누워 있었다. 여느 때와 같은 멍한 고통 속에 둥둥 뜬 채였다. 비몽사몽간에 피비에게 손을 뻗었는데 팽팽한 면직물만 만져졌다. 끄트머리가 이불 위로 겹쳐지게 접혀 있는 흰 시트였다. 피비의 자리가 반듯하게 당겨져 있었다.

29

존 릴

그는 말했다. 나는 병원 출입문 앞에서 지팡이를 짚고 눈을 들어 올리고 있던 노인에 대해 기도하곤 합니다. 무엇을 하느냐고 물었더니 그는 살육당한 아기들 영혼을 헤아리고 있다고 하더군요. 주님에게 올라가는 영혼들이라고 표현했어요. 아기 천사들이 하늘로 올라간다고. 과연 그랬습니다. 나도 위를 올려다보노라니 그 아이들이 보였거든요. 주님을 향해 긴 줄을 이루며 떠오르는 영혼들. 그 아이들 하나하나의 이름으로 그분을 찬양하십시오. 우리는 이 짧은 일생들에게 혁명을 바칠 것입니다. 그러면 그분은 우리에게 얼굴을 돌리실 겁니다.

240

30

피비

저는 교통사고에 대해 거짓말을 했어요. 피비가 말했다. 그
날 밤 L.A.에서 어머니와 첼로 공연을 보기는 했어요. 나는 울
었고, 공연장에서 집까지 운전하겠다고 우겼고요. 세단을 몰
다가 눈앞이 흐려진 나는 통제력을 잃었어요. 여기까지는 다
말한 대로예요. 그런데 어머니가 즉사했다고 말했었죠. 그건
사실이 아니에요. 나는 트럭을 쳤고, 세단이 가드레일을 따라
미끄러지다가 모로 쓰러졌어요. 눈을 떠보니 어머니가 내 위
에 쓰러져 있었어요. 다쳤느냐고 물었지만 대답은 없었어요.
그래도 아직 숨을 쉬고 있더라고요. 밖에서 사람들이 차체가
뒤틀렸다고, 절단해야 한다고 외치고 있었어요. 하지만 나는

두 손이 자유로웠어요. 어떤 사람들은 타고난 초능력을 발휘해서 차를 들어 올려 그 안에 갇힌 아기를 구하기도 한다잖아요. 나도 차를 밀어봤어요. 아무 소용도 없었죠. 어머니는 트럭으로부터 나를 보호하려고 쏜살같이 움직였을 거예요. 그 찰나의 순간에 안전벨트를 풀고 내 앞으로 몸을 던졌으니까요. 어머니가 그렇게까지 하셨으면, 나는 적어도 어머니를 데리고 밖으로 빠져나갈 수는 있어야 하잖아요. 하지만 나는 그 자리에 앉아만 있었어요. 어머니가 피를 흘리다 돌아가실 때까지.

존은 그리스도께서 우리 고통의 밖이 아니라 그 안에 함께 거하신다고 말했어요. 내가 상처 입힌 사람들을 되새기고 내가 실패한 시간들을 열거하는 일은 곧 용서하는 법을 배우는 일이기도 해요. 그리스도께서 내리는 정화의 불길은 고통이 아니라 죄예요. 모든 상실에는 보상이, 모든 악에는 용서가 포함되어 있지요. 사실 그대로 말하자면 나는 사고를 냈고, 사람들이 차를 들어 올렸고, 나는 이 죄책감이 내 몫이라고 주장하는 거예요. 만약 주님을 믿는 이들에게 모든 것이 가능하다면, 만약 내가, 그리고 여러분이 너무나 큰 죄를 지었다면, 여러분과 내가 얼마나 강해질지 생각해보세요.

31

월

4월이 봄을 밀고 왔을 때 나는 한 번 더 시도했다. 사랑하는 사람을 사이비 종교에서 빼내고 싶어 하는 사람들을 위한 조언이란 조언은 찾을 수 있는 대로 다 읽었다. 내가 가입하기 직전에 제자를 탈퇴했다는 테스라는 여자에게 메일도 보내봤지만 반송됐다. 학교를 떠난 모양이었다. 줄리언의 협조도 구했다. 하지만 그에게서 회답 전화가 오지 않았기에 나는 파이 엡실론 친구의 지프차 한 대를 빌렸다. 그걸 몰고 리턴 스트리트에 있는, 제자 모임이 열리는 집으로 향했다.

직접 만나 사과할 작정이었다. 내가 읽은 자료에 나오는 대로 피비에게 나한테 의지해도 된다고 알려주고 싶었다. 완전하고도 확실한 지지를 보내주겠노라고. 하지만 차를 세우고 나니 선뜻 내릴 수 없었다. 가랑비가 내리면서 앞유리에 빗방울들이 돋아났다. 좀 이따 내려야지 생각했지만 그렇게 몇 분이 흘렀다. 다시 시계를 보니 거의 자정이 다 된 시각이었다. 초인종을 누르기에는 너무 늦었다. 내가 피비를 마룻바닥에 짓눌렀던 순간이, 그 선택이 자꾸만 떠올랐다. 그녀는 처음엔 아파서, 그다음에는 놀라서 움찔거렸다. 나는 그걸 보며 만족스러워하는 나 자신을 발견했다. 내가 사랑하는 여자를 두렵게 하면서 즐거워했던 것이다. 제자 사람들도 나만큼 피비에게 상처 줄 수는 없었다. 나는 신뢰할 수 없는 사람이었다. 피비를 사랑한다면 떠나줘야 했다. 하릴없는 눈물로 눈시울이 화끈거렸다. 나는 할 수 있을 때 그곳을 떠났다.

✠

　나는 사이비 종교에 대해 조사한 내용을 줄리언에게 보냈다. 피비의 일정은 알았지만 그녀의 부탁대로 접근하지 않았다. 피비가 어디에도 보이지 않으니 나는 벤치에 걸쳐진 베이지색 레인코트라든지 줄무늬 원피스를 입은 여자 따위를 바라보며 우두커니 멈춰 서곤 했다. 식당에 있는, 윤이 나는 뚜껑이 열려 있는 그랜드 피아노도. 수입 식품점 통로를 지나다가도 엘라 피츠제럴드의 스캣*이 깔린 음악이 흘러나오자 그 자리에 굳어버렸다. 집 욕조 배수구가 막혀서 그 안에 엉긴 거무튀튀한 찌꺼기를 끄집어냈더니 무지갯빛으로 빛나는 비누 거품이 묻은 머리카락 뭉치가 딸려 올라왔다. 세면도구들 사이에는 그녀의 립밤이 놓여 있었다. 나는 검은 뚜껑을 돌려 열어보았다. 물렁물렁한 립밤 표면이 입술에 발랐던 자국으로 들쭉날쭉하게 닳아 있었다. 나는 피비의 입이 남긴 희미한 소금기 어린 냄새를 맡아보고는 뚜껑을 닫았다. 언제든 다시 찾을 수 있게 세면기 밑에 넣어두었다.

4월 말 우연히 피비를 봤다. 식당을 나가는 길이었는데, 내 옛 여자 친구가 원형 홀로 걸어 들어온 것이었다. 못 본 척하기에는 너무 늦었다. 우리는 안녕을 주고받은 다음 침묵에 잠겼다. 우리 주위로 다른 학생들이 급하게 지나갔다. 그녀는 얼굴을 돌린 채 가만히 서 있었다. 나는 갈팡질팡하다 줄리언에 대해 물었다.

줄리언? 그녀가 말했다.

네 친구 말이야. 줄리언 노. 키 큰. 한국인.

※ 재즈 음악에서 가사 대신 의미 없는 음절을 넣어 부르는 창법.

걔랑 연락 안 한 지 좀 됐어.

나는 깜짝 놀라서 고개를 들었다. 피비가 줄리언과 통화하는 소리를 들으며 생활하는 데 익숙했던 나였다. 줄리언이 연락도 없이 김치나 불법 체코산 압생트를 들고 들이닥치는 데에도. 그는 선물을 부엌에 두고 부리나케 침실로 들어가서 피비의 시간을 몇 시간씩 빼앗곤 했다. 하지만 너는 줄리언을 무지 좋아하잖아. 내가 말했다.

그녀는 한쪽 어깨만 으쓱해 보였다. 홀에 쏟아지는 빛 때문에 피비의 이목구비가 노출이 과한 사진처럼 하얗게 날아가 보였다. 이 장면이, 우리가, 벌써 과거로 멀어져가는 것 같았다. 나는 사과했다. 하지만 그녀가 내 말을 막고 고개를 저었다. 난 가야 돼. 윌, 너는 이해하려고 노력조차 해본 적 없을 거야……

그해 봄 피비를 본 적이 한 번 더 있었다. 그녀는 존 릴과 함께 안뜰을 걷고 있었다. 빛의 홍수 속에 그녀의 모습이 환히 드러났다가 다시 꺼져들었다. 나는 피비가 소리 내어 웃는 것을 지켜보았다. 못 보던 재킷을 걸치고 있었다. 그의 것이겠지 싶었다. 그녀의 작은 체구가 가려지는 옷이었다. 나는 그들을 남겨두고 왼쪽으로 길을 꺾었다.

✴

　6월에 헤지펀드 회사 인턴십을 위해 남쪽, 맨해튼으로 건너갔다. 베이징에서보다 장시간 근무했지만 상관없었다. 오히려 프로젝트를 추가로 맡았다. 혼자 보내는 짧은 시간을 어떻게 채워야 할지 알 수 없었다. 잠들려면 약이나 술을 먹어야 했다. 둘 다 먹어야 할 때도 많았다. 밤이면 처방받은 진정제를 침대 옆 탁자에 쏟아놓고 주사위처럼 하얗게 흩어진 알약들을 바라보는 습관이 생겼다. 나는 시내에 있는 회사 옆에 집을 구하는 초보석인 실수를 저질렀다. 회사원들이 사무실을 떠나면 금융가도 텅 비었다. 나는 늦은 아침의 우윳빛 더위에 잠긴 길거리를 배회했다. 고립의 신호를 밝힌 택시들이 흐릿한 잔상을 남기며 지나갔다.

　어느 날 저녁 퇴근하고 집으로 걸어가는 길에 어떤 여자가 비틀거리다 넘어지는 것을 보았다. 그녀는 갓돌에 몸을 기울이고 토했다. 그냥 지나칠 수도 있었다. 하지만 사람들이 그녀를 주목하고 있었다. 누군가가 낄낄대면서 휘파람을 불었다. 시끌벅적한 남자들 무리가 멈춰 서서 합창단처럼 몸을 기우뚱거리며 그녀를 지켜보고 있었다. 나는 몸을 숙이고 그녀에게 내 이름을 말한 다음, 어디로 가던 길인지 아느냐고 물었다.

그녀가 말했다. 호텔에서 묵고 있어요. 바둑이라는 이름의 카페가 있는 호텔이에요. 백구였나? 몰라요. 아무튼 거기 개는 없어요. 내 친구들이……

그녀가 또 헐떡거리며 토했다. 나는 달리 어쩔 줄 모르겠어서 여자의 단발머리를─땀에 달라붙은 가느다랗고 곱슬거리는 머리카락들을 뒤로 젖혀주었다. 그녀가 작은 목소리로 물을 달라고 했다. 옆에 있는 식품점의 착색된 전면 유리창이 우리 모습을 비추고 있었다. 나는 안으로 들어가서 에비앙 한 병을 샀다. 여전히 주저앉아 있는 그녀에게 물을 건네자 그녀는 한 모금 마시더니 뱉어내고는 나머지를 자기 머리에 쏟아버렸다. 물이 여자의 원피스에 쏟아져 내리고, 가는 다리의 그을린 피부 위에도 튀었다. 그녀는 병을 거꾸로 든 채 울음을 터뜨렸다.

나는 기진맥진한 채 그녀를 부축해주었다. 내가 한때 무척 좋아했던 세례식에서처럼, 미지근한 에비앙이 내 손 사이로 흘러내렸다. 어머니가 줄무늬 햇살이 비치는 탁한 푸른빛 호수에서 솟아오르며 지었던 미소가 생각났다. 수영장에서 빠져나오던 피비와 그 몸에서 후두둑 떨어져 내리던 물도. 중세의 참회자들은 성스러움을 너무나 열망한 나머지 성인들의 목욕물을 삼켰다. 정결함에 열광하는 이들의 오랜 전통이 바로 피비의 등에 새겨진 회개의 상처들로 이어진 것이었다. 이것도 신앙의 후유증일까? 남들이 펼치는 연극적인 행동이 괜히 부럽기라도 한가? 만약 그렇다면 진절머리가 났다.

호텔이 어딘가요? 나는 택시를 잡으면서 물었다.

그녀가 항구에 가까운 교차로 이름을 말했다. 여기서 북쪽으로 두어 블록 더 가면 있었다. 거기까지 걸어서 데려다드릴 수 있겠는데요. 내가 제안했다.

그녀가 울음을 멈추더니 나를 노려보았다. 그럴 필요는 없어요.

하지만 저는, 저기 취객들이 당신을 보고 있고, 그리고……

당신 대체 누군데요?

나는 다시 이름을 말했다. 하지만 그녀는 자기 팔을 부축하고 있던 내 손을 뿌리치며 움츠러들었다. 그러고는 가까이 오지 말라는 뜻으로 두 손을 펼쳐 든 채 호텔을 향해 뒷걸음질 쳤다. 나는 제자리에 서 있었다. 그 이후에도 나는 그 가게 유리창과 거기 비친 여자를 잊지 못했다. 그 여자가 피비가 아니라는 것은 알고 있었다. 그러나 넘어지는 여자들, 검은 후광처럼 퍼지는 그들의 긴 머리카락이 자꾸만 눈앞에 어른거렸다. 지퍼를 반쯤 올린 원피스 차림으로 그들은 손을 내민다. 나는 그 여자들을 무사히 일으켜 세워주고, 떠나는 뒷모습을 지켜본다.

✠

　가을에 에드워즈로 돌아간 나는 파이 엡실론 친목회에 나
갔다가 줄리언의 친구에게서 피비가 L.A.의 집에 있다는 소식
을 들었다. 이번 학기를 휴학했다는 것이다. 알 수 없는 개인
적 사정 때문이라고. 나는 그 자리를 빠져나와 욕실에 들어갔
다. 욕조에 걸터앉아 심호흡을 했다. 내가 그녀의 소식을 기다
리고 있는 줄 미처 몰랐다. 아무래도 그녀가 제자를 그만둔 모
양이었다. 피비의 아버지가 수용소 사기꾼의 진상을 알게 되
었는지도 모른다. 그가 냉큼 끼어들어 도와준 것이리라. 나는
내가 느끼는 기쁨이 희석될세라 아무에게도 말하지 않고 모임
에서 나갔다.

　그러다 10월에 파이 엡실론 회원인 니킬 메타가 자기네 기
숙사 공용 공간에서 같이 에어볼 경기를 보자고 나를 초대했
다. 그때 나는 도서관 개인 열람실에 틀어박혀 중간 리포트를
마무리하고 있었다. 하지만 태양이 부드러운 술처럼 내게 사
람들을, 삶을 갈망하게 만들었다. 푸른 깃발들이 물결치고 가
느다란 바람이 살랑거렸다. 몇 분 안에 학생들이 잔디밭에 몰
려와 높이가 180센티미터쯤 되는 풍선 공을 쳐서 골로 보내려

고 안간힘을 쓸 것이다. 나는 이 학교에 오랜 세월 전해 내려온 스포츠에 에드워즈 출신 유령들이 이끌려 오지 않을까 상상했다. 피 냄새를 맡은 것처럼. 그들이 다시 살아나기를 갈구하며 밀려드는 동안 나는 니킬의 기숙사로 걸어갔다. 유령들이 내 소매를 잡아당겼다. 어쩔 수 없는 일이었다. 그런데 이 모든 건 지금 내가 기억을 돌이켜보며 덧입힌 상상일 뿐일까? 아니면 그때 정말로 공기 중에 탄소 조각들이 타는 냄새가 떠돌고 재가 내 콧속을 찔렀던가? 내가 무언가 낌새를 챘었다면 그것이 무엇이었을지 자꾸만 생각하게 된다. 내가 과연 그 일을 막을 여지가 있었는지. 나는 와이어스 기숙사 5층까지 계단을 올라갔다. 이윽고 나는 손에 술잔을 들고 창턱에 걸터앉았다. 니킬이 내 옆에 앉았다.

……변장하고? 한 여자가 그에게 물었다. 그녀는 다리를 벌리고 창턱 위에, 니킬의 왼편에 올라앉아 한쪽 다리를 흔들고 있었다. 파티의 소음 때문에 서로의 말이 잘 들리지 않아 그녀는 그에게 몸을 기울였다.

아직도 그 이야기 하는 거야? 그가 말했다.

지금 나는 머릿속에 온통 그 생각뿐이야.

하지만 그게 문제잖아.

둘 사이에 대화가 이어졌다. 나는 더 이상 듣지 않았다. 우리 뒤에서 와인 병마개가 퐁 하고 열리는 소리가 났다. 일어나서 빈 술잔을 채우러 가야겠다고 생각은 했지만 이 창턱 자리를 포기하고 싶지 않았다. 풍선 공이 부풀어 올랐다. 학생들이 잔디밭에 모여들었다. 수백 개의 손바닥이 뻗쳐 올라가 공을 치려고 했다. 공이 방향을 이리저리 바꿀 때마다 함성이 일었다. 공이 통통 튀고 둥실 떠올랐다. 베이지색 구체는 지상에 떨어진 태양처럼 빛을 발했다. 떨어지고 구르다 다시 솟아올랐다.

……그들은 좋은 일을 한다고 생각할 테니까. 니킬이 말했다. 그래도, 그 여자애들이 죽은 건 사고였을 거야. 그러니까 병원들을 폭파한 일당이 정체를 드러내지 않는 거겠지. 폭파범들은 낙태 반대주의자들일 테고……

내가 끼어들었다. 병원이라니, 무슨 병원? 두 사람은 어안이 벙벙한 표정으로 나를 돌아보았다. 사실 나도 질문을 하는 순간 이미 답을 알았던 것 같다. 하지만 여전히 답을 모르는 것처럼, 혹은 그렇게 모른 척함으로써 내가 원치 않는 진실을 바꿀 수라도 있는 것처럼, 나는 같은 질문을 되풀이했다.

✚

나는 사망한 소녀들이 인근 고등학교 학생 다섯 명이라는 사실까지 알아낸 다음 니킬의 기숙사를 나왔다. 신문 가판대 앞에서 발길을 멈추고 신문을 샀다. 걸으면서 헤드라인들을 훑었다. 그러다 집에서 한 블록 떨어진 미첼 스트리트에서 하마터면 밴에 치일 뻔했다. 차가 경적을 울리며 오른쪽으로 꺾었다.

집에 들어선 나는 노트북을 열었다. 떨리는 손으로 검색어를 연신 고쳐 입력한 끝에 문제의 기사를 발견했다. 금요일 저녁 8시, 녹스허스트를 비롯해 뉴욕주 곳곳에 있는 산부인과 다섯 군데가 폭파로 완전히 무너졌다. 모두 임신중절수술을 시행하는 병원이었으며, 각각 탁 트인 주차장이 딸린 건물 한 채를 다른 입주 업체 없이 혼자 사용하는 구조였다. 초기 보도에 따르면 폭발물이 적재된 트럭들이 각 건물의 하중을 지탱하는 벽 옆에 세워졌다고 했다. 사망한 소녀 다섯 명은 치어리더 팀 소속이었다. 그들이 넓은 녹스허스트 주차장에서 연습하고 있을 때 폭탄이 터졌다. 시신들이 발견되었으므로 그 소녀들의 범행일 가능성은 제외되었다. 다섯이라는 숫자가 기사에서 자꾸 되풀이되니 마치 허구처럼, 질 나쁜 우스갯소리의 도입부처럼 들렸다. 그때 나는 개인 열람실에서 혼자 공부하고 있었다. 니킬은 나에게 어떻게 이 소식을 못 들었느냐고, 뭐 하느라 신문도 안 읽었느냐고 했다……

핸드폰 배터리가 다 떨어졌기에 집 전화로 피비에게 전화를 걸었다. 몇 년 전 그녀가 파리 길거리 시장에서 산, 사탕 같은 빨간색을 띤 빈티지 다이얼식 전화기였다. 수화기를 집어드니 견고하고 든든한 느낌이 들었다. 수화기에도 무게가 있었다. 집 전화를 설치한 것은 혹시라도 집에서 핸드폰을 무음으로 해놓고 있을 때 누군가가 내게 연락할 일이 생길까 봐서였다. 늦은 밤 나를 찾는 전화를 놓칠까 봐 늘 전전긍긍하는 편이었기 때문이다. 피비는 처음엔 반대했지만 결국엔 이 반짝이는 유물을 내놓았다.

이걸 처음 샀을 때 어떤 꼴이었는지 네가 봤어야 해. 그녀는 자부심 어린 어조로 말하며 자신이 메워 없앤 홈집의 흔적들과 직접 낸 광택을 보여주었다. 적합한 광택제를 찾는 데만도 오랜 시간이 걸렸다고 했다. 그녀는 이 전화기를 무척 아꼈다. 이 집에 놔두고 떠났다니 의외였다. 그러고 보니 번쩍이는 광택에 먼지가 앉아 있었다. 나는 셔츠 자락으로 먼지를 닦아냈다. 하지만 그녀는 L.A.에 있었다. 이런 전화기를 고쳐놓고서 병원 다섯 곳을 폭파시키는 사람이 누가 있겠는가. 없을 것이다.

통화 실패 안내음이 들렸다. 그러고 보니 일반전화로는 장거리 통화를 할 수 없었다. 나는 핸드폰 충전선을 꽂고, 화면이 켜지기를 기다려 피비에게 전화를 걸었다. 메시지도 남겼다. 나랑 얘기 좀 하자, 제발. 그리고 기다렸다. 다시 전화를 걸었다.

32

존 릴

할 수만 있다면 그는 그 일이 간단하지 않을 때가 종종 있다고 인정했을 것이다. 그들은 살아 계신 하나님을 섬기기 위해 싸우기로 맹세했고, 그는 신앙이 선물이 아니라는 사실을 받아들이는 법을 배웠다. 신앙은 손 한 번 내밀어서 고스란히 받아 쥘 수 있는 대상이 아니다. 비록 긴 햇살이 발치에서 아첨할지라도, 신앙은 수북이 쌓인 잔해들 사이에서 억지로 끄집어낸 전리품이요, 힘겹게 쟁취한 보상이었다. 다가올 전쟁은 성스러운 치유가 될 것이고, 순수한 이들은 죽임당하지 않을 것이다.

33

피비

피비가 말했다. 내가 처음으로 타인을 위해 음악을 연주한 것은 어느 유명한 피아니스트의 제자가 되기 위한 오디션에 서였어요. 그는 원래 아동 학생을 받고 싶은 생각이 별로 없었지만, 내 어머니의 친구가 나를 한번 시험이라도 해보라고 떠밀었다더군요. 그 전까지 나는 레슨을 받은 적이 없었어요. 그냥 피아노로 내가 할 수 있는 것들을 좋아했기 때문에 피아노 앞에 앉았던 거죠. 그가 피아노 의자에 책들을 쌓아서 높이를 맞춰주었어요. 나는 그 위에 올라앉아 늘 하던 대로 건반을 눌렀지요. 그런데 그가 손으로 자기 눈을 가리길래 나는 연주를 멈췄어요. 내 연주가 마음에 안 들어서 나를 보지 않으려고 그러는 줄 알았죠. 그래도 상관없었어요. 어차피 나도 꼭 교육을 받고 싶은 마음은 없었거든요. 숨 쉬는 법을 배우는 것처럼 인위적인 일로 느껴져서 말예요. 그런데 그가 손을 내리기에 보니 눈물을 흘리고 있지 않겠어요? 그는 내게 건반을 누르며 무슨 생각을 했느냐고 물었어요. 나는 피아노 안에 소리가 갇혀 있어서 그걸 꺼내줘야 했다고 대답했죠.

그러면 너는 피아노의 영혼이 빛나는 소리를 들었구나. 그가 말했어요.

그때는 그 말이 무슨 뜻인지 몰랐어요. 그런데 이제 와 생각하니 그가 옳았구나 싶네요. 태어날 때부터 알고 있었던 것을 기억해내는 데 오랜 시간이 걸렸어요. 나는 오래된 힐콕스 스트리트 묘지에 방문했어요. 그 시대에는 젖먹이 때 죽는 경우가 지금보다 많았어요. 태어난 지 한 달도 안 돼서 죽은 아이도 부지기수였죠. 나는 얼마 살지 못하고 죽은 아이들의 이름을 적어두었어요. 그 이름들을 읽어볼게요. 내가 슬픔에서 배운 것은 그것이 얼마나 피상적인가 하는 점이에요. 이기적으로 구는 데에도 지쳤어요. 내가 하나님께 하는 기도라고는 한 가지뿐이었어요. 주님, 저 아파요. 하지만 이제는 나도 쓸모 있는 사람이 되고 싶어요. 하나님의 뜻은 곧 내게 내려진 은총이고, 나는 그것을 기뻐하겠어요. 믿음으로 행동한다면 두려

위할 필요가 없어요.

데이비드 피치　　　　　일라이자 거드　　　　너새니얼 홀린

시빌 데이비스　　　　　대니얼 홀　　　　　　조엘 바트기스

에즈라 캐틀린　　　　　J. T. 브린트널　　　 필딩 블로벨트

존 기브　　　　　　　　엘리펠렛 래드　　　　게일 런트

루이스 화이팅　　　　　줄리엣 폴틱스　　　　자베즈 보이드 길버트

메리트 와이어스　　　　루스 연트　　　　　　에설 커크

길버트 메릴　　　　　　헤저카이아 데이비스　타이터스 마틴

세라 엘리스　　　　　　리바이 탤벗　　　　　마일스 키스

크리스토프 폴슨　　　　메리트 란　　　　　　오버다이아 페친

머사이어스 힐콕스　　　요한 퍼넬　　　　　　페이스 호이트 프랫

필립 스틸슨　　　　　　이시얼 토드　　　　　리처드 웰스

매리언 코이트　　　　　하빌라 파우스트　　　필립 뉴홀

쥘 뒤클로　　　　　　　T. I. 호이트 파이트　에타 마이것

아이제이아 피어슨　　　뉴턴 랭　　　　　　　루시어스 앨빅

피니어스 앨빅　　　　　허레이쇼 코텔　　　　필라 호이트

엘리펠렛 볼　　　　　　대니얼 플랫　　　　　존 라이얼

메이블 랭　　　　　　　프랜시스 조지프 코이트　마일스 에번스

나오미 호일런드	바빌 킹	엘리후 길
조사이아 메그스	머라이어 홀	시빌 뷰얼
어빙 플랫	이시얼 뷰얼	J. D. 스타일스
엘리후 라인하트	아이작 앨버티스	프랜츠 보이드
벤저민 칠턴	조엘 보이드	로링 앨런
에즈라 레빗	리디아 기브	게일 파우스트
프랜시스 스타일스	메리트 토드	파일라 폴틱스
윌리엄 잉거솔	에드워드 홉킨스	줄리엣 런트

34

윌

나는 밤을 새우다시피 한 뒤 커튼 가장자리가 새벽빛으로 밝아질 때에야 잠자리에 들었다. 정오까지도 그녀에게서 전화는 오지 않았다. 그러나 침묵이 길어져도 예전만큼 초조하지는 않았다. 그녀와 대화하고 싶은 마음이야 간절했지만 나는 그럴 권리를 몇 달 전에 잃었으니까. 그녀는 그동안 내내 L.A.의 집에 있었다. 피비가 수영장 가장자리에서 꽃잎처럼 늘어진 모자챙을 드리우고 빈둥거리는 모습이 상상되었다. 핸드폰이 진동해도 무시했을 것이다. 잘 익은 오렌지들이 물에 퐁당 떨어졌을 것이다. 그리고 보니 곧 내 생일이었다. 일주일도 안 남았다. 지난번 생일 때는 피비에게 거창한 축하 파티나 동네 술집 탐방 같은 건 원하지 않는다고 설득하느라 애를 먹었다. 그녀는 잠시 생각에 잠기더니 그럼 짧은 여행이라도 다녀오자고 제안했다. 나는 염두에 둔 곳이 있느냐고 물었다.

그녀가 나를 빙글 돌아보며 말했다. 코니아일랜드 어때?

오, 네가 코니아일랜드에 가고 싶은 거구나.

너도 무지 맘에 들 거야.

나는 피비를 태운 차를 몰고 브루클린 남쪽 끝자락으로 향했다. 처음에는 시큰둥했다. 코니아일랜드는 조잡하고 시끄러운 곳 아닌가. 그런데 맥주를 두어 잔 마시니 생각이 달라졌다. 그녀가 이끄는 대로 핀볼 게임을 하고, 틸트 어 월*을 타고, 작은 공연이 열리는 간이 극장에 들렀다. 찻잔 모양의 차를 타고 빙글빙글 돌기도 했다. 아기들이 빽빽거리며 울고, 색칠된 표면에 소금기가 묻은 죽마를 타고 다니는 광대들이 비틀거리며 걸어다녔다. 길거리 곡예사들이 민첩한 다리를 차올렸다. 여자들은 썰렁한 가을 공기에도 불구하고 비키니 차림으로 해변에 누워, 거울처럼 빛나는 평평한 배에 햇볕을 쪼였다. 밤이 되어 피비와 나는 블리니**와 서양고추냉이가 들

＊ 바닥의 원판이 회전함과 동시에 그 위에 달린 차들도 회전하게 되어 있는 놀이기구.

어간 보드카를 먹었다. 꽃받침에서 뽑힌 장미 꽃잎의 살점들이 식탁보 위에 흩어졌다. 그녀가 내 허벅지 안쪽을 두드리며 생일 축하 노래를 불러줬다. 그 전까지 나는 생일 파티는 고사하고 사람들이 왜 생일을 기념하는지조차 이해하지 못했다. 죽음이 다가오는 것을 축하하기라도 하는 것인가 싶었다. 게다가 반짝이는 코니아일랜드는 내가 가고 싶은 곳도 아니었다. 나는 몰랐던 것을 그녀는 알았던 것이다. 이번 생일을 앞두고 나는 기다렸다. 점심이 되어갈 때쯤에야 핸드폰이 울렸다. 받아보니 들릴락 말락 한 어머니의 음성이 안녕, 하고 인사했다.

지금 통화 괜찮니, 윌?

괜찮아요.

대화가 이어졌다. 어머니는 새 직장을 얻었다고 했다. 어느덧 1시였다. 그러다 2시, 3시, 4시, 그리고 5시, 마침내 6시가 되었다. 초인종이 울렸다. 나는 허둥지둥 현관으로 나가다가 그만 유리잔을 떨어뜨렸다. 하지만 찾아온 사람은 애매한 표정을 띤 리였다. 네가 생일을 안 좋아한다는 건 알겠어. 하지

───────

※※ 메밀가루와 밀가루로 얇게 부친 러시아식 팬케이크로, 크레페처럼 다양한 식재료를 곁들여 먹는다.

만 아무리 그래도 갓 구운 루바브 타르트는 좋아하겠지. 그녀
가 그렇게 말하며 빨간 매니큐어를 칠한 손가락으로 쥔 동그
란 깡통을 내밀었다.

지금은 상황이 좀 여의치 않다고 설명했어야 했다. 하지만
나는 그녀에게 들어오겠느냐고 물었다. 지난봄 피비가 집을
떠났을 때 이그지비트에서 또 리를 마주쳤다. 그때부터 우리
는 같이 잤고, 꽤 자주 잤으니만큼 그녀는 내가 녹스허스트로
돌아오면 다시 만날 거라 기대했을 게 당연했다. 그동안 학교
때문에 정신이 없었어. 나는 그녀가 좋아하는 캐스크 스트렝
스* 버번위스키를 따라주며 말했다. 얼음도 넣었다. 전화하려
고 했는데 워낙 이런저런 일이 많아서.

아냐, 그런가 보다 했어. 난 그냥 선물 주고 싶어서 온 거야.

나는 아까 엎지른 진을 닦으려고 웅크려 앉았다. 유리잔이
몇 조각으로 깔끔하게 깨져 있었다. 그래도 혹시 내가 못 본
파편이 있을까 봐 그 자리를 문질러 닦았다. 그래, 피비 생각
이 나기는 했다. 하지만 한편으로는 대여섯 살 때 겪었던 지진
이 떠올랐다. 그때 선반에서 접시들이 굴러떨어지는 동안 나

※ cask strength: 숙성을 마친 위스키 원액을 물로 희석하지 않고 바로 병에
담은 것.

는 식탁 밑에 쪼그려 앉아 있었다. 하얀 그릇 조각들이 거대한 이빨들처럼 자기들끼리 맞부딪치며 우리를 향해 다가왔다. 나를 끌어안고 밭게 숨 쉬는 어머니의 품속에서 나는 어머니가 얼마나 겁을 먹었는지 느낄 수 있었다. 그럼에도 어머니는 조르주 비제의 경쾌한 노래에 영어 가사를 즉흥적으로 붙여서 불러주었다. 내 공포를 덜어주려고 계속해서, 영웅적으로 노래를 불렀다. 내 경련이 멎을 때까지. 인생이 0분에 시작되었다고 진정으로 믿었다면……

무슨 노래야? 리가 물었다.

아무것도 아냐.

나는 그녀가 떠날 때까지 기다린 다음, 마지막으로 전화를 걸었다. 피비의 아버지 집 번호가 전화번호부에 실려 있었다. 놀랍게도 그는 전화를 받았다. 나는 전화를 걸면 누군가와 실시간으로 대화를 나누게 될 수 있다는 걸 까맣게 잊고 있었다. 피비를 바꿔달라고 했더니 그가 말했다. 걔는 에드워즈에 있는데.

그럴 리가요. 나는 그렇게 말할 뻔했지만 참고 전화를 끊었다. 나로서는 그를 신뢰할 까닭이 없었다. 애초에 존 릴에게 피비를 소개해준 사람이지 않은가.

아침이 되어 우리 기숙사 사감인 패스크 선생님의 사무실이 열렸을 때 그분을 뵈러 찾아갔다. 들어오라는 말을 기다리는 동안 나는 창밖에서 카우보이모자를 뽐내듯 쓰고 있는 한 여학생을 지켜보았다. 그녀는 뜰의 울타리 가로장에 걸터앉아 어떤 남자와 대화하고 있었다. 내가 보는 앞에서 그 남자가 그녀의 셔츠 뒷자락 밑으로 손을 밀어 넣더니 천천히 원을 그리며 손을 올렸다. 여자의 등줄기에서 그의 앞팔이 불거지며 이랑진 셔츠 천이 팽팽해지더니, 옷이 훌렁 젖혀지면서 주근깨가 난 그녀의 피부가 드러났다. 그녀가 저 남자를 막았어야 했는데. 만약 내가 피비를 잊을 수만 있다면 저 여자를 데리고 여기서 달아날 것이다. 서부의 목장으로 가면 되겠지. 인근 몇 킬로미터 이내에 이웃이라고는 아무도 없는 곳으로. 거기서 주근깨 난 아이들을 한 무더기 낳아 키우며 플라톤을 가르치고 햇살을 쬐어주고 뒤뜰에서 자란 복숭아를 먹여줘야지. 그때 패스크 사감님 사무실에서 들어오라는 목소리가 들렸다. 지난가을에 장학금 관련해 문제가 생겨서 사감님의 도움을 받은 적이 있었는데, 그 이후로 그분을 뵙는 건 처음이었다. 그런데도 사감님은 내 이름을 부르며 인사해주고는 무슨 일로 왔느냐고 물었다.

✠

다음 날 아침 초인종이 울렸을 때 나는 피비인가 보다고 생각하며 옷을 꿰어 입었다. 하지만 문을 열어보니 이번엔 네 사람이 있었다. 에드워즈 총장, 패스크 사감, 그리고 내가 모르는 두 사람. 피츠와 휴라는 이름의 연방수사관들이라고 했다. 그들이 나를 휙 지나쳐 현관으로 들어섰다. 서커스 공연이라도 하는 것 같았다. 연극 프로그램 최상단에 적힌 유명한 유랑배우 이인조 같은 이름이었다. 저런 이름들을 내세우고서 진지한 무언가를 할 성싶지 않았다. 피츠인지 휴인지 모를 여자수사관이 내게 앉으라고 했다. 서 있으면 수사에 방해가 된다나. 나는 머뭇거렸다.

앉으세요. 그녀가 말했다.

나는 패스크 사감님을 따라 소파로 건너갔다. 라이트 총장님도 같이 앉았다. 또 다른 사람들이 몰려들어 와 작은 집 안을 꽉 채웠다. 전날 패스크 사감님 사무실에 찾아갔을 때 나는 피비가 병원들을 폭파했을 리 없다고 설명했다. 사실 그녀가 캘리포니아의 고향에 있다는 말을 들었어요. 그럴 것 같지는 않지만요. 뭐, 어디에 있는지는 모르죠. 억측을 펴고 싶지는 않아요. 하지만 여기 학교에 없는 건 확실해요. 만약 그녀가 제자에 있다면 곤경에 처해 있을 거예요. 구체적인 건 저도 몰라요. 이건 사소한 정보로 들리시겠지만, 피비는 아무 연락도 없이 생일을 넘겨버릴 사람이 아니에요. 최소한 편지라도 한 장 보낼 거예요.

사소한 정보로 들리지 않네만. 사감님이 말했다.

낯선 사람들이 책들을 운반용 상자에 집어넣었다. 사진들도. 노트북. 보이차, 반쯤 먹은 고추장 캔까지. 나는 이 집의 거실을 쓸 하우스메이트를 구한다는 광고를 내봤지만 마음에 차는 지원자가 없었다. 진작 이사를 나갔어야 했지만 피비가 이 집을 무척 좋아했다. 내가 베이징에 있을 때 그녀가 직접 고른 집이었다. 그녀가 돌아올지도 모르는데 내가 떠날 수는 없었다. 그래서 두 배가 되어버린 집세를 계속 내고 있었다. 그런데 지금 이곳을, 내가 온전히 지켜온 삶을, 저 사람들이 뒤집어엎고 있었다.

수사관 한 명이 욕실에 들어가 수납장을 열었다. 그가 세면도구들을 상자에 넣는 것을 본 나는 세면대 앞으로 다가갔다. 검은 플라스틱 뚜껑이 버튼처럼 끼워져 있는 피비의 립밤도 그 상자 안에 옮겨져 있었다. 내가 그걸 *끄*집어내자 수사관이 도로 넣으라고 했다. 하지만 넘어선 안 될 선이라는 게 있지 않나. 그 립밤이 내 것은 아니지만 그렇다고 그 수사관 것도 아니었다. 그가 립밤을 빼앗으려 하기에 나는 재빨리 그를 피한 다음 뛰어나갔다. 하지만 어디로 가야 할지 막막했다. 나는 평발이었고 신발을 신지 않은 채였다. 피비가 집 안에서는 신발을 못 신게 했기 때문이다. 그녀가 신발 밑창이 어딜 돌아다니다 왔는지 생각해보라며 세균, 개똥, 공중화장실 바닥 타일 등을 운운하는 통에 나도 그녀와 같은 선입견을 갖게 되었다. 그 덕분에 이제 나는 도망칠 수 없었다.

거실을 채 건너기도 전에 누군가의 손이 내 손목을 확 붙잡아 세웠다. 그러고는 손에서 립밤을 비틀어 빼내려 했다. 나는 버둥거리다가 뒤꿈치를 무언가 부드러운 것에 찧고서 넘어졌다.

.

35

존 릴

그는 공터에서 추종자들과 함께 누웠다. 새들이 구멍을 꿰매듯 왼쪽으로, 또 오른쪽으로 휙휙 날았다. 푸르고 광활한 하늘은 그들과 하나님의 계획 사이를 가르는 막에 생긴 거대한 구멍 같았다. 정말로 그렇다면 얼마나 좋을까, 그는 생각했다. 하나님이 그렇게 가시적인 존재라면, 그분의 목적들이 아주 명백하게 드러나 보인다면. 하지만 하나님은 존 릴에게도 입을 다물어버리는 탓에 그가 그분의 부재를 대신 채워야 했다. 하나님의 자리에서 대신 말하는 것이다. 바로 이런 식으로.

여러분은 이다음에 어떻게 될지 내가 말해주기를 바라겠지요. 혼란스럽고 심지어는 두렵기까지 할 것입니다. 진실은⋯⋯ 그는 말을 끊고 일어나 앉았다. 벌판을, 동요한 얼굴들을 둘러보았다. 진실. 그들은 모두 부서진 상태로, 치유를 간절히 원하며 그에게 왔다. 고통의 형태는 변화하기 마련이기에 그는 이 사람들에게 필요한 존재가 되려고 노력했다. 요컨대 그는 제자들의 형상대로 자신의 모양을 바꿨다. 그는 흙을 한 줌 쥐어 들었다. 그리스도의 피가 배어든 부드럽고 고운 흙. 그는 텅 빈 하늘을 흘긋 보고는 한숨을 쉬며 손을 뒤집었다. 하늘의 구멍은 열린 채로 남아 있었다. 진실은⋯⋯

36

피비

피비가 말했다. 주님을 찾아 나서면 나는 이미 그분을 발견
한 셈이에요. 돌멩이 하나를 들면 그 아래에서 그분이 보일 거
예요. 나무 한 그루를 쪼개면 또 그분이 보이겠지요. 나는 무
척 자주 생각해왔어요. 그리움에는 그 대상을 찾을 기회가 주
어져야 한다고요. 욕망은 더 많은 걸 갖게 해달라고, 저 공간
을 차지하게 해달라고 애원하니까요. 사랑했다는 것은 특권
이에요. 사랑을 잃을 때마다 나는 신성을 체험하니까요. 나는
단지 어머니가 돌아가셨기 때문에 어머니에 대한 사랑을 그만
둔 게 아니에요. 만약 어머니가 여행을 떠나신 거였다면 사랑
은 끝나지 않았겠죠. 죽음은 그것과 크게 다르진 않지만, 어머

니가 돌아오는지, 돌아온다면 언제 돌아오는지 모른다는 점이 달라요. 하지만 주님은 균열 속에서 움직이세요. 그분은 공허를 채우시요. 내가 주님의 부재와 함께하는 한 나는 주님과 함께하는 셈이 될 거예요.

37

월

어린 시절 나는 사람들이 자기 삶을 망치려 드는 것을 보았다. 카메니타 아이들은 오염된 잉크로 문신을 한 탓에 피부가 녹아내렸다. 그들은 한껏 취한 채, 남들에게 보이고 싶지 않다는 이유로 전조등을 꺼놓고 차를 몰았다. 한 친구의 사촌인 하일레 니콜은 불붙인 폭죽들을 입에 물고 춤을 추다가 발을 헛디디는 바람에 그중 한 개를 삼켜버렸다. 그녀는 섬광을 뱉어내면서 죽었다. 감자 덩어리를 총알로 쓰는 장난감 총을 쏘고, 경찰차를 부수는가 하면, 배수로에서 자동차 경주를 벌이고, 덩치가 산만 한 녀석들에게 싸움을 걸고…… 그러다가 그들은 결국 감옥에 처박혔다, 라고 말하고 싶지만, 지금 감옥에서 철제 책상에 사슬로 묶인 채 앉아 있는 건 나였다. 역시 진정한 카메니타의 아이인 것이다. 머리가 지끈거렸다. 도망칠 때 어딘가에 머리를 찧고 넘어졌다. 전화 통화는 아직까지 금지되어 있었다. 문이 딸깍하고 열리더니 피츠와 휴가 들어섰다.

알고 보니 남자 쪽이 휴였고 여자가 피츠였다. 피츠가 먼저 자리에 앉아서 맑은 눈동자로 나를 마주 보며 몸을 앞으로 기울이고 말했다. 지금 기분이 어떠냐고 묻지는 않겠어요. 왜냐하면, 음, 당신은 휴 수사관의 배를 걷어참과 동시에 연방수사국의 증거물을 더럽혔고, 그게 겨우 여섯 시간 전의 일이니까요. 당신은 곤경에 처했어요, 윌. 하지만 그렇다 해도 나는 당신이 아픈 건 바라지 않습니다. 치료가 필요한가요?

나는 대답하지 않았다. 전화를 써도 되냐고 묻기가 겁이 났다. 전화는 당연히 할 수 있어야 하는 것이다. 그것도 못 하게 한다면, 그 밖에 내가 가진 기본적인 권리들 중 또 무엇을 박탈당할지 알 수 없는 일이었다. 피츠는 자신도 에드워즈 출신이라며, 10년 전에 졸업했다고 했다. 놀라운가요? 라이트 총장하고도 그때 만났어요. 지금까지 연락하며 지내고 있지요. 그녀는 장학생으로서의 삶에 대해, 빌록시에서 녹스허스트로 건너와 적응하기까지 얼마나 오래 걸렸는지에 대해 이야기했다. 빌록시는 어촌이에요. 저 아래 남부에 있죠. 관광객들이 아주 좋아해요. 나는 그녀의 이야기에 귀를 기울일 수가 없었다. 귀에 피가 솟구치는 느낌이었다. 그런데 그때 그녀가 피비의 이름을 입에 올렸다.

……피비, 9/11 이후로 미국 땅에서 벌어진 최대 규모의 습격 배후에 있는 것으로 추정되는 광신도. 그 습격이란, 쉽고 분명한 말로 하자면, 테러죠. 그래도 당신이 추측한 바를 패스크 선생에게 말해준 것은 고맙게 생각합니다. 잘하셨어요, 월. 피비가 테러리스트 조직에 속한다면……

하지만 걔는 테러리스트가 아닌데요. 내가 말했다.

계속하세요.

나는 원래 조용히 있으려고 했지만 이건 너무 중대한, 내가 바로잡을 수 있는 착오였다. 그래서 말했다. 그녀는 사람들을 해칠 만한 성격이 아니에요. 그가 피비를 데리고 있긴 했을 거예요. 어쩌면 억지로 붙잡고 있었을 수도 있어요. 하지만 만약 내가 그녀가 연루됐다고 생각했다면……

나는 말을 멈췄다. 그녀가 차분하게 고개를 끄덕이더니 말했다. 그녀가 폭파 사건에 일조했다고 생각했다면 애초에 한마디도 안 했을 거란 말이죠? 이해해요. 나도 사랑하는 사람들이 있으니까요. 하지만 내가 우려하는 것은 앞으로 추가적인 폭파가 벌어질 가능성입니다. 월, 나는 그들이 병원 다섯

276

군데만 무너뜨리고 멈출 계획이 아닐 거라고 생각해요. 만약 내가 그들과 같이 생각했다면 더 저지르고 다닐 겁니다. 영예를 얻으려고 작정하고서 말이죠. 당신이라도 그랬을걸요. 더 많은 사람의 목숨이 위험할 수 있다는 뜻이에요. 당신이 그들을 구할 수 있는 겁니다.

나는 침묵했다. 그런데 주변이 요동치면서 속도가 느려졌다. 불빛들이 눈부시게 빛났다. 그러더니 누군가의 손이 내 머리를 잡아 올려서 비스듬히 기울였다. 이윽고 휴의 넙데데한 얼굴이 눈에 들어왔다. 그는 온화하고 심지어는 나를 염려하는 듯한 표정이었다. 그의 손이 또다시 날아드는 순간에도 그랬다. 내 머리가 왼쪽으로 확 돌아가면서 통증이 치밀었다. 눈앞이 하얘지면서 정신이 멍해지는 와중에 피츠가 휘파람을 부는 소리가 들렸다.

월, 원래 말하면 안 되는 비밀을 얘기해주죠. 제보가 수백 건씩 들어오고 있어요. 피해망상에 빠진 시민들이 온갖 곳을 손가락질하고 있는 거죠. 히잡을 쓴 무슬림 이웃을 비난하는 소리를 질리도록 들었습니다. 그 밖에도 수피교도, 여호와의 증인, 동네 사회주의자까지. 솔직히 골칫거리예요. 우리가 고작 행방불명된 당신 전 여친에 대한 어림짐작이나 듣자고 여기 다 모여 있는 줄 알아요? 그럴 리가. 우리는 물리적인 증거를 원합니다. 예컨대 동영상이라든지. 모든 제자 신도들의 얼굴이 찍힌 병원 CCTV 영상의 장면들이라든지. 그중에 피비는 없을 수도 있겠지만요. 나는 이 교단에 대해 많은 정보를 습득했지만 당신만큼은 아니에요. 뭘, 피비가 이 테러에 연루되지 않았다고 생각한다니 나 역시 당신이 옳다고 믿고 싶습니다. 하지만 당신 주장을 스스로도 믿는다면, 그들을 찾는 것을 돕고 싶지 않습니까?

옆얼굴이 간질거렸다. 만져보니 피가 묻어났다. 예전에 녹스허스트의 한 클럽에서 피비가 로데오 놀이 기구에 올라탄 적이 있었다. 클럽에 게시된 규칙을 무시하고 그녀는 기계의 다이얼을 최대 출력으로 높였다. 앞뒤로 덜컥거리는 황소 몸통을 타고서 그녀는 한 손을 높이 휘둘렀다. 그러다 내동댕이쳐진 그녀가 아픈 듯 소리를 질렀기에 나는 사람들을 밀어제치고 다가갔다. 그녀는 일어나 앉아서 청바지 한쪽 단을 걷어올리고 있었다. 다친 다리를 휘감고 흘러내리는 핏줄기가 경품에 달린 리본 같았다. 그녀가 말했다. 다시 해보자.

나는 피츠에게 돕고 싶다고 말했다. 그제야 그들은 전화를 써도 된다고 허락해주었다. 나는 폴에게 전화했다. 그는 피에로 네리라는 변호사 친구를 보내주었다. 하지만 그것 때문에 내가 수사관들의 요구를 받아들인 것은 아니었다. 휴의 비위를 맞추기 위해서도, 감옥행이나 기소를 피하기 위해서도 아니었다. 피비를 정당하게 대하고 싶었기 때문이다. 피츠가 그 방법을 열어주었다. 당신 주장을 스스로도 믿는다면,이라고 하지 않았던가.

피츠는 내가 아는 모든 것을 상세히 말해달라고 요청했다. 어떻게 만났는지부터 시작하라고, 그중에서 유의미한 정보가 무엇인지는 자기가 알아서 판단하겠다고. 그녀가 이제 집에 가봐도 좋다고 말했을 땐 목이 따끔거렸고 목소리가 쉬어 있었다. 그녀는 조만간 자기가 연락하겠다면서, 그때까지 피비에게는 더 이상 전화 걸지 말라고 당부했다. 중요한 사항이에요. 윌, 나는 당신의 친구가 되고 싶은 거예요. 그녀에게 전화하지 않겠다고 약속해요.

✠

다음 한 주 동안 나는 수업을 듣고 저민 대구 살덩이들을 헤아리면서 마음속으로는 빌린 노트북으로 인터넷에 접속해 진짜 삶을 시작할 시간만을 기다렸다. 왼손에는 진을 들고 오른손으로는 연신 마우스를 클릭하며 잠재적인 뉴스가 들어 있는 유리구슬 같은 노트북을 들여다볼 시간을. 어느 날 저녁에는 녹스허스트 모스크가 파괴됐다는 뉴스가 떴다. 누군가가 잔디밭에 페인트로 성조기를 그려놓고 창문들에 파이프 폭탄을 던졌다는 것이었다. 엉성하게 조립된 폭탄들은 대부분 불발되었지만 모스크 정문 홀에 떨어진 한 개는 폭발했다. 인근에 사는 혐오주의자의 소행인 모양이라고 사람들은 추측했다. 산부인과 폭파 사건을 저질렀다고 볼 만한 타당한 용의자가 아직까지 나오지 않았기에 사람들 사이에 반무슬림 정서가 강해지고 있었다.

나는 정해진 시간보다 일찍 미켈란젤로스에 출근해 폴을 찾았다. 내가 감옥에 갇힌 경위에 대해 묻고 싶다면 대답하겠다고 했다. 배달된 조개들을 살펴보던 그는 눈도 들지 않은 채 말했다. 그래, 이 어린애가 내가 자기를 심문하고 싶어 할 거라고 생각하는구먼. 감옥에 두어 시간 박혀 있다 나오고 나니, 짜잔, 네가 매력적으로 변했다고 생각하나 보지? 뭐야, 내가 빌어먹을 파파라치라도 돼?

그는 살아 있는 가재들이 든 상자를 째서 열었다. 나는 내가 한 행동에 대해 그가 알고 있어야 할 거라 생각했다고 말했다. 전 여기 직원이니까요. 이런 말도 덧붙였다.

그가 말했다. 내가 너희 머저리들에게 말했지, 너희에 대해 알아야 할 최신 정보는 내가 다 입수하고 있다고. 만약 네가 우리 가게에 영향을 미치는 비밀을 갖고 있다면, 그게 내 소관이라면, 내가 진작 알아내도 알아냈지. 하지만 이번 일은 우선 비밀도 아니거니와, 요만큼도 내 알 바가 아니다 이거야.

손만 한 크기의 불그스름한 얼룩 하나가 눈앞에서 맥동하며 지나갔다. 새로 들어온 테이블 안내 담당 직원의 목 옆을 덮은 별자리 문신이었다. 그 전에 일하던 여자는 한 달도 안 돼서 그만뒀다. 나는 폴에게 강단 있게 밀고 나갔다. 당신이 알아야 할 일인 것 같은데요. 제가 사귀었던 여자가 어쩌면, 음, 이 사실이 대중에 알려진다면 손님들이…… 내가 말을 채 끝맺기 전에 그가 바를 탕 내리쳤다. 그의 손가락에 끼워진 반지들이 아연 표면에 잘그랑 부딪쳤다. 그가 꺼내두었던 가재가 꽃잎 같은 꼬리를 들어 올렸다. 폴은 가재 몸통 중간 부분을 집어 들고 상자에 도로 떨어뜨렸다.

켄들, 내가 질문이 없다고 하면 질문이 없는 거야. 네가 아는 것 중에 내가 모르는 게 하나라도 있을 것 같아? 쌍둥이 빌딩이 무너졌을 때 무슨 일이 벌어졌는지 말해주지. 술 취한 녀석들이 권총을 들고 아내를 쫓아오면서 고함을 쳐댔어. 무슬림, 네 나라로 돌아가라. 아내는 빌어먹을 세비야 출신이지 무슬림이 아니었단 말이야. 단지 태닝 살롱에서 피부 그을리는 걸 좋아한다는 이유로 그놈들은 그녀가 이 나라에 속하지 않는다고 판단할 자격이 있다고 생각한 거야. 알아들었어? 하지만 나한테 정말로 중요한 것, 내 자유분방한 똥구멍을 바짝 조이게 만드는 것, 내가 무진장 신경 쓰는 것이 있어. 그건 바로 내가 이 사업을 코흘리개 시절부터 시작했다는 사실이야. 그런데 너는 내가 멋도 모르고 너한테 피에로를 붙여줬을 거라고 생각해? 내가 멍청한 줄 알아?

아닙니다. 내가 말했다.

정말인가?

당신이 멍청하다고 생각하지 않아요.

좋아, 이 녀석아. 그가 소금 냄새 나는 손바닥으로 내 얼굴을 토닥이며 말했다. 이제 가서 쓸모 있는 일이나 해. 조엘한테 내가 5분 안에 이야기 좀 하러 갈 거라고 전해.

시키는 대로 한 다음 홀로 돌아와보니 폴은 새로 들어온 직원에 대한 험담을 늘어놓으며 신이 나 있었다. 그는 그녀가 페티시 포르노 영화에 나왔다고 주장했다. 거의 확실해. 그래서 테이블 안내 일을 더 잘할 수도 있겠지만, 오히려 정반대일 수도 있겠지. 그러니까 그 여자를 유심히 지켜봐야 해, 켄들. 그렇게 말하고서 그가 급기야는 어려운 섹스 체위에 대한 이야기로 빠지기에 나는 듣다못해 끼어들었다.

폴, 진심으로 하는 얘긴 아니겠죠.

그가 킬킬거리며 자기 핸드폰을 흘끔 보고는 물었다. 뭐가?

아까 말씀하신 건 감사히 생각하고 있어요. 피에로 씨가 큰 도움이 됐어요, 폴. 하지만 여기 사람들이 여자에 대해 하는 이야기들, 무례하다고 생각해요. 여직원들이 자꾸 그만두잖아요.

폴이 체중을 뒤꿈치로 옮겨 실으며 빙그레 웃었다. 나는 이러다 해고당하겠구나 생각했다. 하지만 그는 다만 이렇게 말할 뿐이었다. 귀엽네. 어린애가 자기 소신을 밝힌다 이거지. 하지만 내가 조언 하나 해주지. 네 영혼을 깨끗하게 닦고 싶다면 너 혼자만의 시간에나 해. 내 시간 빼앗지 말고.

✠

몇 달 전 어느 날 밤, 피비가 자꾸 내 전화를 받기만 하고 아무 말도 하지 않은 적이 있었다. 수화기 너머에서는 잡음과 함께 여러 사람의 희미한 목소리가 뒤섞여 들려왔다. 나는 귀를 곤두세웠다. 그중에 피비의 목소리가 있는 것 같았다. 나는 혼비백산해서 그녀가 다쳤을 거라고, 대답하려 애쓰고는 있지만 말할 수 없는 상태일 거라고 생각했다. 뭐가 어떻게 되어가고 있는 거냐고, 아무나 대답하라고 외쳤다. 하지만 알고 보니 피비의 엉덩이에서 핸드폰이 눌려서 그랬을 뿐이었다. 나는 줄리언이나 리슬 등의 친구들에게 전화하자는 데에 생각이 미쳤고, 그렇게 해서 겨우 피비와 전화가 연결됐다. 뭘 그렇게 걱정하고 그래? 그녀가 깔깔 웃으며 물었다. 오, 윌. 너 미쳤구나. 난 괜찮아, 딱하기는. 조금 이따 집에 들어갈게.

✣

다음 날 저녁, 오랜 시간 인터넷 검색에 매달릴 엄두가 나지 않아 리를 집에 초대했다. 비골리 파스타를 볶아 그녀와 함께 먹으며 진을 쭉 들이켠 다음 화끈거리는 입으로 이야기를 했다. 리는 눈시울을 글썽거리며 내 말을 들었고, 그날 밤을 같이 보냈다. 그리고 이틀 뒤 그녀가 연락도 없이 우리 집 현관문 앞에 들이닥쳤을 때 나는 실수했구나 싶었다. 그녀에게 내가 줄 수 있는 것 이상을 기대하게 만들었다는 생각에서였다. 초인종 소리에 허겁지겁 셔츠를 꿰어 입고 나갔더니 문밖에 서 있는 사람은 리였다. 그녀가 손에 신문을 든 채 내게 바싹 다가섰다.

곧장 뛰어온 참이야. 그녀가 헐떡거리며 말하고는 나를 향해 신문을 찢어진 날개처럼 퍼덕거렸다. 레디그 스트리트 매점을 지나는데 신문 1면에 굵은 활자로 피비의 이름이 박혀 있지 뭐야.

나는 신문을 건네받았다. 야구 모자를 쓰고 갸름한 얼굴을 들어 올린, 피비처럼 보이는 여자의 흐릿한 사진이 실려 있었다. 나는 어리둥절한 채 사진을 찬찬히 살펴보았다. 모자 둘레 조절 끈 위로 검은 포니테일이 빠져나와 있었다. 하지만 피비는 모자를 쓴 자신의 모습을 싫어했다. 너무 추워서 어쩔 수없는 경우가 아니면 그녀는 야구 모자는 고사하고 어떤 모자도 쓰지 않았다.

이게 뭐야? 나는 물었다.

녹스허스트 산부인과 주차장 CCTV에 찍힌 거래. 월, 그녀가 폭탄을 설치했다는 얘기가 나오고 있어. 핍스 산부인과에.

아니, 걘 안 그랬어.

기사 봐봐.

나는 기사를 읽었다. 거기에는 제자 교단은커녕 존 릴도 언급되지 않았다. 대신 이런 내용이 있었다. CCTV 영상에 찍힌 야구 모자를 쓴 여자는 병원으로 걸어가다가 카메라를 흘끔 올려다봤다. 그녀는 에드워즈 학생인 피비 해진 인으로 밝혀졌다…… 다음 날 아침 신문에는 다른 제자 신도 다섯 명의 이름이 나왔다. 그중 한 명은 내가 모르는 새 신도였다. 그들 모두가 용의자였지만, 녹스허스트 산부인과를 폭파하고 소녀

다섯 명의 사망을 초래한 주범으로 꼽히는 사람은 여전히 피비였다.

이어진 수색 과정은 거짓된 단서들에 부딪혔다. 필라델피아, 그다음에는 리후에, 디트로이트, 슬라이델, 라파스로 우왕좌왕했다. 녹스허스트에서 북쪽으로 97킬로미터 떨어진 곳에서 그들이 머물렀던 집이 발견되었다. 자작나무 숲 공터에 있는, 지붕널이 덮인 임대용 오두막집이었다. 뉴스 보도국들이 그곳의 사진을 되풀이해서 띄웠다. 문제의 오두막집이 한창 톱뉴스일 때 나는 피비에게서 세 줄짜리 편지를 받았다. 정확히는 피츠가 전해준 것이었다. 연방수사관들이 편지를 중간에 가로채서 뜯어봤기 때문이다. 그로부터 얼마 뒤 피비의 아버지인 인 목사가 공식 성명을 발표했다. 그는 제자라는 이름의 극단주의 교단에 기부를 했다고 설명했다. 자신의 사비뿐만 아니라 당회堂會의 승인을 거쳐 교회 돈도 줬다는 것이었다.

그는 준비한 성명문을 읽어나갔다. 저는 그 조직이 평화로운 목표를 지향하는 줄 알았습니다. 상처 받은 모든 분들에게 사죄합니다.

그가 흰 종이를 쥔 두 손을 그러쥐었다. 그의 턱은 피비와 마찬가지로 끝이 뾰족했다. 이를 악물자 턱이 돌출되었다. 내가 저 남자를 본 것은 처음이었다. 피비는 그의 사진조차 보여준 적이 없었다. 나는 그를 원망했다. 당연했다. 피비의 사연을 익히 들었으니까. 만약 그가 아내에게 덜 난폭하게 굴었다면 피비도 덜 외롭지 않았을까? 하지만 그렇게 치면, 내가 실패를 덜 저질렀다면 어떨까. 만약에, 또 만약에…… 그는 성명을 발표하면서 딸에게서 메시지를 받았다는 말은 일언반구도 하지 않았다. 말하고 싶지 않았던 것인지도 모른다. 아니면 말할 수 없었던 것이거나. 경찰이, 아마도 피츠가 그에게 말하지 말라고 지시했을 수도 있다. 피비가 내게 편지를 쓴 걸 보면 아버지에게도 썼을 터였다. 그의 잘못들에도 불구하고 피비는 자식의 도리나 아버지의 권리와 같은 전통적인 관념들을 믿는 편이었다. 그러니 만약 그녀가 아버지에게는 메시지를 남기지 않았다면 그 또한 신호일 수 있다. 나는 그의 집에 전화를 걸었다. 하지만 아무도 받지 않았다. 도리어 마음이 놓였다. 전화를 건 게 실수였다는 생각이 들었다. 직접 만나서 이야기해야 했다. 나는 로스앤젤레스행 비행기 티켓을 샀다.

38

존 릴

그는 그들에게 말했다. ……사실 우리는 이제 막 시작했을
뿐이라고.

39

피비

내가 가진 가장 오래된 기억은 L.A.에서의 일이에요. 내가
자는 동안 어머니가 집에 우유가 없다는 걸 알았어요. 우리끼
리만 살던 때였어요. 어머니는 뛰어나가서 우유를 사 오기로
했어요. 가게는 한 블록 거리에 있으니 잠깐이면 될 거라고 생
각했죠. 그런데 어머니가 나간 사이에 내가 잠에서 깼어요. 엄
마를 소리쳐 불렀어요. 언제나와 같이 잘 잤니, 하는 인사가
돌아올 줄 알고요. 그런데 처음으로 내 귀에는 고독이 들려왔
어요. 나는 집 안을 이리저리 뛰어다녔지만 어머니는 어디에
도 보이지 않았어요. 까치발을 디뎌보니 현관문 문고리에 손
이 닿겠더라고요. 그런데 말이죠, 이게 내 기억인지 아니면 어

머니에게서 들은 이야기일 뿐인지 잘 모르겠어요. 기억을 떠올리다 보면 꼭 이 시점에서 어머니의 머릿속으로 들어가게 되거든요. 나는 손에 우유병을 든 채 먼 데서 들려오는 새된 울음소리에 귀를 기울여요. 아이 울음소리인 것 같다고 생각하죠. 그러다 가게를 나오고 나서야 나는 깜짝 놀라 웃음을 터뜨려요. 그 순간 우유는 머릿속에서 잊혀요. 손에서 병을 떨어뜨려요. 그리고 내게로 날아오는 저 못 말리는 아이를 향해 두 팔을 활짝 벌려요.

40

월

나는 공항에서 스테이션왜건 한 대를 빌려 피비 아버지의
교회로 차를 몰았다. 24킬로미터 거리였고, L.A.의 도로는 내
가 지어낸 이야기 속에서와 마찬가지로 정신없이 분주했다.
교회에 도착하니 문이 잠겨 있었고 주차장은 텅 비어 있었다.
나는 뒷벽을 주먹으로 몇 차례 후려쳤다. 살갗이 까지고 손마
디가 화끈거렸다. 다시 차를 타고 인 목사의 집으로 향했다.
오늘이 주일은 아니라 해도 신도가 이만큼 많은 교회라면 열
려 있어야 정상인데……

나는 그의 집에서 몇 집 떨어진 곳에 주차했다. 야자수와 깔
끔한 산울타리로 둘러쳐진 거리는 조용했다. 집들마다 딸린

넓은 잔디밭이 흐릿한 빛 속에서 마법 양탄자처럼 떠올랐다. 나는 에드워즈에 입학하기 전 몇 달 동안 여기서 살면서 슬퍼했을 피비를 상상했다. 그녀는 간절히 탈출하고 싶었을 것이다. 내가 그랬듯이. 하지만 나는 지금까지도 여기서 이렇게 하나님에게 시달리고 있었다. 나는 검게 짓물러 한 덩어리로 뒤얽힌 야자수잎들을 밟으며 걸었다. 저 수북한 잎새들을 들추면 사실 다 피비의 머리카락임이 드러나지 않을까. 피비의 머리는 아침이 되면 이렇게 헝클어지곤 했다. 한 잎사귀의 줄기가 그녀의 가르마만큼 하얗게 빛났다. 그녀는 손을 들었다가 내키지 않는 듯 다시 내려놓았다. 나는 그녀를 채근해 침대 밖으로 이끌었다. 밤을 서로 떨어져 보낸 만큼 다시 피비와 같이 있고 싶어서.

초인종을 울렸지만 아무도 나오지 않았다. 집 건물과 붙어 있는 차고 안을 육각형 모양 유리창으로 들여다보니 차는 한 대도 보이지 않았다. 테이프가 붙은 상자들만 천장까지 닿도록 쌓여 있었다. 피비가 피아노 경연에서 타 왔다던 트로피들은 어떻게 됐을지 궁금했다. 금박이 입혀진 그 모든 일등상들을 보관했을까, 내다 버렸을까. 언젠가 그녀에게 말실수를 한 적이 있었다. 아버지도 그녀에게 피아노를 계속 치라고 종용했느냐고 물었던 것이다. 그녀는 대답했다. 아버지는 연주회에 단 한 번도 오시지 않았어. 그러더니 생각에 잠겼다가 덧붙였다. 하지만 내심 오고 싶으셨을 수도 있겠다. 초대를 못 받아서 올 수 없었던 것뿐인지도 몰라. 그때 나는 그런 건 신경 안 썼거든.

나는 스르르 무너져 내려 비탈진 콘크리트 바닥에 주저앉았다. 그리고 기어서 집 옆쪽으로 돌아갔다. 거기라면 눈에 덜 띌 것 같았다. 내가 여기서 이러고 있는 것이 합법적인 행동일 성싶지 않았다. 흰 격자에 담쟁이잎들이 별처럼 총총 떠 있었다. 시든 줄기 아래에 찢어진 출입 통제 테이프 조각이 눈에 띄었다. 나는 그걸 집어 들어 침을 뱉고 문질러서 흙먼지를 닦아냈다. 얇은 플라스틱이 손길에 따라 주름졌다. 나는 벽에 등을 기대고 앉았다.

제자 신도들의 체포 영장이 발부된 날, 코네티컷주 롯의 한 사립병원에 입원해 정신과 치료를 받고 있던 조 힐트가 발견되었다. 그녀는 짤막한 진술서를 작성했다. 자신이 대답할 수 있는 것은 다 하고 싶다면서. 존 릴이 신도들을 더욱 강하게 통제하는 과정에서 민중 폭력이라는 개념을 도입했으리라는 것은 내가 예상한 바였다. 또한 그가 신도들을 어떻게 납득시켰을지도 나는 익히 알았다. 특권을 누리며 자란 어린 시절, 평생 성취하며 살아온 삶 등등, 제자 신도들이 공통적으로 가진 속성들은 사람들을 당황시켰지만, 존 릴은 오히려 그 특성들을 이용해 그들에게 허세를 불어넣었을 것이다. 하나님의 지혜는 느리게 움직이는 법이기에 그분이 나서서 하지 않으신 일들을 우리가 대신해야 한다는 식으로.

그런데 조는 핍스 산부인과에 대해 처음 의문을 제기한 사람이 피비였다고 주장했다. 지난봄부터 피비는 우리가 무언가 더 행동해야 하지 않겠느냐고 따지기 시작했다고 한다. 이 지역에서 열리는 집회들은 규모가 점점 줄어들고 있어요. 그러는 동안 아이들은 몇 분에 한 명꼴로 죽어나가고 있고요. 만약 우리가, 예컨대 낙태 수술 설비를 망가뜨린다면, 생명을 살릴 수 있잖아요. 우리가 믿는 바를 합리적으로 확장할 수 있는 방법이 될 거예요…… 그때까지 하나님과 대화할 수 있는 사람은 존 릴밖에 없었으므로 피비는 그에게 이 질문을 하나님께 전해달라고 부탁했다. 조는 그가 부탁을 들어주지 않을 거라고 생각했다. 존 릴이 다른 신도들에게 무엇을 할지 일러주는 경우가 보통이었고 그 반대의 일은 일어나지 않았기 때문이다.

그 이후에 제자가 어떻게 되었는지 조는 몰랐다. 4월 중순에 조의 부모인 시빌과 일라이자 힐트는 매달 조에게 용돈을 넉넉히 부쳐주는데도 불구하고 그녀가 신탁금에서 돈을 빼 쓰고 있다는 것을 알게 되었다. 딸이 마약을 하는 모양이라고 생각한 부부는 심란한 마음으로 학교까지 찾아가 조에게 따져 물었다. 그 과정에서 시빌은 딸의 다리에 새겨진 채찍 자국을 발견했다. 조는 온갖 말들로 해명하려고 했지만 부부는 일절 들어주지 않고 그녀를 억지로 대리엔에 있는 집으로 끌고 갔다. 그곳에서 조는 손목을 그었고 병원에 입원했다.

조는 존 릴이 6월부터 영적 수행을 하러 갈 장소로 북부 지역에 있는 한 오두막을 임대해두었다고 했다. 모든 신도들이 각자가 저축한 돈을 제자에 바쳤다. 그중에서도 피비가 가장 많이 냈다. 존 릴은 그녀가 가진 모든 것을 내놓았다고 말했다. 그때쯤 제자는 새로 들어온 에릭 조를 포함해 여섯 명으로 이루어져 있었다. 조는 그들이 오두막을 사용하기 전에 제자를 그만두었다. 하지만 나는 6월에 그 오두막에서 어떤 일들이 벌어졌을지 상상할 수 있었다. 자작나무 가지들이 살을 발라낸 뼈처럼 하얗게 빛났다. 그들은 모닥불을 여럿 피웠고, 이윽고 땀이 흘러 눈물에 섞여들었다. 불빛이 주변 나무들을 핏빛으로 물들였다. 그들은 금식하고 참회했다. 지친 몸들이 희망으로 욱신거렸다. 희부연 연기 너머로 번진 별들은 이 타락한 지상을 스쳐가는 영혼들 같았다. 밤의 한기가 새털처럼 피비의 맨팔을 찔렀고, 그녀는 몸이 붕 떠오르는 것을 느꼈다.

그런 외딴곳에서라면 합리성이 부서지고 그녀가 열망했던 계시가 일어났을지도 모른다. 최후의 황홀경이……

아니, 피비는 환영을 볼 만한 부류의 사람이 아니다. 나와 마찬가지로. 나는 그날 밤 그녀가 믿는다고 가장하고서 행동하겠다고 이야기했던 것을 떠올렸다. 피비는 처음부터 끝까지 논리에 따라 그리스도를 필요로 했다. 그녀는 하나님이 보증한 약속들에 대고 소원을 빌었다. 죽은 자가 살아 돌아오고 과거는 무효가 되리라는 약속. 결함 있는 이 세상은 지나가고 완전한 빛의 장소가 도래하리라는 약속. 진정한 믿음이 없었던 그녀는 그분의 약속에 걸맞게 행동하기로, 자신이 갈망하는 신앙을 스스로 입증하기로 다짐했을 것이다.

그러다 피비가 그 일을 저지르는 데에 필요했던 것은 그저 약간의 희망, 신앙의 짧은 비약뿐이었을 것이다. 군인들은 전장에 나가려면 몇 달, 몇 년을 훈련해야 한다. 그러나 피비는 주차장에 트럭을 대기만 하면 됐다. 그녀가 고작 몇 분 정도 확신을 굳힌 결과, 건물이 무너진 것이다.

그들은 일이 얼마나 잘못됐는지 언제 깨달았을까. 피비는 핍스 산부인과가 무너지는 광경을 직접 보았다고 편지에 적었다. 폭탄을 실은 트럭들이 배치되고, 타이머가 설정되고, 다른 이들은 시간에 맞춰 녹스허스트로 돌아왔을 것이다. 그들은 에드워즈 대학 건물 옥상에 모여서 와인병을 땄다. 존 릴은 모두 함께 축하하자고 말하며 즐거워했으리라. 이윽고 건물이 폭파되었다. 그때 현장으로 달려오는 경찰차들과 빙빙 도는 경광등들을 그들이 보았다 해도 깊이 생각하지는 않았을 것이다. 그날 밤 그들은 북부로 돌아가 곤히 잤을 테고, 다음 날 아침이 되어서야 침대에서 펄쩍 뛰어 일어나 텔레비전 앞으로 달려갔을 것이다.

어디 있······

내가 알아.

여기! 멈춰봐!

다 함께 텔레비전을 보면서 그들은 침묵에 잠겼다.

여학생들이라니?

핍스 산부인과야.

그때부터 피비는 그들과 함께 오두막집에서 은신했을 것이다. 만약 조의 말이 만약 맞다면, 그녀는 그 아이디어를 처음 낸 사람이 자신이라는 죄책감에도 시달렸을 것이다. 하지만, 아니다. 생각하면 할수록 피비는 산부인과들에 대한 존 릴의 방침에 이의를 제기했을 성싶지 않다. 더욱이 그의 사람들 앞에서라면. 그녀는 요령을 중시했다. 만약 이견이 있었다면 그를 한편에 불러놓고 긴밀히 말했을 것이다. 오랫동안 고분고분하게 활동해온 그녀는 순종적이라면 순종적인 성향이었다.

그래. 존 릴이 피비에게 사람들 앞에서 그 아이디어를 제안하라고 시켰을 것이다. 연출자로서의 본능이 발동한 그는 자기 계획을 하나님이 승인하신 것처럼 꾸미고 싶었으리라. 그녀는 그의 각본을 따랐지만 거짓말하는 것이 내키지는 않았다. 이윽고 그가 속임수를 쓴다는 사실에, 그런 기만이 의미하는 바에 의혹을 가지게 되었다. 그래서 그녀가 카메라를 본 것이다. 반항심 때문에. 다른 사람은 아무도 그렇게까지 무모하지 않았다. 피비는 물러설 길을 스스로 차단하기 위해, 마지막 수단 삼아, 의도적으로 스스로에게 속박을 가한 것이다. 믿습니다, 주님, 저의 불신앙을 도우소서. 회의론자들은 흔히 이렇게 간청하는 법이니까.

그는 신도들을 달래려고 노력했을 것이다. 몇 사람의 죽음과 매일 저녁 5시 전에 살해당하는 수천 명의 목숨 중 무엇이 더 중요하냐고. 게다가 이 수치는 타락하고 있는 이 국가 하나만 놓고 본 것에 불과하다고. 하나님의 뜻이라는 둥, 엎질러진 우유라는 둥. 그녀는 그의 논리를 받아들이려고 안간힘을 썼지만 다섯 소녀에 대한 생각을 멈출 수 없었을 것이다. 폭발과 함께 공중분해된 청소년들의 파편들이 오두막까지 날아왔을 테니까. 욕실 유리 위에서 번뜩이는 지문들, 타들어간 살점의 흔적. 적개심에 찬 이 아이들이 피비의 꿈에 나타나 시야 언저리에서 가물거렸으리라.

자신이 주 용의자라는 것을 알게 된 피비는 차라리 안심했을 것이다. 떠날 구실이 되었을 테니까. 그녀가 제자를 떠나야 구성원들에게 도움이 될 터였다. 그녀는 아무에게도 말하지 않고 그들을 떠나 남쪽으로 향했다. 북부 지역을 벗어나기 전에 잠시 차를 멈추고 내게 편지를 썼다. 다른 이들이 몬트리올로 빠져나갔다는 제보가 사실이라면 이미 한참 전에 피비를 포함한 모든 제자 신도들이 위조 여권을 마련해두었다는 뜻이었다. 기부금이 있으니 가능한 일이었다. 그녀는 계속 차를 몰았다. 어쩌면 멕시코로 갔을지도 모른다. 거기서 변장하고 비행기를 탔을 수도 있다. 지금쯤 어디에 있을진 아무도 모를 일이다.

일주일 전, 내가 L.A.에 오기로 결심하기 전에 피츠에게서 마지막으로 연락이 왔다. 내가 피비 인의 전 남자 친구라는 사실이 언론에 알려지는 바람에 기자들은 물론이고 내가 죽거나 감옥에 가거나 총을 맞거나 칭송을 받기를 바라는 애국자들이 내게 자꾸만 전화를 걸었으므로, 나는 발신번호 표시제한이 화면에 뜬 것만 보고 수신을 거절했다. 그러자 다시 벨이 울렸다. 그렇게 네번째 전화가 왔을 때에야 나는 수신 버튼을 눌렀다.

피츠 수사관입니다. 그녀가 말했다.

전화 끊습니다.

안 끊는 게 좋을걸요. 전할 소식이 있어요.

그때 나는 노턴 기숙사에서 강의를 들으러 가고 있었다. 나는 왼쪽으로 꺾어서 1인용 욕실에 들어가 문을 잠갔다. 당신, 처음 나 설득했을 때 이미 그 영상 갖고 있었죠? 피비가 찍힌 CCTV 영상? 나한테서 정보를 끌어내려고 거짓말을……

어린애처럼 굴지 마요. 내 의도는 당신도 알고 있었잖아요. 몰랐다면 바보인 거고. 지금 전화한 건, 내가 피비를 찾게 도와주겠다고 약속했으니 그 약속에 책임을 다하기 위해섭니다. 얼마 지나지 않아 언론에 나가긴 할 텐데, 그래도 먼저 당신에게 말해주고 싶었어요.

피츠는 허드슨강 변에서 조깅을 하던 어느 녹스허스트 주민이 사진에서 본 긴 머리카락에 파란 원피스를 입은 여자가 호이트 다리 난간에서 떨어지는 것을 언뜻 보았다고 했다. 하지만 피비에게는 파란 옷이 없었다. 그녀는 자기가 파란 옷을 입으면 피부색이 창백해 보인다고 생각했다. 목격자는 얼굴까지는 못 봤다고 했으니 그 여자가 누군지는 모를 일이었다. 아무것도 아니었을지도 몰랐다. 검은 새 떼가 포니테일 같

300

은 모양으로 휙 움직인 걸 그렇게 착각했을지도. 푸른 깃털들이 사다리꼴로 흩날려 여자 원피스 같은 선을 이루었을 수도 있다. 아니면 핍스 산부인과에서 1킬로미터 남짓 떨어진 데에 오자 그의 정신에 착란이 일어난 것인지도 모른다. 나는 피츠가 계속 말하게 내버려두었다. 그녀는 자살한 여자의 시신은 아직까지 발견되지 않았다고 인정했다.

당신에게는 밝힐 수 없는 증거에 따라, 우리는 그 남자가 피비가 다리에서 뛰어내리는 장면을 목격한 것이 맞다고 결론 내렸습니다. 그녀가 당신에게 편지를 남겼더군요. 편지는 지금 우리 수사국에 있고 당신에게 넘겨줄 수는 없습니다만, 그 내용은 확실히 전하도록 하죠.

끊겠습니다.

나는 전화를 끊고 숨이 쉬어지지 않을 때까지 웃어젖혔다. 그날 저녁 피츠에게서 메일이 왔다. 피비가 남겼다는 편지 내용이 파일로 첨부되어 있었다.

옥상에서 하나님의 손이 살육 공장을 부수는 장면을 지켜보았어. 나는 내가 하나님의 얼굴을 볼 거라고, 그리고 살 거라고 생각했어. 뭘, 그런데 이제 나는 내 삶을 사랑하지 않고도 삶을 사랑할 수 있음을 알게 됐어.

✠

나는 피비 아버지의 집을 떠나 차를 몰고 주위를 돌아다녔다. 교회에 또 갔다가 다시 집으로 갔다. 하지만 그의 흔적은 없었다. 불 켜진 광고판들을 지나갔다. 햇빛에 표백된 이 뜨거운 중간 지대에서 나는 그의 집과 교회를 오락가락하다가 운전석에서 잠들었다. 다음 날 아침이 되자 교회 주차장에 반짝이는 차들이 손질된 생선처럼 줄지어 늘어섰다. 예배 도중에 도착한 나는 교회 건물 앞에 놓인 테이블 뒤에 앉아 있는 여자를 보았다. 내가 다가가자 그녀는 미소 지었지만, 인 목사님이 설교하고 있느냐고 물으니 그녀는 아니라고 했다.

이번 주 예배를 인도하시나요?

아뇨.

언제 여기 오십니까?

그분은 쉬는 중이세요.

나는 공항으로 갔다. 이미 예매해둔 항공편은 녹스허스트로 직행하는 비행기였기에 샌프란시스코를 경유하는 것으로 변경했다. 그렇게 해서 어머니 집 현관문 앞에 이르렀다. 울타리 너머에서 전화벨이 울렸다. 내가 집 앞에 와 있다고 말하자 어머니는 장갑을 낀 채로 달려 나와, 흰 피부에 흙을 묻혀가며 눈물을 닦았다. 나는 분위기를 풀려고 어머니에게 핸드폰을 손에 들고 정원 손질하는 버릇이라도 생겼느냐고 물었다.

어머니가 말했다. 아, 이거. 마당에 나가 있으면 전화벨 소리가 안 들리거든. 네가 전화했을 때 못 받을까 봐 가지고 다니는 거지. 깜짝 놀랐네. 잘 왔어. 안으로 들어가자.

✠

하지만 내가 잘못 알고 있는 걸까? 너는 의심이 아니라 믿음 속에서, 네가 사랑하는 하나님에게 바치는 경의의 표시로 폭탄을 터뜨린 거니? 나는 말이야, 네가 부디 그랬기를 바라. 네가 하나님의 불꽃으로 타오르는 것이 상상되지 않는 것은 네가 아니라 내 한계 때문일 수도 있겠지. 집을 나오는 길에 네 새끼 염소 가죽 일기장을 발견했어. 네가 제자 고백 시간에 그들에게, 우리에게 할 이야기를 적어 내려갔던 그 일기장 말이야. 책 더미 뒤에 박혀 있더라. 그 책들은 피츠와 휴가 이미 수색했는데. 게다가 부드러운 가죽 장정에 가죽끈도 달려 있는 그 일기장은 겉으로 보기만 해도 일기장이라는 티가 나는데. 어째서 그들이 그걸 놓쳤는지, 설명할 수 없는 친절이네.

나는 할 수 있는 만큼 상상했어. 내가 직접 겪은 너의 일면들과 추측한 사항들을 엮어보고 있어. 구체적인 정황이 점점 쌓여가 살아 있는 형체를 띠고 있어. 나는 실마리를 채워가. 존릴이 했던 말들, 그의 반짝이는 거짓말이 너를 어떻게 설득했는지를 기억해. 내가 이해하려고 노력조차 하지 않았던 네 말을 난 잊을 수 없어. 피비, 지금도 나는 하나님이 실재한다고 생각하지 않아. 우리가 살아가기 위해 지어낸 존재라고 생각해. 하지만 그분이 정말로 있다면, 나는 너에게 모든 것을 내려달라고 빌었을 거야.

✠

그런데 만약 네가 정말로 뛰어내렸다면…… 한때 나는 하나님이 우리에게 몇 킬로미터든 몇 년이든 길게 늘어날 수 있는 가벼운 목줄을 묶어놓고 있다고 설교하곤 했어. 우리는 우리가 자유로운 줄 알지만 하나님이 손 한 번만 까딱하면 그분에게 되돌아가게 된다고 말이야. 이런 재회의 순간을 소망하다가 그것이 진실이 아니라고 판단하게 되기까지는 생각보다 오래 걸리지 않더라. 네가 올림픽 규격 수영장에서 보냈던 시간을 생각해. 덕분에 너는 정말 튼튼해졌지. 근육도 발달하고.

호이트 다리 부근의 허드슨강은 넓지 않아. 춥기는 했겠지만 살아남지 못할 정도는 아니었을 거야. 네가 추적을 따돌리기 위해 죽은 척한 거라면, 피비, 그것 참 교묘한 계략이네.

✠

몇 달이 훌쩍 흘러 마지막 학기가 되었다. 나는 빌랄이라는 룸메이트를 찾았다. 그는 칸막이 쳐놓은 거실에서 잠을 잤다. 리에게는 더 이상 그녀의 시간을 빼앗고 싶지 않다고 말했다. 산부인과 현장 쪽에는 발을 들이지 않았지만 그 자리에 상가를 지을 계획이라는 기사는 보았다. 가끔 멀리서 드릴 소리가 들리는 듯했다. 맥박처럼 규칙적으로 울리는 기상나팔 소리 같았다. 잠은 잘 못 이뤘지만 약은 내다버렸다. 술을 덜 마시면서 내가 변했음을 증명하려고 노력하며 지냈다.

졸업 후 맨해튼으로 건너갔다. 지난여름 일했던 헤지펀드 회사에 정규직으로 취직했다. 어느 6월 아침 기차역으로 걸어가는 길에 줄리언을 보았다. 혼자만의 생각에 빠져 있던 나는 뒤늦게 그를 알아보았다. 덩치 큰 몸에 가벼운 정장을 입은 그는 내 앞을 지나 반대 방향으로 성큼성큼 걷고 있었다.

줄리언! 내가 부르자 그는 움찔한 듯했지만 나를 알은척하지 않았다. 내가 다시 그를 부르며 팔을 붙잡지 않았다면 그는 내처 걸어갔을 것이다. 줄리언, 안녕. 내 말에 그가 보인 표정은 마치 낯선 사람의 얼굴 같았다. 그는 안경을 쓰고 있었다. 안경알에 햇빛이 반사되어 그의 눈이 보이지 않았다. 그가 자기 팔에 얹은 내 손을 물끄러미 내려다보기에 나는 손을 뗐다.

그가 말했다. 너하고 말도 섞고 싶지 않아. 나는 네가 어떤 놈인지 알아, 윌.

무슨 말을 하는 거야?

그는 안경을 전등처럼 나를 향해 겨눈 채, 피비에게 내가 한 짓을 전해 들었다고 말했다. 걔는 내 말을 도통 듣지 않았어. 경찰서에 가라고 채근했지만 걔는 네가 다치는 건 싫다고 하더군. 나는 너무 답답해서 후회할 말들을 뱉어버렸어. 그 이후로 우린 서로 연락 안 해. 걔는 너를 사랑했어. 나로서는 이해가 안 됐지만. 피비가 제자에 완전히 빠져든 건 너 때문이야. 네가 그걸 깨닫길 바라. 오, 네 실체를 사람들에게 까발리는 상상도 했지. 하지만 네가 지금 그대로 지옥에서 살게 해줘야겠더라고. 누군가가 지옥에 박혀 있기를 바라는 건 처음이야.

✠

경찰은 아직도 제자를 찾아내지 못했다. 이따금씩 그들을 찾아내겠다고 약속하는 정치인들이 나올 뿐이다. 원칙적으로 수색은 계속되고 있다. 나는 피비를 가리키는 증거가 없더라도 그것이 피비가 없다는 증거는 아니라고 믿게 되었다. 곳곳에서 그녀의 흔적이 보이기 때문이다. 따로따로 보면 우연인 것 같지만 다 모아놓고 보면 결코 그렇지 않은 일들. 누군가가 내게 자꾸 전화를 걸어 신호음 한 번 만에 끊어버리곤 한다. 리비흐 리바이벌 연주회가 열리는 공연장 안내 책자가 우편으로 날아온 적도 있다. 그리고 얼마 전에는 점심을 먹으려고 사무실을 나와 내가 좋아하는 3층짜리 쓰촨 음식점인 메이라이 앞에 줄을 섰을 때, 길거리를 흘긋 돌아보았다가 피비를 보았다. 가죽나무 그늘 아래서 줄무늬 여름 원피스 차림으로 위를 올려다보고 있었다. 살이 빠지고 머리가 짧아졌지만 피비였다. 그녀가 몸을 돌리자 어깨가 도드라져 보였다. 나는 뛰어가며 소리쳤다. 하지만 그녀는 사라지고 없었다. 사람들 사이에 떠도는 말은 알고 있다. 그녀가 물에 빠져 죽었다고, 시신이 유실되었다고. 하지만 나도 피비가 어떤 사람인지 안다. 언젠가 초인종 소리에 문을 열면 그녀가 문 앞에 서 있을 것이다. 짧은 머리에 환히 웃는 얼굴로. 넌 날 보고 놀라지도 않네. 이렇게 말할 것이다.

줄리언을 보았던 6월의 아침, 나는 콜럼버스 서클역에 갔다. 승강장이 평소보다 붐비고 시끄러웠다. 소란의 중심에는 흰 라텍스 타이츠를 입은 남자 무용수 여섯 명이 있었다. 중력의 법칙에서 벗어난 듯 그들은 재주넘기를 하며 유연하게 회전했다. 더 많은 사람들이 그들을 구경하려고 몸을 돌리는 동안 급행열차가 들어와, 사람들의 맨팔과 허벅지를 덮은 얇은 옷감이 돌풍에 들썩였다. 바람이 계속 불어와서 마치 이곳에 있는 사람들 전체가 붕 떠올라 터널을 이루는 돌과 흙을 부수고 저 뜨거운 한낮의 태양을 향해 빠져나갈 것만 같았다. 우리 모두 떠날 수 있다. 뒤에 남는 사람은 아무도 없다. 세계의 무덤들이 활짝 열리고 현기증에 사로잡힌, 흙으로 얼룩진 시체들이 마침내 다시 살아나 황금의 거리로 달려 나온다.

바람이 잦아들었다. 몇 분 뒤 완행열차가 도착했다. 나는 사람들을 밀어제치고 열차에 탄 다음 기다렸다.

감사의 말

뛰어난 에이전트 엘런 러빈, 그리고 마사 위디시, 알렉사 스타크, 최고의 편집자 로라 퍼시아세페, 대단한 홍보 담당자 글로리 앤 플라타와 메이-지희 림, 그리고 훌륭한 출판사 리버헤드의 민정 김, 제니퍼 황, 앤디 주엘레, 리베카 샐러탠, 미셸 쿠포풀로스, 재니스 쿠르지우스, 제니퍼 에크, 멀리사 솔리스, 미아 앨버로, 루시아 버나드, 클레어 배커로, 자야 미셀리, 헬렌 옌투스, 케이티 프리먼, 진 딜링 마틴, 카를라 브루스 에딩스, 밥 벨몬트, 웬디 펄, 브라이언 이틀링, 브라이언 콘티네를 비롯한 모든 분들, 앨리슨 코너와 키마 존스를 비롯한 탁월한 잭 존스 문학 예술 스피커스뷰로 분들에게 깊은 감사를 전합니다.

필수적인 지지를 보내주신 국립예술기금, 맥도웰 창작촌,

브레드로프 작가회의, 스와니 작가회의, 스타인벡 펠로십, 오미 인터내셔널, 노먼 메일러 창작 집단, 엘리자베스 조지 재단, 스퀴 밸리 작가 워크숍, 나파 밸리 작가회의, 헤지브룩, 앤더슨 센터, 창작역량기금과, 놀라운 관대함을 베풀어 3종의 보조금을 지원해주신 야도 코퍼레이션에 감사드립니다.

오랜 시간 나의 멘토가 되어준 마이클 커닝햄, 그리고 특출한 스승들인 제니 오필, 조슈아 헨킨, 에르네스토 메스트리, 캐서린 텍시에, 스테이시 디라스모, 실라 콜러, 안드레 애치먼, 크리스틴 슈트, 피터 호 데이비스, 찰스 백스터, 에이미 블룸, 존 크롤리, 캐서린 웨버, 제니퍼 케네디에게 감사드립니다.

이 책의 초안을 읽어주신 존경하는 친구들 토니 툴라티무테, 로라 판 덴 버그, 바우히니 바라, 앤디 위네트, 앤서니 하, 버네사 야노프스키, 라자 하다드, 크리스티나 모라초, M. A. 태프트-맥피, M. 브렛 스미스에게 감사합니다. 과거에도 현재에도 존경하는 동료 작가들인 콜린 위네트, 대니얼 레빈 베커, 에스메 웨이준 왕, 레이철 콩, 앨리스 솔라 김, 아니스 그로스, 카란 마하잔, 케일 밀너, 마거릿 윌커슨 섹스턴, 리디아 키슬링, 카트리나 도드슨, 폴라 올로익사락, 제니퍼 듀보이스, 애니 줄리아 와이먼, 캐서린 마리노, 리디아 데이비드 피츠패

트릭, 다이앤 쿡, 그레그 라르손에게 감사드립니다. 『인센디어리스』를 시작부터 지켜봐준 브루클린 칼리지의 동료들, 특히 앤디 헌터, 휴 머윈, 로버트 존스, 스콧 린덴바움에게 감사드립니다.

조언과 도움, 격려로 저를 지탱해준 친구들이 있습니다. 버네사 화, 빅 민 응우옌, 커스틴 첸, 에이미 판, 프랜시스 황, 마리 무츠키 모켓, 가넷 카도건, 알렉산더 지, 로런 그로프, 비엣 타인 응우옌, 셀레스트 응, 라비 알라메딘, 조시 와일, 크리스틴 형옥 리, 나요미 무나위에라, 얄리차 페레라스, 카라 베일스, 매슈 살레시스, 카르멘 마리아 마차도, 피터 마운트퍼드, 알렉시 젠트너, 마이클 데이비드 루커스, 로스 화이트, 매슈 올즈만, 제임스 스콧, 수전 스타인버그, 엘리엇 홀트, 마리-헬레네 베르티노, 클로이 벤저민, 리베카 마카이, 토머스 미니, 카라 블루 애덤스, 마이크 스컬리스, 다라 바르나트, 제럴드 마, 로런스-민 부이 데이비스, 소냐 라르손, 수치 사라스왓, 해리엇 클라크, 제닌 카포 크루셋, 엘레나 파사렐로, 하산티카 시리세나, 데이브 루커스, 토머스 Q. 모린, 마이클 크롤리, 주세페 타우리노, 니나 맥커닝레이, 셰넷 알리우, 루 프리먼, 세라 저켄스마이어, 클로이 호눔, 어맨다 골드블랫, 루이스 자라밀로, 데이비드 제임스 푸아상, 줄리 이로무아냐, 앤 발렌트,

세스 터커, 리베카 마카이, 카일 마이너, 메리 김-아널드, 미셸 후버, 커스틴 발데즈 퀘이드, 크리스 리, 비크람 찬드라, CJ 하우저, 마리아 명옥 리, 크리스천 키퍼, 니콜 정, 잉그리드 로하스 콘트레라스, 크리스털 김, 릴리언 리, 대니엘 라자린, 에이드리엔 셀트, 아자 가벨, 레이철 라이언, 트레이시 오닐, 퍼트리샤 박, 제이스 캐넌, 브랜던 홉슨, 피얄리 바타차리야, 애나 키세이, 오스카 빌라론, 줄리 번틴, 콜린 드로한, 가스 그린웰, 루시 탄에게 감사드립니다.

에밀리 밸레인, 스티븐 스파크스, 몰리 패런트, 브래드 존슨, 버네사 마티니, 폴 야마자키, 댄 와이스의 추천과 동료애에 감사드립니다.

다이앤 윌리엄스에게, 그리고 지금과는 약간 다른 형태였던 『인센디어리스』의 짧은 발췌문을 처음으로 실어주신 『눈Noon』에 감사드립니다. 마들렌 루커스, 리베카 베리만, 제크 데이비슨, 힐러리 라이히터, 리타 불윙클, 에밀리 토빈에게, 『베스트 스몰 픽션스The Best Small Fictions』에 발췌문을 실어주신 스튜어트 다이백과 타라 마시흐에게, 그리고 토머스 로스와 발췌문을 실어주신 『틴 하우스Tin House』에 감사드립니다.

존 권, 크리스틴 지민 권, 린 도슨, 칼 도슨, 카렌 오키핀티,

빈스 오키핀티에게 늘 감사드립니다. 본보기가 되어준 아그네스 신, 창호 신, 병림 권, 태령 권에게 감사드립니다. 클라라 권과 영 권에게 여러모로 감사드립니다.

마지막으로 내가 믿지 못했을 때에도 믿어준 첫번째 독자, 내 사랑 마이클에게 감사합니다.

광신과 일상 사이의 좁은 경계 넘어가기

1987년 교주를 따라 32명의 신도가 목숨을 끊은 오대양 집단 자살 사건. 1992년 10월 28일 세계가 종말을 맞는다는 다미선교회의 주장을 믿고 수많은 사람들이 집을 떠나거나 직장을 그만두거나 재산을 교회에 헌납했던 휴거携擧설 소동. 선거 때마다 무속 논란에 휩싸이는 정치인들…… 한국 근현대사에는 종교에 얽힌 사건·사고들이 유난히 많다. 그만큼 많은 한국인들이 종교에 빠져 있다는 뜻이기도 하다. 당장 길거리에만 나가봐도 "도를 믿으십니까"라는 문구로 접근하는 포교인들을 만날 수 있다(요즘에는 방식이 더 교묘해지긴 했지만). 우리 주변에서도 종교에 심취해 가산을 탕진한 친척 이야기라든지 오랜만에 연락해서는 교묘하게 전도의 손길을 뻗친 지인의 이야기를 어렵잖게 접할 수 있다. 교주의 진의를 간파하지 못

할 만큼 무지하거나 심약한 사람들이 그런 데 빠진다는 편견이 있지만, 도무지 그럴 것 같지 않은 똑똑하고 강단 있는 사람들도 광신자로 돌변해 범죄를 일으키거나 본인 또는 가정을 파탄으로 몰고 가 주변 사람들을 당황시키는 경우도 많다. 그들은 도대체 왜, 어쩌다 그러는 걸까?

『인센디어리스』의 주인공 피비도 그럴 성싶지 않은 사람이다. 피비는 부유한 한국인 이민자 가정에서 태어나 피아노 신동으로 자란다. 각종 대회에서 상을 휩쓴다. 아이비리그 대학에 들어가 자신과 같은 부유층 엘리트 청년들과 어울린다. 재능 있고, 총명하고, 현실적이며, 충동적이긴 하지만 상식적인 대학생이다. 소설은 그런 피비가 '제자'라는 기독교 기반 사이비 종교 집단의 일원이 되어 낙태 반대 운동에 전념하다 급기야 임신중절을 시행하는 산부인과들에 폭탄 테러를 저지르기까지의 과정을 보여준다.

『인센디어리스』는 독특하게도 세 인물의 시점으로 진행된다. 피비, 피비의 남자 친구 윌, 피비를 제자로 끌어들이는 교주 존 릴이다. 그중에 중심 서술자는 윌이다. 윌은 피비와의 지난 연애를 회고하며, 전 여자 친구가 어쩌다 그런 극단적인 선택을 하게 되었는지 이해해보려 안간힘을 쓴다. 그 노력의 근간에는 한때 독실한 기독교인이자 신학대생이었던 윌의 과거가 있다. 윌은 신앙의 위기를 겪은 끝에 무신론자가 되었지만, 구원의 환상 속에서 매일의 삶을 기뻐하고 타인들을 사랑하며 살았던 지난날을 뼈저리게 그리워한다. 그 그리움은 윌이―그리고 독자들이―피비의 마음을 헤아리는 데 도움이 되지만 한편으로는 방해도 된다. 자신이 잃은 신앙을 피비는 가졌다는 것, 그리고 피비가 연애보다 종교 활동을 우선시하며 점점 더 자신의 통제에서 벗어나는 것에 윌이 걷잡을 수 없는 질투와 분노를 느끼기 때문이다. 신뢰할 수 없는 서술자인 윌의 이야기가 전개되면 될수록 피비의 삶은 명확해지기는커녕 오히려 수수께끼가 되어간다. 존 릴의 삶도 수수께끼이긴 마찬가지다. 탈북민들을 구출하는 일을 하다가 북한 강제 노동 수용소에 잡혀 들어가 구사일생으로 탈출했다는 존 릴의 배경이 어디부터 어디까지 진실인지는 좀처럼 분명히 밝혀지지 않는다.

다만 우리에게 진실하게 와닿는 것은 그들의 올바른 일을 하고 있다는 확신이다. 피아노에 대한 열정도, 유일한 가족이었던 어머니도 잃고 절망에 빠져 방탕하게 대학 생활을 하던 피비는 존 릴과 제자 모임을 만나고부터 비로소 삶의 목표를 얻는다. 슬픔에 집착하며 스스로를 괴롭히기를 그만두고, 자기 자신의 구원을 위해, 인류를 위해, 초월적 목표를 위해 헌신하고 있다는 감각은 피비에게 해방감과 행복을 안긴다. 피비는 이렇게 말한다.

　"내가 슬픔에서 배운 것은 그것이 얼마나 피상적인가 하는 점이에요. 이기적으로 구는 데에도 지쳤어요. 내가 하나님께 하는 기도라고는 한 가지뿐이었어요. 주님, 저 아파요. 하지만 이제는 나도 쓸모 있는 사람이 되고 싶어요."

　『인센디어리스』는 작가 권오경의 실제 경험이 곳곳에 배어 있는 소설이다. 그는 피비처럼 서울에서 태어나 기억나지 않을 만큼 어린 시절 미국으로 건너왔다. 그리고 윌처럼 신실한 기독교인으로 자라다 열일곱 살에 신앙을 잃었다. 권오경은 신앙의 상실이 너무나 고통스러웠던 나머지 더 이상 살아갈 이유를 찾을 수 없었다고 고백한다. 그 고통이 이 소설을 쓴 가장 큰 동력이 되었다. 자그마치 10년의 세월에 걸쳐 『인센디어리스』를 집필하며 그가 목표로 했던 것은 신앙인과 비신앙인 사이의 간극에 다리를 놓는 것이었다.

　"많은 사람들이 신앙의 양극단에 서 있더라고요. 신을 믿는다는 게 뭔지 아는 사람들과 아예 모르는 사람들, 이렇게 나뉘는 거죠. 저는 그 사이의 균열을 넘고 싶었어요. 양쪽 세계가 어떤 모습인지 모두에게 보여줄 수 있게. [……] 테러나 총격이나 폭파 사건이 일어날 때마다 사람들은 범인들이 도대체 무슨 생각을 하는 건지 모르겠다고 하더군요. 테러범들은 '괴물'이고, '도저히 이해할 수 없는' 짓을 저질렀다고요. 이런 이해 불가능성의 언어가 미국 정치의 한 축을 이루고 있죠."

_『일렉트릭 리터러처Electric Literature』인터뷰 중에서

하기야 그 어떤 광신자도 '괴물'이 아니다. 그들 역시 인간이다. 집단 자살이든 휴거 소동이든 건물 폭파든 모두 인간이 벌이는, 벌일 수 있는 행동이다. 그 이면의 사고방식을 들여다보는 것은 그들의 행동에 면죄부를 주기 위함이 아니라 인간성을 성찰하고 우리 자신의 윤리적 방향을 탐색하는 데 필요한 일이겠다. "믿음과 광신, 열정과 폭력, 합리와 미지의 경계를 눈부시도록 능수능란하게 탐사하는"(셀레스트 웅)『인센디어리스』는 이런 일을 가능케 한다. 으스스한 비유들과 묵시적고백들로 가득 차 있는 서술을 읽다 보면 우리는 명시적인 해답이 아닌 더 많은 질문들에 부딪히게 된다.

또한 한국계 미국인 작가의 글쓰기에서 나타나는 디아스포라적 요소들도 우리 사회를 돌아보게 한다. 한국에서 태어났

으나 한국을 기억하지 못하는 피비는 "백인 같은 동양 여자"라는 칭찬을 듣지만 근본적으로 미국 주류 백인 문화에 완전히 속할 수 없는 인물이다. 어머니를 여의고 고통스러워하면서도 상담 센터에 찾아가지 않는 이유를 피비는 이렇게 설명한다. "하지만 나는 이민자잖아. 이민자들은 심리상담을 믿지 않아. 내가 그런 걸 한다고 하면 주위 한국인들이 의지박약이라고 볼 거야. 다른 인종 집단들에게 일어나는 일이라고. 게을러서 그런다든지, 불효하는 거라든지." 이렇듯 피비는 정신과 치료를 터부시하고 불효를 죄라고 여기는 한국적 사고방식에서 자유롭지 않다. 게다가 전형적인 한국식 성차별의 피해자인 어머니는 딸이 자신처럼 가정주부가 되지 않고 재능을 펼치며 살기를 바라는 마음에 부엌에 발도 들이지 못하게 했다. 그 결과 과일 한 알 제 손으로 깎지 못하는 어른으로 자란 피비는 똑똑하고 주체적인 여성인 듯싶으면서도 한편으로는 일상에서 겪는 이런저런 문제들의 해결을 남자 친구에게 의탁하는 모습을 보인다. 결국 피비가 통제광 남자 친구의 폭력과 종교적 근본주의의 희생양이 된 데에는 여러 겹의 비극이 작동하는 셈이다. 북한의 참혹한 실태, 남한에서 번성하는 기독교에 대한 작가의 시선 또한 새롭다.

권오경이 커밍아웃한 바이섹슈얼이라는 점도 언급하지 않

을 수 없다. 그는 "나와 같은 사람들에게 덜 힘겨운 세상을 만드는 데 조금이나마 보탬이 되기 위해" 커밍아웃했다고 한다. 그동안 국내에 번역·소개된 한국계 미국인 작가들 중 알렉산더 지와 패티 유미 코트렐 역시 스스로를 성소수자라고 밝힌 바 있다. 앞으로도 더욱 다양한 정체성을 가진 작가들의 작품이 한국어로 번역되기를 바라는 마음이다.

『인센디어리스』는 무엇보다도 사랑 이야기이기도 하다. 때로 사랑은 우리를 구원하기도, 망가뜨리기도 하며, 그 경험은 종교적 광신만큼이나 위험하고도 찬란할 수 있다. 이 사실은 윌과 윌의 고용주 폴의 대화에서 간명하게 언급된다.

"사람들이 이런 고급 레스토랑에 열광하는 건 이곳이 환상을 팔기 때문이야. [……] 그런데 무슨 환상일까?"
"사랑의 환상이겠죠."

어떤 환상들이 우리로 하여금 고통스러운 일상을 견디게 하는지, 또 어떤 환상들이 우리와 타인을 더 큰 고통으로 끌어당기는지 작가는 묻고 있다.